李漁叔說掌故

——魚千里齋隨筆

李漁叔　原著
蔡登山　主編

湘潭才子李漁叔說掌故

蔡登山

大學讀書時期就知道李漁叔先生的大名，那是見到先師張夢機的大著《近體詩發凡》的題耑和序文，夢機老師是漁叔先生的高足，從此得知李教授是馳名海內外的詩人，有《花延年室詩》等著作。

李漁叔（1905-1973），名明志，字漁叔，以字行。湖南湘潭人，但因父親在福建為官，他生於廈門海濱漁家的石梧村。其家門第顯赫。父李鎮藩（1860-1926），字翰屏，前清內閣中書，官福建雲霄直隸廳，與王闓運妻弟蔡與循同科中舉，與趙啟霖、羅正鈞交往極稠密。據劉安定所寫的傳略說：在湘潭，還有從學趙啟霖、孫文昱等知名學人的記錄。還曾拜楊鈞為師，學習詩文，楊鈞《草堂之靈》載：「聞湘潭少年李明志字漁叔者，頗有才情。昨忽以詩數章函托彭君孟庵帶至，函中有『私淑平生，先申執贄之意』二語。余一生愛才如命，願得早見，以促其讀書須知門徑。」爾後，李漁叔常去長沙五里牌外的白心草堂向楊鈞求教。學藝從此大進。

李漁叔著有《花延年室詩》，此詩集堪稱一部詩史。集中第一首詩〈夕霽泛舟至郡城題寄所親〉：

濕雲渡江來，風急吹欲散。花溪綠陰潤，水國滄波晚。
愛此霽湘色，遙遙正相炫。膩若新潑醅，夢逐鷗邊暖。
蘭橈劃空深，幽意與之遠。峰回一松秀，舟過層城轉。
湘蘭助君簪，花意兩無算。指水訂新盟，刺船期不返。

此詩他自註：「乙丑時年二十」，是他二十歲時所寫的，詩題的「所親」即李漁叔負笈日本明治大學歸來後，作詩贈之的一同遊學日本的初戀情人。有言李漁叔十六歲負笈日本明治大學，越四年歸。據其學生戴麗珠介紹，其師曾私底說過，他旅日時有一初戀情人。回國後，由於母親執意要他娶其表妹（母親的姪女，即李漁叔的元配劉氏。）為妻，因而，李漁叔與其初戀情人終不能聯姻成為眷屬。這是他離開故鄉，去從軍報國的主要原因，也是他一生風流的緣故。為何要「指水訂新盟，刺船期不返。」若不返國，還留在日本，兩人或能相戀相親吧！這是他終身刻骨銘心，不能釋懷的憾事和傷痛。但李漁叔又有〈書同里侯荷生扇〉詩，該詩有自註：「戊辰時年二十四歲，以後數年多在日本，有詩一卷已佚。」是留日當在二十四歲，而非十六歲，因十六歲留學未免太早了，至於有詩卷已佚，正是寫此段戀情者，而為李漁叔不想公布之藉口，否則以其記憶之佳，幾十年讀頌過的詩篇都能一字不漏地抄錄，何來散佚之說？

李漁叔的一生，大致可分為三個時期，生活在湘潭的少年時期至三十歲，可稱之為早期；中期為其軍旅生涯，即從軍後參加抗日戰爭至勝利後；晚期為一九四九年卜居臺北後。根據戴麗珠所提供的資料，李漁叔的一生履歷如下：

一九三二年二月至一九三三年七月任職湖南省政府參議。
一九三三年八月至一九三五年二月任職陸軍第十師司令部少校秘書。
一九三五年十二月至一九三六年四月任職駐閩第二綏靖區司令部中校秘書。
一九三六年五月至一九三六年九月任職安徽省財政廳秘書。
一九三六年九月至一九三六年十月任職豫南剿匪指揮部秘書。
一九三七年八月至一九三七年九月任職石家莊戒嚴司令部秘書處處長。
一九三七年九月至一九三八年二月任職陸軍第十四軍司令部中校秘書。
一九三八年三月至一九三八年十一月任職陸軍第三十三軍團司令部上校秘書。
一九三九年五月至一九四一年一月任職西南游幹班機要室上校主任。
一九四一年二月至一九四二年一月任職西南游幹班辦公廳副主任。
一九四二年二月至一九四二年十二月任職西南游幹班辦公廳上校秘書。
一九四三年二月至一九四三年八月任職第三十二集團軍總部軍法處少將處長。
一九四八年五月至一九四九年五月任職第十一綏靖區行政長官公署行政督察專員。
一九四九年八月至一九五〇年二月任職臺灣省政府秘書。
一九五〇年四月至一九五四年五月任職行政院秘書。
一九五四年六月至一九六五年六月任職總統府秘書。

一九五七年三月任職教育部國文教育委員會委員。
一九五九年九月至一九六五年六月任職臺灣省立師範大學國文系教授。
一九六二年十一月任職行政院顧問。
一九六五年四月任職私立中國文化學院中國文化研究所教授。
一九六五年七月任職臺灣糖業股份有限公司顧問。
一九六八年八月任職國立臺灣師範大學國文研究所教授。
一九七二年八月十二日逝世，享年六十八歲。

一九四九年，江表沉淪之際，李漁叔任劉安祺將軍幕，而隨軍渡台，流寓台北，不久受知於台灣省政府主席陳誠，後陳誠歷遷行政院長至副總統，公私文牘深倚李漁叔，其亦忠耿以報知遇之恩。而後黃侃的高足林尹主台灣省立師範大學（國立台灣師範大學前身）國文研究所，遂請李漁叔於公餘之時，任教其中。至一九六五年，副總統陳誠辭世後，李漁叔自此不復涉身仕途，而專意講學。李漁叔潛心研究墨學，在師範大學講授墨子有年，見解精闢，極受學生歡迎，選課聽講者，往往座無虛席。著有《墨子今注今譯》、《墨辯新注》、《墨子選注》等書。其學生王冬珍曾為其整理遺稿，《墨子今注今譯》還在天津古津出版社等出版機構都曾出版印行過簡體版。李漁叔還有〈墨家兼愛的真詮〉、〈墨子的辯學〉、〈名墨兩家異同辨〉等論文傳世，可見其學術造詣。他又在師大國文研究所及文化學院中文研究所講授韻文及詩學研究，嘉惠學子匪淺，裁成甚眾，國內著名古典詩研究者黃永武、張夢機、羅尚，皆出其門下。

李漁叔晚年字號漁叔居士、墨堂老人。對中華文化的宣揚，不遺餘力。在中華詩學研究所成立之初，即積極籌備《中華詩學》雜誌社，由易君左任社長，李漁叔為副社長兼總編輯。並於一九六九年六月發行《中華詩學》月刊創刊號，全年出版十二期。李漁叔寓台二十三年，與台灣原有之詩社酬唱頗多，因而對於早期台籍詩人知之甚深，曾於《中華詩苑》刊登連載「三臺詩話」專欄，後集結出版改以《三臺詩傳》命名，書中為乙未割台之際的台籍詩人立傳，諸如丘逢甲、許南英、林幼春、莊太岳等人，闡揚其遺民精神，成為「戰後第一部以日治時期台灣古典詩壇為對象的筆記著作。」

李漁叔有兩本散文著作，《魚千里齋隨筆》和《風簾客話》，他對古今人物軼事及詩壇藝林掌故非常熟稔，曾在報端以隨筆方式，寫成短文，當時頗為士林推重。後經衰集出版為《魚千里齋隨筆》，繼又以相同的筆調寫《風簾客話》，內容也是談的人物軼事及藝林掌故，娓娓道來，如數家珍，而且文筆洗鍊。在《魚千里齋隨筆》，特別的是有幾篇論文學與藝術的文章，如：〈泛論文筆〉、〈論詩的情與意〉、〈姜白石的考釋學與詩〉、〈梁節庵其人與詩〉、〈齊璜詩與印〉、〈述印〉、〈松鶴圖〉等，內容主要為對大陸人、事、物的追記。特別是其中的〈聯話五則〉、〈新春紀聯〉等章節，將家鄉湘潭對聯興盛的狀況記錄詳細，是彌足珍貴的史料。

《魚千里齋隨筆》有著名詩人及書法家曾克耑序云：「余以其書雖號隨筆，實雜史之流也。其辨章學術，題品人物，闡幽表微，搜玄攬要，蓋國史志傳之先導也。異日有涑水者起，意必有取於斯，殆可決也。」而駢文學者成惕軒則說：「《魚千里齋隨筆》裁量古今，品藻人物，舉所見所聞之事，紀不支不蔓之言。間涉袄祥，絕殊齊東之野語，即論文字，直勝池北之偶談。」另李漁叔的學生學者王熙元在《風簾客話》中有段跋語：「昔者漁師嘗就所聞見並時名宿、鄉邦賢彥，舉其遺聞軼事、流風餘韻，旁及學術藝文，撰為《魚千里齋隨筆》，於四十七年鋟板成書。翌年，復應友人之請，日撰短文，刊諸報端，亦興到隨筆之作，而其間凡論述學藝、評隲人物、捃摭遺逸、抉發幽微，莫不特具閎識，深寓孤懷，至文辭鍛鍊之工，描繪傳神之筆，猶其餘事也；所紀或事繫時史，或語關軍國，或偶錄一人之始末，或但述一時之見聞，並足以供談助、存掌故、資考證、備參稽，他日史家撰國史志傳者，必將有所取焉。以書成於夏日薰風拂簾、客居海陬之際，故曰《風簾客話》。」

李漁叔書畫俱佳，善畫墨梅，點染清新淡雅。書法宗褚遂良，自成一體，常以硬毫書，秀麗清絕，風格孤傲弩張。

目次

曾序

古者史雖稱官，然以世守，而其人又必執中守正，典之也久，儲之也富。所習聞天下掌故多，道術備，苟有魁桀之士起，本其閎識孤懷，以次其書。乃足以通天人之故，達古今之變，成一家之言。此太史公書所為獨絕，而范班兩書具體而微，其規模亦尚足觀者也。自陳壽佳傳，魏收穢書有作，而史德無可言。自國史非世守，而史之為史，乃若記傳，而史之才學識，皆無由見。恢奇之士以史之不足憑信也，乃往往本其見聞所及，旁及學術，為雜史隨筆，以發其微恉，而世之重之，乃過於所謂正史。昔溫公撰《通鑑》，多取資雜史小說，其不以此也哉。

吾友李子漁叔，振奇人也。懷才負異，既不克有所見，乃以歌詩發其牢愁。歌詩所不不能書，近復就所聞見並世名公，鄉邦碩彥，軼聞舊事，旁及學術藝事，次為《魚千里齋隨筆》兩卷行世，而督余為序。余以其書雖號隨筆，實雜史之流也。其辨章學術，題品人物，闡幽表微，搜玄攬要，蓋國史志傳之先導也。異日有涑水者起，意必有取於斯，殆可決也。讀者觀於君藉舊聞以發其文，懸孤憤以寫其抑鬱不平之氣，亦可想見其人矣。

戊戌重九福州曾克耑

成序

玄亭載酒之餘，試院煎茶之頃。國中耆老，時接雅言。宇內勝流，率殷清幕。或盧前王後，聲交應於雁行；或枚速馬遲，文各矜其鴻寶。雲泥靡隔，縞紵相歡，亦云盛已。世難紛集，朋簪寖疏。會值播遷，益嗟離索。而遠棲碧嶠，重整黃圖，乃獲與辭采冠一時。

心儀踰十載之漁叔先生，傾蓋北臺，聯鑣東閣，則又未嘗不引為平生之大快焉。漁叔少讀楹書，上恢門業。小冠自異，有杜子夏之高風；喬木如新，是王壬秋之故里。五鹿折角，窮經明治化之原；一鳳揚聲，餘事擅篇章之妙。其為文也，楚豔漢侈，綜美於前修；其為詩也，庾清韓豪，兼工於眾體。五色濯江頭之錦，四時飛筆底之花。秀氣靈襟，巧心妍手。求諸冀北，已告空群。眷此斗南，宜推獨步。頃復抽其餘緒，撰為雜篇，顏曰《魚千里齋隨筆》。裁量古今，品藻人物，舉所見所聞之事，紀不支不蔓之言。間涉祆祥，絕殊齊東之野語，即論文字，直勝池北之偶談。

余披覽既竟，因謂漁叔風標似鶴，咳唾皆珠；郢雪妙聲，距巴人可企。夢華新錄，視孟氏尤賢。漁叔遜謝有加，序言是屬。且曰潤色鴻業，寧敢後人；樹幟駢林，當以讓子。是知昌黎雙鳥之詠，叔度千頃之波，淵識孤懷，又非流俗所得窺其涯際者矣。余病文士相輕之習，感故人見待之誠。寓目弘編，綴辭末簡。萬言倚馬，爭看李白之再生；一曲移人，儻許成連為同調。

成惕軒

題詞

澹菊明薇館，爐煙寂，鑄奇人據珊案。玄亭載酒，歌鬟畫壁；兩京名滿。愁烽漸蹙毫霜，賸斷寫，瓊瑤寄怨。總暗惜，紙貴蠻坊，頹瀾故國誰挽。

殘疆萬感棲遲，衣冠恨別，前事烟黯。新蒲綻筆，秋榕變雨，歲華驚換。扁舟甚日歸去，怕住久，瀛波又淺！綴古歡，浴夢蟫香，篝燈自辦。

漁叔以近著《魚千里齋隨筆》屬題漫呈〈宴清都〉小詞乞教

江絜生時同客臺北

彭剛直韻事

彭剛直公玉麟為先曾祖韻園公畫丈二梅花大幅，意態雄傑，結構特精。題詩云：「春風澹澹影悠悠，玉笛橫吹月滿樓。誤逐塵埃三十載，至今飛夢繞羅浮。」公所自作也。百年來，紙墨如新，家居時最寶愛之，今不知流落何地矣。聞先輩言，公每書梅必自撰一詩，無一雷同者，而句意必有所託，據云皆為一女子名雪梅者作。觀公自署「梅仙外子」，及另有畫梅題句之「我是西湖林處士，梅花應喚作卿卿。」等，大抵無慮數十百首，深情繾綣，徹骨淒馨，則是花是人，無二無別矣。

雪梅為公戚串家女，青梅共弄，託愛髫年，及長，以格於母命，別娶鄒氏，遂發願寫梅花十萬枝紀之。及後公貴，鄒夫人已卒，復與雪梅相見，並於家衖外築庵迎其住持，時雪梅已削髮為優婆夷，頹然老矣。王湘綺作公行狀有言及鄒夫人事大略稱：「夫人以樸拙失姑歡，自公太夫人卒，遂與公不相面」云云。舊時婚媾，往往全不出己意，大都結局悲涼，不僅公所遭如是也。

公為諸生時，有同邑富孀楊江子春，設典肆於耒陽，以子幼弱，家無壯男，聞公豪健重然諾，請往經理其事。公至耒陽見坊市無賴聚積，多謀不逞，又歲荒，度必亂，因於年終大書榜肆門，令貧民曾質衣物者，就庫持券取去，不責其本息，且另散錢賑饑，耗財物無算，一肆以為狂，競告子春，以彭秀才所為非盡折閲不止。子春但笑曰：「錢已用，可復還耶？」竟置不問。未幾太平軍起，耒陽士寇蜂起肆劫掠，他處皆蕩然，獨相戒不犯典肆，公以此從容收資本還報主家，當時有識者論公以一貧生為人主出納，視其財若己有，放散無所顧慮；子春平日最謹於財，以任人之專，耗累數千金而無幾微吝惜之意，至絕不問其出入，皆可謂豪傑人也。

公領水師與太平軍力戰，復小姑山，山近處奮有彭郎島，公為詩云，「十萬舟師齊奏凱，彭郎奪得小姑回。」此為生平最得意事，詩亦盛為當時人所傳，而所難得者，恰有此地名，以切其姓氏耳。衝波血戰，乃成此風光旖旎之詩，猶想見其橫槊高吟時也。

剛直肝腸如鐵，世稱烈丈夫，而不乏掃眉知己，且春風詞筆，復若不似其為人，故連類書之，亦韻甚矣。

趙瀞園先生

湘潭周氏，善擇婿，東床之選，前有湘陰左文襄宗棠，後有同邑趙瀞園先生。先生吾師也，諱啟霖，字芷蓀，晚自號瀞園，短軀方頤，貌微黔，雙瞳奕奕有光。性端重寡言語，年十三，應童子試，封翁親擔簦送之往。中途；遇一華服乘肩輿者偕行，屢目之。少頃至村肆小憩，乘輿者呼翁前，問曰：「童子何人，今安往？」翁以告。乘輿者曰：「我岳衡周氏行九，適見賢子骨相非凡，故欲一談。」因揖翁父子就坐，且命肆中具饌共食。翁知周為里中富室，謙辭乃坐。周與先生語移時，謂翁曰：「賢子大器也，年尚幼，不必赴試，宜就名師再讀數年，今可從我歸，此後賢子所需，一切皆我任之何如？」翁曰：「幸甚。」

先生在周氏塾中，與周二子及一甥共讀，其年冬，塾師解館去，先生仍留讀書不輟。寒夜與同學數人圍爐，周氏兄弟約共聯句為戲，令各綴五言詩一句，每句中應具五物，須四大一小，違者罰之。周氏兄作首句云「樓閣廳堂廁」，其弟應曰：「黿鼉蛟龍鰍」，次至甥曰：「簠簋罍樽爵」，眾稱善。最後及先生，默然久之曰：「趙錢孫李周」。諸人皆未喻其意，徐乃悟以此尊己而譃周也。遂大歡笑！此事近人《凌霄一士隨筆》曾載之，而不甚詳，周氏弟名蘗生，早入學，亦有時名。

先生年十七入學，才名藉甚，張燮鈞學使觀風湖湘，考十縣生童，題為〈韓信登壇拜大將賦〉。先生試冠軍，學使奇賞之。其文首四句為「釣竿高擲長淮浪，九天旗鼓真王帳，長驅四海從赤龍，重瞳不光暴秦喪！」曾傳誦一時。詞筆高華，非弱齡童子所能，當時老輩稱其才，謂不減唐之王子安云。先生旋領鄉薦，成進士，入翰林，年才踰弱冠耳。

再紀趙瀞園先生

趙瀞園先生既入翰林，官編修，旋考授監察御史。時親貴用事，賄賂公行，黑龍江巡撫段芝貴，斥十萬金為女伶楊翠喜脫籍，以獻振貝子，士論譁然。先生遂上疏論列其事，段芝貴以此革職，先生亦幾得禍。

先君翰屏公方官內閣中書，與先生同寓北京南橫街圓通觀。總角論交，素相善也。奏未上時，先生蹀躞室中，通夜不寢，先君怪之，往詢其故，乃曰：「適擬草疏劾段芝貴，而辭連慶親王奕劻，恐禍不測。生死原置度外，惟家貧，老母在堂，恐貽親憂，以是未決耳。」後數日，復謂先君及羅提學順循曰：「昨彈章已上矣，倘免論死，當負戈遠行，老親乞公等顧存之。」

章既上，所論大抵不誣，不得已予段顯斥。而廷議以先生小臣，詆斥親王，大不敬。初擬遣戍，繼有樞臣為言，改革職永不敘用，先生聞命，即襆被出都。將行；御史江春霖、趙炳麟先後上章言趙啟霖直諫，不宜斥退，乞收回朝命，不報。

先生回籍未幾，奉命起復，授四川提學使司，在蜀中號得士，而廉勁最為時論所稱，以與川督趙爾巽不洽，告歸，居鄉，遂不復出。

先生工書，初學曾文正，幾可亂真，後改習山谷，參以北海筆法，體勢一變。其用筆直起直落，挺秀無比，尤善為詩，思致婉美，卓然名家，有《瀞園詩文集》行世。民國二十六年春，年八十，清健如恒，一日晨起，忽告家人云：「速具湯沐浴，今日我將遠行。」問何往，不答。及浴竟，易衣坐廳事，召其夫人及兒孫長幼十餘人悉至，命環跪宣佛號，先生素不信佛，眾莫測其意，姑如命為之，少頃，曰：可矣。復索筆書一聯於案，竟端坐而歿。

余時從軍閩西，聞耗哭之，旋歸里聆先生謝世時狀甚詳，且讀其聯，亦尋常語，了非禪悟，而臨命之際，神識湛然，去如脫屣，未易測也。

余年十六，值先生六十誕辰，記撰一聯為壽云：「艱貞以所南皐羽自期，壽世無如名節好；清介與恪勤文肅相埒，立朝更有諫書存。」恪勤為陳鵬年石村，文肅為黎培敬簡齋，皆邑人以廉介立名節者也。先生頗賞此聯，命懸之以示坐人曰：「聊重童子手筆耳。」其明年，先君命執贄先生之門，從授文章義法，兼學為詩。

先生隱居昌山，署其廬曰澥園，距余家百里，余冠歲再謁先生於寓廬，呈詩三首云：

重許摳衣上禮堂，問安親為捧壺觴。
鹿車偕隱春先到，鳩杖扶顛鬢未蒼。
杜宇飄零餘墜夢，靈修浩蕩鑒孤芳。
柯亭回首東華路，一角觚稜戀夕陽。

四海朝陽聽鳳鳴，更聞一笑比河清。
乾坤秀氣收詩卷，風雨閒宵憶舊京。

燕市酒酣驚代謝，昌山日暮看雲生。
週旋場圃談經地，只許漁樵問姓名。

故交四紀尚如新，先輩風流老逸民。
三世朏誠公及見，百年興廢跡俱陳。
疏燈矮榻情逾摯，殘劫餘生語倍親。
花老山深讀書處，草堂櫻筍餞濃春。

詩既寫呈，先生旋即賜和，其詞為：

萬壑雲中著草堂，偶因吾子一揮觴。
喜聞襟抱凌凡近，況讀詩篇入老蒼。
杜宇聽來如有約，酴醿開到尚能芳。
摩挲衰鬢氈氈在，目共歸鴻送夕陽。

出谷鶯聲記一鳴，當時海宇尚澄清。
家風屢世知庭誥，宦轍頻年伴帝京。

夢裏交親同水逝，樽前談笑又風生。
人間俯仰成今昔，直北關山不可名。

崢嶸意氣發硎新，奮袂康時要俊民。
平仲遺書能不負，陸機世德尚堪陳。
橫流蕩蕩來何極，絮語依依久更親。
聞說元亭時問字，綠楊深處雨家春。

右手稿恒珍存之，歷時卅載，雖久付秦灰，而默誦之不遺一字，以名賢遺作，特紀之於此，若鄙製稚劣，則削稿久矣。先生軀幹短小，雙瞳炯然，平居寡言語，與人接或終日不出一辭，至其講論文藝，則詞辯飆發，而文筆尤為敏銳，有如宿構，曠世之才，不易覯也。師門恩澤，未知報稱何時，流轉江湖，俄焉老大，其愧負於吾師者多矣。

李國良傳

李國良字兆彬，本名秋生，長沙東鄉人，家貧，兄樹彬勉就學，一家嗇食供膏火，兆彬遂廢讀。年十三，父令學為巫，從里中道士習符籙，未幾棄去。為人口吃，又體幹長大，敝衣赤腳踽踽行，群兒侮笑之。方暑，家無坐處，李氏故聚族居，有宗祠在近村，兆彬輒就祠案支足臥。偶從廢簏得《史記列傳》殘本，反覆讀，略解其義，復就宗塾假字書置側，遇難字，隨手疏記，寢饋祠宇，每日僅歸一覓食而已。積數月，《史記列傳》皆成誦，易讀他書，寓目既了了。乃更借讀經傳文詞之屬，遂貫串史事，漸能文，父怒其失業，且作苦，不暇顧也。居二歲，學益進，而樹彬從陸軍小學卒業歸，方冠，以貧故，急欲覓升斗贍家，其明年應升學陸軍軍官預備學校，遂擬不赴。兆彬忽前請曰：「進取之路固在，棄之可惜，盍不以兄名假我，往應試，倘獲雋幸甚，否亦餬口四方，免坐困也。」樹彬斥之曰：「無論學術須積數年力，豈一朝躐等可致，且汝幼失學，敢妄覬耶？」兆彬乃呈其文，兄始驚自以為莫及，遂就應考科目，授以大凡，兆彬絕慧，進愈銳，樹彬意乃決，頻行，遍告睹同學之赴試者曰：「吾家苦貧，今輟業獨力支門戶，自分淪棄，不得已以家弟襲吾名應試，弟幼，亦諸君弟也，願略跡原情，始終護持之。」樹彬為人素誠厚，為同學所重，兼憐其志，皆曰「諾」。於是兆彬遂襲兄國良名往。

及應校試，文題為〈郤穀論〉，兆彬通《春秋》，嫻習題義，草數百言，詞意甚偉，校長某君得其卷詫曰：「是文何乃神似司馬子長？且辭義發舒，良將才也。」拔置第一。某君精兵略負盛名，於諸生中獨愛兆彬，每召見訓勉，禮遇優渥。兆彬發奮成學，於中外諸兵家言，通曉條理脈絡，較其短長，默運於心，每出一義，輒精當，同列無出其右。年餘，校中選派留學考試，兆彬復第一，以公費生，送日本士官學校，習輜重兵科。

兆彬在日本學成歸國，即赴粵入第六軍，任黃埔軍官學校教官，繼領兵為團長，擢教導師師長。民國十六年北伐，改任第六軍軍官學校教育長，長沙第三分校教育長等職。

是時兆彬長身鶴立，疏眉朗目，顧視偉如，尤精戰術，自中國歷代兵法以及歐西各國名將戰略戰術，靡不通究。平居口訥訥若不能言，當其攝衣講席，為諸生指授，音辯清亮，辭條暢發。其舉戰例，必為探尋原委，始則乘流導源，汩汩然若暗水細泉，沿谿傍山，蜿蜒鬱紆而下，及其穿瀧度峽，眾匯交合，莫可抑遏，排空拍天，極汪洋浩瀚之觀，以奔注江海，而千檣萬艘之勢皆具，聆者莫不饜，疑且暗者，又莫不凝聽寂視，豁然而洞達也。諸及門魁偉之士，或取將帥，樹名業，最下亦拾緒餘，擁臯比，抗顏為人師。

北伐告成，南都底定，兆彬授中將，被任為訓練總幹部輜重兵監，兼輜重兵學校校長，襄勤課士，績效益宏。兆彬自起孤童，至是日漸通顯，於微員下士，多所識拔，寒畯踵門上謁自通，亦降意相接，視其材藝高下，教誨扶掖之，人人各如其意以去，皆自謂：「李君厚我」。民國二十七年秋，奉派赴西安視察軍務，抵行營之次日，敵機大至，兆彬避之地道，彈落，洞口摧陷，竟窒息死。

吾始負笈東渡，才踰冠齡，以友人吳聲鎬之介，謁君於南京紅紙廊，一見即蒙知愛，忘年略分，如平生歡。後此輟學流離，間一就君，如遠遊之歸其鄉。嘗從容侍談，縱論當世，間及文章雜藝，恒達旦忘倦。或正相對絮語，見窗紙漸白，君失笑曰：「又破曉矣。」乃起入臥內，睠睠之情，雖昆弟骨肉不為過也。吾少年時，孤學無援，君為綢繆計慮，周畫其生事甚備，遂稍自振拔，自君之死而濡沫之計窮，悲夫！君於事獨見其大，知微慮遠，度越流輩，嚮令克永其年，不為僑壓，於潢池盜魁，或能殫竭智慮，以少紓國家之憂，即不然，亦建旗鼓死烈耳。方君始生，若幽蘭處於蕭艾間，奇芬酷烈，終不自閟，而竟摧折以滅，則造物之生才，其果有意耶？抑無意耶？

林公鐸別傳

清季兩浙以學術顯名天下者，有德清俞樾蔭甫，餘杭章炳麟太炎，瑞安孫詒讓仲容，陳黻宸介石，林損公鐸。公鐸最晚出，介石先生之甥也。

公鐸之為學，沉潛英鷙，黯然而益章，不以阿世取寵為能，信乎中國儒家之正脈也。而當時別有一種新銳之說，挾雷霆萬鈞之力而馳，以掃空前世，橫絕萬彙，風氣所被，莫能遏也。獨公鐸挺身立於逆流，以相推排。民國二十三年，方主講北京大學，諸老師宿儒漸被厭薄，傳將解聘他去，公鐸大憤！留書誚讓，詞旨激烈，遂拂袖去，天下義之。其去也，蓋若摩天勁鶻，飛空絕跡而行，諸生至遮道痛哭，終莫可迴。然自此諄風樸學，日就淪亡，消長之幾，於茲略見矣。

介石先生以名進士為當世鴻儒，同里林君養頤少從先生遊，乃妻以女弟，生二子，長曰辛，次即公鐸。公鐸生而母夫人罹產難卒，舉家痛而棄之。介石先生收取去，予其適鄭氏妹，遂為從母鞠育成人。年七歲盡畢五經，稍長從舅氏受業，英姿異稟，獨運兼賅，遂乃吐納百家，提衡儒釋。其文章淵懿，名理粲然，抗跡淵雲，遙遙千載。弱冠攝衣，為太學名師，並時賢彥，如劉師培、黃侃、黃節、吳梅、張爾田之倫，咸交口推服。始與桃源宋漁父交最深，及漁父被狙擊死，哭之痛，由是絕意仕進，講學以終。自民國二年主北大講席，以次歷任師範大學、中國大學、東北大學、中央大學教授，而在北大為最久，先後踰二十年。二十九年秋八月以疾卒於家，年五十一，奉國民政府明令褒揚。遺著經弟子姜紹謨、黃建中編記者，分三類都四十餘種。其論學謂人事代謝，非篤倫無以持其紀，主倫者我，真我曰心，故惟善可以立性命之根；惟靜可以致中和之本。由是以體曾之恕，行墨之仁，循莊之齊，究老之真，觀列之化，終焉以建孔立極為歸，此其學術大略耳。

余所善林尹景伊，公鐸之猶子也。讀書講學外，手不離酒杯，稍稍規之，對曰：「少日侍飲仲父，遂耽麴蘗，不能禁也。」因與對飲，酒酣，得從容飫聞公鐸生平學行，慨然慕之。公鐸醇粹貞白之儒，高標獨立，詆世儒為不學，視趨時為大恥，其浩然去留之際，蓋有無窮隱痛，蘊而莫宣。終至促齡酒樽，埋憂地下，豈惟學風日變，而世亂隨之，悲夫！

劉師培別記

清代以樸學度越前世，皖江諸師與蘇常之儒，華實相判，而合其流於揚子江，自儀徵阮文達元，以達宦告休，耽精經術，考析今古文同異，奄有東西兩漢之長，盛藻名芬，沾溉一世。逢掖之儒，乘流崛起，同邑劉氏三世傳學，以經術發名東南，均治《左氏春秋》，於清道咸同光之世，列傳國史。至師培遠紹宗風，昌洋前業，年踰弱冠，蔚為海內魁儒，雖淵源所自，特懋聲光，而異才挺生，要為稀有。

師培字申叔，早孤，母李夫人親授《毛詩》《爾雅》《說文》，目十行俱下。中清光緒壬寅科舉人，年才十九耳。會試不中第，以家貧遠遊，從友人江都王鍾麟至上海主《警鐘報》，為文譏砭時政，旋任《國粹學報》編輯，皖江中學教員，倡民族革命，著書數萬言，名大震，遭黨禍走日本，變姓名為金少甫。民國五年與康心孚重組《中國學報》，明年，任北京大學教授。

始師培冠歲，於會試歸途至滬，晤章炳麟太炎及愛國學社諸人，論革命相沆瀣。其年歸娶，偕其妻何班復至，何班入愛國女學肄業，師培則易名光漢，著《攘書》，昌言排滿復漢矣。久之，有人誘何班，強師培詣端方陶齋幕府，一變其素志，時論詫之。袁氏將竊號，師培則又入籌安會，上表列名勸進，議者譏其內熱，至詭隨流俗，末路不終，實則師培懼內，籌安諸人，以重金賄何班，劫持至此，非其本意也。聞張溥泉先生舊寓北京時，某夜師培匆匆至，喘息未定，倉皇四顧，甫坐，聞叩門聲，驚曰：「吾妻何班至矣！」立抱頭趨床下伏焉，少選，知叩門者非班，溥泉先生大笑曳師培出，猶戰戰也。溥泉夫人崔震華女士，嘗舉此事以告林景伊，景伊為余言之。

據師培叔父劉富曾所撰〈亡姪師培墓志銘〉末云：「配何氏，為余女夫揚子何家軨妹。」則知何班為師培舊姻。又云：「何氏艱難中間關相從，武昌戎馬，保全先著稿本，蠶叢崎嶇，尋夫蜀道，今者嫠室哀吟，苦空澈悟，爰訪名山，將為比丘尼終焉。」據此，班之於師培，亦差為不負矣。

清乾隆初葉，儒士為學，尊漢而薄宋，其所張之漢，為漢之東京。至乾嘉之際；有所謂西京之漢說興，而今古文門戶復立。今文者，大抵皆伏生高堂生等所傳諸經，為本諸記憶及口耳相傳之師說。古文則為漢武帝末，魯共王壞孔子宅，得諸壞壁中之各種經籍是也。時當秦火之餘，故殘缺若是。西漢經師，於古文經傳，多不置信，謂為偽書，摒不得立於學官，其所立五經博士，皆今文家也。西漢季世，劉歆仕於新莽，雖獲置古文博士，然不久即廢，直至東漢後，學者厭薄今文家陰陽災異諸說，始共重視古文。東漢經師如賈逵、許慎、馬融、服虔之倫，並以古文為宗，至鄭玄乃兼採今古文，而自成一家之書，此今古文遞嬗之大略也。

儀徵劉氏以治《左氏春秋》為其家學，故師培初亦尊尚古文，而力攻今文家。其時井研廖季平、南海康長素主今文，治《公羊》，倡孔子改制之說。師培著論詆斥之，更進而駁正劉中受、宋于庭、龔定庵、魏默深諸今文師說，議論與餘杭章太炎相翕合無間，太炎喜甚，嘗致書師培謂：「與君學術素同，蓋乃千載一遇」。契同針芥，莫逆可知。及後與相齟齬，至貽書孫仲容以乞調停，書中有云：「儀徵劉生，江淮之令，素治古文《春秋》，與麟同術，情好無間，獨苦年少氣盛，憙受浸潤之譖……先生於彼則父執也，幸被一函，勸其勿爭意氣，勉治經術，以啟後生，與麟戮力支持殘局，度劉生必能如命，縷縷陳述，非為一身毀譽之故，獨念先漢故言，不絕如線，非有同好，誰與共濟……」等語。及師培流落西川，蹤跡懸絕，太炎乃約蔡鶴卿遍託上海各報寄聲覓之，並勸其東下，太炎高視群倫，獨於師培拳拳加厚，降意如此，非無故也。

師培精思冥悟，其於群經，廣徵兩漢經師遺說，左右採獲，由聲音以明文字之通假，按詞例以定文句之衍奪，而又廣搜群籍，遍發類書，審其同異，歸於至當，遂使古書堅城盡破，業績爛然，信可以淩駕一世已。師培體弱，在北大時，病瘵已深，旋即謝世，年才三十有六。

寧武南桂馨佩蘭斥資數萬金，彙刻遺著七十四種，於其述作，搜攬靡遺，師培為不朽矣。二百年間學者才豐算促，以孔巽軒、董方立、何願船三君為最著，皆不過四十，蘭膏自灼，量限於年，師培亦其亞也。

劉申叔學述

《論衡》言「博士弟子郭略，夜定五經章句，精思不任，殞於燭下。」此由才不副志，英華內竭，遂乃銷鑠而亡。近世儀徵劉申叔溺志群籍，抽心祕文，疾疢纏身，神勞算促。然而等身述作，經術無雙，蔚此奇馨，磨肌不滅，則又與朝榮夕瘁者異矣。

經傳今古文之辨，前記已略舉大凡。就《春秋左氏傳》及《公羊》《穀梁》三傳言之，則今古文之鴻溝立判。《公羊》為漢初胡母生董仲舒口誦手寫而傳，與伏生所傳之詩書，並號今文，立於國學。《左氏傳》則與《逸禮》、《尚書》、《孝經》、《論語》等出孔子故宅壞壁中，並謂之古文。劉子政、子駿父子尤好《左氏》，桓君山新論稱其父子呻吟《左氏》，下至婢僕，皆能諷誦。子駿至屢請建立《左傳》於學官，與當時諸儒博士爭論不得，而移書太常責讓，謂其「專己守殘，黨同門炻道真」者也。今文家乃逕斥為偽書，清季廖季平、康長素、崔觶甫等，更承劉申受、龔定庵諸家之說，謂《春秋左氏傳》，為劉子駿取《左丘氏國語》所改作，且悉舉所謂古文經典，皆目為劉氏偽造之書，以張其《公羊》今文之學。

章太炎氏素崇子駿，排詆廖康，於經術專主古文，適以申叔四世傳經，用治《左氏傳》發名東南，所見盡同，遂相沆瀣。太炎謂君山親見二劉，新論所稱，語當可信，以此證《左氏》並非子駿贗作。申叔廣徵古義，獨紹微言，議論尤為飆發。曾先後撰〈漢代古文學辨誣〉及〈非古虛上下篇〉，以駁廖季平之《今古學考》，與康長素之《新學偽經考》。並申論孔子無託古改制之事，其論定一說，必旁推交審，抉發隱微，以鉗今師之口，辯證精博，雖百思莫能或易也。當時太炎致申叔書，嘗自稱「劉子駿之紹述者」。申叔亦署名「左盦」。學術淵源，於茲可見。厥後申叔於今文家稍為通融之辭，對廖季平、宋芸子漸多寬假，論者謂其前後異趣，實則申叔之所以斷斷爭辯者，乃今文家目古文經傳為偽造，及孔子改制之說，而於今古文經說固並無軒輊也。此其兼綜今文，左右採獲之本旨，蓋揚州學派如此，亦承阮文達之教然也。

自今文經說日盛，學者務為新奇可喜之說，而樸學益淪，寖假陽襲考證之名，資為譁世取寵之具，流風所扇，不僅貽譏申叔，又豈廖季平諸人所及料耶。

泛論文筆

少時喜為駢偶之文，由吳穀人、洪北江以上學六朝，嘗於秋夜泛舟湘江，歸撰一文呈吾師趙芷蓀先生，先生謂置《北江集》中可以亂真。及冠遊學四方，乃止不作，今藻墨遂荒，已逾卅載。及來臺灣，遇陽新成惕軒，見其所為駢文，因語之曰：「以此讓君」。記惲壽平曾睹王翬畫山水，自謂不能過翬，改作花卉避之，其意則猶是也。

江都陳含先生見余及惕軒文，有入洛二龍之譽，時與惕軒先後來台未久，自維鄙劣，甚愧其言。含光先生最工儷體文，非近代所有。弱冠曾撰〈孔雀賦〉，王湘綺賞之，語載《湘綺樓日記》。後作〈流水音賦〉，劉申叔以為枚乘之亞。又作〈史公碑〉，為黃季剛所見，稱其過於洪北江，先生曾自寫記其言，以為能不薄於通人為可喜。觀其所詣，則劉黃之論，固非虛美耳。

前代所稱文筆，自有其定義，凡儷體皆謂之「文」，而散文則稱之為「筆」。儀徵阮文達芸台辨之最詳，劉申叔承其鄉先生之風，刻意駢儷，嘗云：「天下文章，在吾揚州耳。」其為駢文，規模六朝，以攀漢魏。清世胡穉威、洪北江號為工駢體，申叔視之蔑如。蓋申叔之於文，原本經術，陳義自高，下瞰胡洪，猶為俗格，況下此數等，專以妃青儷白為工者乎？章太炎論淩次仲曰：「次仲工駢文，然止似文章家之駢體耳，初無以自見所學也。彼豈謂一為文章；便當拋卻經師本色耶？」其語可與申叔衡文之意見相發，自屬高論。然文章之美，在於才學相副，若必固執經術以為軌則，亦拘墟之見而已。含光先生推論清世駢文，以汪容甫、王壬秋卓然冠絕古今，而申言儷體於用散句處，忌以八家法羼入，又對仗不宜過工，對過工則成唐以下之四六文。至於氣體音調，則非言語所傳云云：此固不可不知也。

張丈魯恂與余言：桐城文末流浮淺，而故作一種意態向人，最堪厭惡。駢體文則於今世無多用處，殆為廣陵散矣。余則謂現行之白話文，便於尋常一切議論抒寫，自有其條理脈絡，且為之亦更邃密曉暢於前，固遠超往昔文與筆之為用，但文言無論單辭偶語，左右揮斥，亦得稱意而言，此自留與承學者為之，於他學不相妨害，藉存國故，而衍文章一派之傳；倘必予以詆訶，目為復古，則過矣。

紀陳含光先生

臺灣陳君南都以三十八年己丑九月，招飲於其別業草山煙雨樓。時余方自青島來台未久，與會者數十人，大半皆老宿，江都陳含光先生亦在座，余年才踰四十最少。主人分韻，令即席為詩，詩成傳箋互觀，含光先生見余作，握手殷勤道意，是為相見之始，遂時共往還。

先生奕世清華，高才博學，少時曾作〈孔雀賦〉盛為王湘綺所賞。其入縣學，舉優行，計年當不過二十餘，此後即已絕意仕進，平生不履宦途，並不自民國始也。先生原名延韡，據張百成兄言，抗戰時猶用之，至臺灣後始專用別署含光二字。今代多主名號統一，又韡字筆畫過繁，其棄去不用，殆此意也。

抗戰初起，江都淪沒，先生遂陷敵中，高臥八年，杜門掃軌。其間敵偽迫脅百端，均以死自誓，卒不能屈。此外燕寧偽命，遼瀋音書，甫遞即焚，從不啟視，或有造門致候，拒與晤言，惟與渝中潛通音問，俟間即發。外患既戡，乃以「八年堅臥，一旦昇平」八字，榜其門前。志節凜然，可謂無慚衾影。

五年前先生體尚強健，每日將暮，必策杖徐行市郊，一夕足陷泥淖傷踝，及癒，遂不復獨遊。每遇宴集，多由公子康及百成扶掖而行，公子甚孝，敦謹力學，見其門風。百成敬事先生，恩義周至，數十年如一日，尤足矜式薄俗，令人油然生孝弟之心。

自煙雨樓邂逅先生，八年來文酒追陪，月必數見。論詩譚藝，語極精微，或意有未愜，宜之緘札，兼以詩篇酬唱，錄稿見貽，今檢行篋，猶存數十通，細雨春燈，覽之雪涕。先生性極謙謹，某次和人韻用一字小誤，余郵書相告，先生復函謂「匆匆不自檢點，應掌責二十」云云。老輩風徽，令人欽挹無盡。余以往歲浴佛節五十生日，先生手書楹帖見賜云：「生同千佛光相兩；句敵二陳年倍高。」以後山、簡齋皆未踰五十而歿。故用年倍高字，寓祝頌意也。

先生於國家，拳拳忠愛，有最使余難忘者，民國四十二年春，總統頒布〈整理文化遺產與改進民族習性〉一文，指示今後應以經書為文化基本材料，並提示研讀整理方法。先生讀之極為感奮，翌日枉駕見過，陶觴花下，談笑甚歡。隨出示所作，題為〈論讀經以成孔子為重心〉，屬交《中國文化月刊》利載，其文真誠懇摯，全篇情感洋溢，具見忠忱，茲摘錄數節於下：

自元首訓詞有整理中國文化之語，而及於讀經，大哉聖謨，誠今日反共之首務也。……夫人者，動物，而與禽獸異者，以其心耳。心之與動物別者，以其先義而後利耳，利則唯趨於物，而義則有以制之。……故中共之毀文化，滅民族，必先之以唯物之論，而使人嗜利忘義，以自同於禽獸！今欲反之；則必使人知心，知心而後知義，知義而後可以為人，而遠於禽獸。……然則欲反共，莫先於尊孔子為重心……人人知有孔子，則其最下，已無甘殺父母之人矣。

今請凡小學，必使背誦《孝經》，而為之講解。中學則以《論孟》全書約其字數而分之，以代國文，以二書文字優美而易通也。豈不勝於國文教科書之凌雜可笑乎？如是行之，則為人之根本立矣，中國之文字通矣，孔子之為重心成矣。雖有邪說詖行，不復能為其所惑，二十年後，倘猶有妄信共產如今日者，請掘吾墓以謝天下。

此為先生對學校讀經主張，亦為研讀　總統訓詞之最先心得，其末語「請掘吾墓以謝天下」尤極沉痛。今龍蛇應讖，喪此耆賢，覽舊篋之遺文，對新阡之宿草，而人琴之痛深矣。

去歲教育部以文學獎金贈先生，最為允當。或有以先生詩中，屢言故國，疑為清室遺老，甚至謂其「仇視民國」，實有未安。清社之亡，先生年才三十，江湖布衣，名不掛朝籍，豈可妄擬遺臣。惟其喬木故家，代膺顯秩，其懷念先世，受恩前朝，不無眷戀之私，是亦人情所常有。前史所稱，易代之際，每多褒揚忠節，蓋以名節為天下之公器，所以模楷後人。一姓之君，猶知逾格尊崇，何況今日。且民國為自由民主政體，民皆自主，何取於仇視之言，先生頽然老儒，勵節海外，就使心存「故國」，跡類冥頑，猶可留範儒林，目為創格。況其平生行誼，効忠於國家民族，險夷一節，無間始終，雖蓋棺之際，士論自有低昂，要不可厚誣前輩也。

論詩之情與意

近世之善詩者，必數江都陳含光先生，其論詩直指本原，專以情為主。嘗作論詩絕句二十首，摘其語意最為顯豁者，計四首如左。

啼笑從來豈自由，能傳啼笑即千秋。
若將意識生分別，定識渠儂不入流。

詩要純情本大難，緣情便可霸詞壇。
古今流別分明在，始變風騷是建安。

如醉如狂畫不成，詩人豈有理堪評。
果從理窟求佳語，試聽慈親責子聲。

待向宗門細細探，七情顛倒苦沉酣。
詩家自是魔非佛，一語為君來發凡。

含光先生言：「哀樂是情，是非分別是意，情與意常相生，而絕非一物，詩家之要，即用情不用意耳。」其主旨大要如此。賅詩意申言之，前一二兩作，便是闡明茲旨。第三首則涵意甚深，蓋謂詩人之情，必使之如醉如狂，乃為真摯，而所最忌者理語，果若欲從理窟以求佳作，亦未可斷其必無，例如賢妻之規其夫，賢母之責其子，以雖係理語仍出於情也。其第四首於此旨更推進一層，意謂禪者「背塵合覺」主於悟，詩者「背覺合塵」主於迷，迷者情之極境，愈迷則詩愈精，故曰「詩，魔道也，非佛事也。」

記四十三年春，余以所作就正先生，先生題紙尾云：「光論詩主情不主意，以為情乃詩也，意則文而已矣。宋羅大經嘗舉小杜『銅雀春深瑣二喬』，及『捲土重來未可知』為皆翻案法，其實二作之相去天壤，夫人而能知之，何以故？則前者意語，而緣之以情，後語直白道意而已……近人不知，率舉其用意者學之，遂生硬腐惡而不可讀。」

右所論列，前後語意相發，其完密精深，不盡為恒人所能領會，然心通其意，要可抉剔本原，沾溉詞流，浥之無盡。抑余嘗思之，詩固以情為主，而必以意為之率，夫情之至，笑啼兼作，意之至，理境通明，嚮令離情而言意，則專重理事，當其弊，不為語錄，即墮機鋒；離意而言情，則泛濫無歸，當其弊，悉屬婬詞，都成意業。況一念之發，同出識田，略近真心，不難棄魔皈佛。原「詩」之始，析義為「持」，就佛理言，情為「能持」，意為「所持」，情意兼而「能」「所」備，至於適然交會，恝然若遺，分別不生，又「能所雙忘」之際矣。故詩之事，情與意非可偏重，在善用之而已。

記黃季剛

前歲偶過友人林景伊兄處，見齋壁懸其師蘄春黃季剛先生手書詩幅云：

秋氣侵懷正鬱陶，茲辰倍欲卻登高。
應將叢菊霑雙淚，漫藉清樽慰二毛。
青冢霜寒驅旅雁，蓬山風急抃靈鼇。
神方不救群生厄，獨佩萸囊未足豪。

款書「乙亥九日獨吟甫成，適景伊以佳紙至，遂為錄之，量守居士黃侃。」

乙亥為民國二十四年，季剛先生在南京時所書。字跡歷落有致，而詩意特為哀颯，方觀賞間，景伊淒然云：「此幅為吾師絕筆，亦不祥物也」！因就詢始末，乃得其詳。

是歲重九，季剛與其子念田姪焯及景伊同遊鷄鳴寺，持螯把酒，賦詩樂甚，及歸微感不適，入室下帷臥。是夕景伊往省，並攜佳紙乞書，季剛欣然起，為濡毫書之，即此幅也。至署款時，忽咯血，猶力疾寫畢，遂嘔血不可止，至夜而卒。

後數月，餘杭章太炎先生見此，悲不自勝。題其端云：「此季剛絕筆也，意氣未衰，而詩句已成豫讖，真不知所以致此，觀其筆勢灑落，猶未有病氣也，景伊其善藏之。乙亥大雪後一日章炳麟。」太炎時年已七十有二，以哀傷致疾，後數月餘亦歸道山。景伊為餘杭再傳弟子，兩世師門，留茲遺墨，山頹梁壞，觸緒興哀！宜其一燈隨身，珍同拱璧也。

季剛少年懷才負氣，跅弛不羈，東渡日本時，棲止一樓，罕與人相接，太炎適居樓下，初固未識也。季剛憑欄溺，高處隨風霑灑，污太炎室，太炎仰面罵之，遂互相通姓名，季剛由是執贄稱弟子。其為學精猛，絕塵而馳，早歲著有《音略》及《文心雕龍札記》等書，晚途悔其所作，有詢及者，輒為不懌。所書《量守廬日記》，歷二十餘年不輟，文筆茂美，至今學舍生徒猶誦習之。量守之義，蓋取陶徵士「量力守故轍，豈不饑與寒」詩意也。太炎為撰墓志銘云：「季剛自度不能與時俗諧，不肯求仕宦……始專以教授自靖，為學矜精習，尤精治古韻，始從問余，後自為家法，然不肯輕著書」云云，其推許甚矣。

季剛之尊人名運鵠字祥人，清季以翰林官四川按察使，子女甚眾，與聯姻好者，皆一時疆吏，如李廷簫、卞寶第及鮑超等皆是。祥人年七十始生季剛，行十，稱黃十公子。生十餘齡，於蘄春集孝義會，每就深山中講述民族大義，聽者累千人，環蘄春八縣皆絡繹赴，眾至數萬，擁以為魁，署將吏官屬名號，清廷聞之大駭，命兩湖總督張之洞查辦。之洞故與黃氏有舊，乃紿季剛至署，別遣人解散其眾。事定，以查無實事奏聞，而遣送季剛赴日，時才踰冠歲耳。

清宣統三年，武昌首義，季剛與黃興克強、居正覺生偕往視民軍，皆以為兵力過薄，不足支北軍，乃返蘄春集舊時部曲，猶得三千人。民國初建，議推季剛長教育，事未行而罷。

季剛窮經博禮，始從太炎治古韻，後乃精思獨詣，自成家法，其用工之深，求真之切，雖乾嘉諸老，不能過也。以積學精醇，於淺夫揣摩時好，務博高名者，視之蔑如，而服善求益，如恐不及，始與儀徵劉申叔精究義訓，博約相資，年與之齊；兼同擁皐比，本無多讓。乃忽退而北面，禮申叔為師。申叔始猶遲回，季剛曰：「君學過我，師事宜也。」一卒為弟子，踰年而申叔卒。民國九年庚申，季剛撰〈先師劉君小祥奠文〉有云「我滯幽都，數得相見，敬佩之深，改從北面」。又云「夙好文字，經術誠疏，自值夫子，始辨津途。」等語，其師承始末，約略可見。

太炎嘗勉季剛速著書曰：「人輕著書，妄也；子重書書，吝也；妄不智，吝不仁。」季剛終靳不肯為，嘗云：「吾年五十當著紙筆。」而始滿之歲，遽以嘔血死，其學竟不盡傳，惜哉！季剛五十生日，太炎製聯壽之云：「韋編三絕今知命，黃絹初裁好著書。」季剛欣然張之座隅，已而命人撤去，蓋此聯首句用一「絕」字，下幅黃絹為色絲，又暗藏「絕」字於中，且上下合觀，則明明「絕命書」三字皆具，太炎無意為之，遂成語讖。聞於歿後，太炎悔痛！猶揮淚舉此語人云。又聞是歲季剛與居正覺生分取蟠龍松子植諸庭，花時，居所種皆紅，而季剛者盡白。易簀之日，繁英璀燦，望之如繐帳焉。

宋平子別傳

清季兩浙以治學顯名於當世，不乏其人，如宋平子亦浙士之秀也。平子名恕，號六齋，又字燕生，平陽人，幼居瑞安，為孫鏘鳴蕖田婿，生而體弱多病，瀕死者數，十齡病目幾廢，癒後昏然若失精，然讀書慧甚，觸目成誦，屬辭擷句，往往傾動座人，名卿老師，交口稱舉。及長，益篤志為學，嘗居深山讀書，飯脫粟以鹽一撮佐食，其家遣傭人就視，平子為具飯，益蔬，傭苦不下咽，而平子甘之，食盡數器，其勤苦率類比。同時名彥，或年與之齊，或長以倍，皆心折宋生，自謂弗如遠甚。時躡屐出詣人，又皆私竊喜以告人曰：「宋生幸過我。」

余嚮聞平子受知於李文忠鴻章，充水師學堂漢文總教習，薄遊金陵，偶赴茶寮，敝衣芒鞋，又貌寢，不知者以為賤工也。方啜茗，失手碎一杯，茶傭譙讓之甚至，平子恚曰：「汝一杯值幾何，吾倍償汝。」乃收其杯數百盡碎之，出金擲案上，拂衣去，其意氣若此，殆類狂人。及閱其文，考其行，窺其治學之要，始疑此不似平子所為，特他人薄行，假平子高名，以為譚助耳。

章太炎云：「燕生之學類古宋牼之流」，謂其「得少而足」。又云：「平子性奇傀而畏禍」。蓋其秉性周謹，又狷介不偶，太炎知之深也。聞平子尤淒愴善感，每觸緒哀生，淚常溢目，或無故終夜泣，雖當快意，聞人號呼怨咨，輒變色為泣數行下。見癃老行道乞食者，必哀而問之，舉所攜以贈，必盡而後止。曾與瑞安陳黻宸訂交甚篤，皆年少，一日，黻宸自遠道歸，家人為縛鷄將烹，聞其聲哀，止勿殺，繼而私自念：「丈夫當勠力任天下事，生殺入惟所處，不宜煦煦勿忍微物之死。」平子適至，因舉以告，平子曰：「君始念，聖也，繼轉念，禽也。」斅宸為憮然久之。又嘗共觀魚於湖濱，有大魚銜鈎而上，旁立者數十人，皆拊手慶得魚，魚忽大躍逐水去，皆詫嘆嚄唶，斅宸亦為失聲惜之。平子曰：「魚方死而得生，君乃為漁者惜，非仁人君子所樂聞也。」以上均見斅宸所撰〈宋平子哀詞〉，道少歲遺事甚悉，察平子行徑言語未必盡當，然其心術，有類夫孔墨之仁愛，與佛氏之大慈，周遍人天，固無始以來真心所發也。

綜觀平子之為人，蓋有三反，即病懶慢而著勤學之功，喜孤立而有經世之志，好竺古而尚維新之論是也。

太炎云「平子疏通知遠，學兼內外……厤衣垢面，五六月著綿鞋……夸者多舉平子為笑，無慍色。」當掌教杭州求是書院時，深秋猶御單衣，門弟子許壽裳問之，平子應曰：「吾懶開衣篋耳，非有它也。我目勤、耳勤、口勤、腦勤。目勤故好博覽，耳勤故好多聞，口勤故好深論，腦勤故好覃思，惟手獨懶，故少著書。開篋不過一舉手之勞，猶憚煩也。」

平子年十六入縣學，為博士弟子員，自其父歿，生計日蹙，省試屢不售，擬求祿四方，乞張竹居介赴兩廣節署，或另謀隨使節赴海外，均不得當。旋至武昌因俞曲園以干張文襄，亦不遇。此後居滬濱著書，額其所居為「平陽宋平子書書之巢」。旋入京謁大學士李鴻章，獻書議論甚偉，李激賞之稱為奇才，以限於資格，僅委充水師學堂漢文總教習，甲午以後，仍南下居滬。康梁初設強學會，倡言變法自強，平子初亦善之，終勿預也。其報王儒舲書於康等頗有指斥，謂「列名諸君，品雜真偽，頗或勢利情濃，詩書味淺，遂乃決然自外，不敢趨風。」厥後民族革命之說大倡，黨人競起，平子皆不入籍，用是雖目營四海，迄以無成，然續學孤鳴，名山之業定矣。清光緒二十八年，歸安朱祖謀薦徵經濟特科，以丁母憂不赴，隨東渡日本，攬其山川人文，又應楊士驤聘，為山東學務處議員兼文案，凡三載，甚見敬禮。民前二年以疾卒於里第，年四十有九。

其學術大凡，主賅通新舊內外之學，以經世實用為歸。著論淩厲飆發，而常作巽辭掩之，於時士戀舊文，謂為國粹，平子獨創「國糠」之說，以為自有國以來，一切政教文物，典章制度，施之於社會人群未必皆善也，其善者謂之粹，不善者謂之糠，糠生於粹，法當保粹而棄糠。而於晚清政體，力主變更，惟一本和柔，寄望於彊臣，期以言論動之，徐收其効於後，大旨在設議院，改官制，廣學校，半屬常談，至於當時侈陳上策，謂宜「易服更制」，「一切從西」，則亦先見之士也。

宋平子學術紀略

大興俞明震恪士和韻贈平陽宋恕平子詩云：「幾人流涕談新政，我自低徊謂子賢。哀樂盡時忘孔墨，國身通後見人天。微波脈脈歸滄海，棄木森森得大年。倘為時艱求息壤，人間何處有桑田。」時清光緒戊戌九月也，恪士先生詩未多見，此作邈然見憂患之深，而故為達語遣之，平子為時賢所重，亦略見於此。

清季浙東言學，以陳黻宸介石、孫詒讓仲容為綱紀，陳治文史經制，孫則篤好許、鄭、王、戴之學，平子與孫殊途，視陳為近，折衷其間，不立崖岸，故精專皆遜之。自稱「出入百氏，不守一先生之言」。其文章汪洋橫肆，而微病蕪雜，尤好創立新詞，蓋亦以此自喜，如所稱「人荒」與「國糠」之說，皆似欲導其思力，以入權變，驚動時俗視聽，藉博名高。惟釋糠一詞，用與粹為對；固亦平允之論，平子之意，以為國之政教學術風俗，數千年來濡染深厚，有善亦有惡，善者謂之粹，不善者謂之糠，粹之義，以有益於其社會為斷，糠之踐，以有損於其社會為斷。故粹糠者苦樂之因，苦樂者粹糠之果，凡粹，必保之，復之，糠則揚棄之焉耳，大抵本此立論，推衍為數千言，執中馭變，既以攻夫墨守之藩，亦可為邯鄲學步者，略下針砭。至平子當時蒿目世變，倡為三始一始之言，更見其新思銳發。三始者：即更官制，設議院，改試令。而三始以前，尚有一始，則易西服是也。隨引戰國時趙武靈王胡服習騎射故事以證，且自言與人談三始，尚有然之者，談一始。莫不掩耳疾走，怒目而罵，然驚世之舉非大智不悟，非大勇不決云云。平子之為此言，尚在清光緒中葉，未久，其說皆驗，固時勢使然，亦平子識見有過人者。

「莫非師也齋」六字課言，為平子植躬修德之方，按時省察，以朱墨作記，自驗其勤惰，而稱為本末兼到，內外夾持者也。六字之次第，乃心、身、古、今、緣、嗜，而尤著重於心，「心」字分驗七情，講明心學，「身」字鍛鍊體魄，屬於養生，「古」字博覽舊籍，「今」字廣汲新知，「緣」字隨緣對境，「嗜」字情趣所寄。凡茲六課，足以覘平子一生學詣，亦內守幽閒，貞不絕俗之士也歟。

平子卒後，其鄉人蘇淵雷綜其學術思想大凡，著《宋平子評傳》，其所稱述，囿有一己之知見，未能提衡得失，以盡平子所蘊，傳信儒林，其足為平子重也審矣。

紀喬大壯

衡陽王船山先生當明社之亡，窮老荒山，抱無涯之痛，自署「活埋庵」，「有七尺從天乞活埋」之句。吾友周學藩棄子，才稟英妙，方在壯年，亦自稱「未埋庵」，詩詞淒哀，低徊欲絕，意頗怪之！既亦知生之果無甚足樂也，遂不復深致惋詫！然短生至促，何苦多憂，若復自戕其軀，如華陽喬大壯者，雖命與仇謀，抑胡不達耶？

大壯名曾劬，四川成都人，為學洞徹本源，旁及佛乘經論，善詩，尤工倚聲。曾為廣西綏靖公署參議，並先後在中央大學臺灣大學任教授，專授詞學。體貌清癯，有魏晉人排調，望之穆然，娶妻甚賢，伉儷極相得，及中歲悼亡後，哀痛不能自克。大壯治生事迂疏，賴其夫人調護扶掖之至備，至是孤吟清嘯，微儒斗室，狀比纍臣，每汲汲顧視日影，若惟恐其不盡者。素善治印，渾樸勁秀，當世莫比。日惟縱酒，間一奏刀，案頭美石數方，雜置酒樽，篆刻未終，頹然已醉，蓋酷嗜杯杓，踰於性命。久之廩給不繼，更輟絃歌，兼以海外罷歸，遷流莫定，祝宗之念，由此益堅。嘗得句云：「自攜殘燭照泉台。」殘淚模糊，吞聲發墨，陰房永嘆，落紙成憐，哀欲斷之心絃，與銅瓶而迹裂！識者已知其不復視息於人世矣。民國三十六年，大壯竟至姑蘇楓橋投水死，當月落烏啼之夜，正珠沉玉碎之時，湛湛清波，綿綿幽恨，可謂極儒士之不幸已。

大壯始卒業譯學館，通習法文。填詞外，所為儷體文及書法刻印，並皆精絕。學藝優贍至此，而自視其身，曾草芥之不若，卒至懷沙畢命，一往難迴，嚮令克盡修齡，竟宏素業，所詣詎不偉歟。臺灣大學諸師儒故奮，訪求遺稿，得大壯手寫《波外樂章》四卷，為請於校長錢君思亮，以付景印，大壯在臺所傳者，僅此而已。

《波外樂章》皆大壯所作長短句，余甚愛其〈臨江仙〉小令，以為風神曼妙，時復誦之，其詞云：「少日山眉深淺。去年雲髻高低。夜來微雨濕春泥。五更鴛枕上。千里鳳城西。引鏡斜紅舊褪。緘書澹墨新題。江南自好自淒迷。柳花隨處起。鶺鴒盡情啼。」其他大率皆迴腸盪氣之作，思致深警，在清真、白石間，惜余素不習此，未能論定也。

喬大壯遺墨

《喬大壯印蛻》卷末有其手書絕句：「白劉往往敵曹劉，鄴下江東各獻酬。為此題詩真絕命，瀟瀟暮雨在蘇州。」

右詩係三十七年七月三日夜中，在蘇台客舍作，蓋絕筆也。懷寧潘伯鷹撰〈喬大壯先生傳〉稱：「戊子七月三日預署家事，既周以悉，遂獨遊蘇州，其夜大雨以風，舉身自沉於梅村橋之下，年五十七耳。」云云，可知大壯寫此幅後，即赴梅村橋畢命，距死時才片刻耳。句中白劉謂白樂天劉夢得，曹劉則曹子建劉公幹，其意不甚顯豁，未審於當世究指何人？頃與棄子壯為言之，亦不明本意，履川與大壯投分最深，倘在此，或能道其一二也。

詩幅上款署「維崧先生」，維崧姓蔣氏，乃大壯弟子。大壯歿後，此幅卒由蘇台旅舍轉寄維崧。詩後附有致維崧跋語云：「在都蒙命作書，事冗稽報，茲以了緣過此，留一炊許，勉成上報，亦了一緣，尊紙則不及繳還。」大壯於臨命時，猶從容賦詩，神識不紊。寧靜可見，而平生不肯負人，亦當於此測之。

大壯博通經史，旁及釋老稗官之書，尤好文學，歷官椽曹，為人主文書筆札，伺長官喜怒以為欣戚，久益厭之，改任教授，欲稍稍發攄其志意，而煩苦抑塞如故也。初因喪其良匹，積痛摧心，並聞在臺灣大學任教時，親見同舍某君，被狙擊死，驚悼特甚，兼以生事窮迫，遽萌厭世之心，絕詣驚才，遭逢蹇薄如此，真堪悼惜！

伯鷹傳稱「大壯為人，治學不造其極，則絕口不道」。觀其詞筆清麗，繼踵北宋，饒有精思，又曾見所為〈猛悔樓詩集序〉駢文，體格當在陳其年、尤侗以上，至治印工絕，卓然傳世無疑，則伯鷹所言，自足取信藝林，推為精鑑。

佛門言一切法皆從因緣所生，緣之於人，歷無量生滅而不盡，了知其妄，對境即空。達人曠士之倫，去住隨緣，用能超視人寰，八窗洞達，若事事繫心，專求了斷，則如暗室避影，當明復生，前影既淪，後影隨出，形之未滅，安有窮時。寖假而集忿叢憂，捐生自殞，不了求了，致蹈無明，以此而言解脫，益相背戾矣。因大壯「了緣」一語，故為及之。亦以致痛夫慧業文人，未能了然生死之際，輕棄軀命，遺憾於無窮也。

波外樂章題後

華陽喬曾劬大壯所著詞，自署《波外樂章》，民國四十四年七月，由國立臺灣大學影印。前紀曾載其小令〈臨江仙〉一首，頃復披尋遺稿，見有題〈趙味滄撫元押〉，調寄〈宴清都〉云：「帶土苔花繡，西台客，故京塵夢難覆。零縑敗簡，分明俊押。武都泥舊。桑陰再冪中原，問過海仙鬟見否。自部落飲馬長河，黃金籌來新紐，芳辰露滴研朱。寒增硯匣，烟避香獸，蠻牋字小。雙雙淚落射鵰衫袖，甘泉衛霍何處，笑鳳嘴空銜紅綬。戰海王村畔東風，髡餘萬柳。」

元押為一種元代押印，右詞從拓印抒思，以至虜騎騰踏中原，桑陰冪海，寥寥百許字中，生出無窮喟歎！於今日讀之，復覺情境宛然，低徊欲絕。語句特為華妙，一結尤見精思，集中佳構甚多，此闋似最為傑出。

周棄子兄在渝，與大壯時相見，每於市樓約晤，飲酒論詩，預其會者有閩侯曾克耑履川，貴池王世鼐調甫。諸人中大壯年長，痛飲劇譚，傾其四座，棄子最少年，意氣飛動，差能為敵。抗戰中勵行節約，市肆禁賣酒肉，然客來頻數，或厚賞其僕役，仍獲醉飽以歸。大壯於食畢，必先起付值，或遇棄子解囊，則取其資熟視還之，笑曰：「此戔戔者何為？且視我金與子孰多。」因探懷出巨資置案上，授餐錢已，仍收之去。他日棄子預囊錢倍大壯所攜赴飲，大壯覺之，忽與眾言：「今日論年，不鬥富，惟座上長者出資耳。」侍役解其意，又卻棄子金，大壯乃喜，為掀髯大笑。此棄子為余言之，其襟懷灑落，風情洋溢，於茲可見。

大壯於風雨之夜，一往不迴，淒然畢命，遠尋幽躅，蓋與王靜安略同。雖其趨死之念各殊，而厭薄浮生，衷情芳潔，似又了無二致。瓌偉之士，懷奇負異，其智足以超視一世，轉不能豁然於生死之際，若臨風淚蠟，刻刻自煎其心。然而殤子彭生，孰為夭壽，千秋旦暮，未嘗不可一例視之，此又但較醉醒，莫論修短，固與自經溝瀆有間矣。

《欒章》之輯印，足表幽芬，天漢寥寥，留茲片羽，所冀長垂藝苑，更廣流傳，生為淪棄之身，歿亦徒供悼嘆，懷沙沉璧，往事何論，絕軫抽絃，如是而已。

紀清道人

南蘭陵錢逸塵丈為言少日曾受知於李梅庵先生，因道其行誼甚悉。梅庵名瑞清，江西臨川人，清季翰林，官江寧藩司，晚寓滬濱鬻字，以書法名海內，即世所稱之清道人是也。

逸塵丈少負奇氣，嘗拂衣出門，居南京逆邸，資斧乏絕，窮愁中握筆為文未半，適他出遂置案上，為鄉先輩盛君所見，才之。盛君方在兩江師範學堂主講席，踰日左顧，涉冬漸寒，見逸丈猶著單衣，乃贈綈袍並金，且語之曰：「子年少，宜勉力為學，吾當言之監督李公，可入學習業也。」時梅庵官道員領兩江師範，因盛君言，准列名應考，逸丈試第一，竟入學。

梅庵仕至藩司，鰥居已久，旁無姬侍，繩牀經案，環堵蕭然。自署玉梅花庵主，實以悼念其夫人。先是梅庵侍父宦遊湖湘，有同僚父執生三女皆慧美，先以長女名玉仙者字梅庵，娶數月伉儷甚相得，而玉仙以瘵卒。繼聘次女，未婚又歿。後數年，第三女梅仙長成，復以歸之。梅仙尤賢，淑慎過於其姊，梅庵嘗通夜讀，為飲食調護之至備，唱隨二載，重賦悼亡，此後奉倩神傷，雖在壯年，遂不更娶。所用玉梅花字，蓋兩寓其名，亦取東坡「暗香魂返」句意歟？其在官極著廉勤，卓樹名節，平居以體氣充碩，頗善飲啖，外此則持躬刻嗇，已為顯仕，猶類寒儒。曾於涼秋著單袷趨府，逸丈適在側讚其體健，梅庵笑曰：「吾夾衣久破弊，無資易製，此時著綿尚早，故仍服單衫，非作健耳。」

革命軍起，兩江總督張人駿遁，北軍繼至，閉城大捕黨人，死者枕籍，婦孺多不免，梅庵故與軍帥善，亟請准開一門，親持符節至城畔，護逃人縱其出，以是全活甚眾。清運既終，梅庵亦去位，召地方人士至，出藩庫銀二十七萬餘，悉數畀之，一無所染。瀕行，賣其素日所乘馬車，翛然去。

逸丈言：在兩江師範肄業時，以文筆為梅庵所賞，訓勉甚殷，遂師事之。其尊人營礦務耗敗，落拓無以自存，梅庵召至予以職司，未幾卒，貧不能殮，抵夕，梅庵親至，攜百六十金授逸丈曰：「吾廉俸所餘，適得此數，今傾囊相贈。」乃得成喪。逸丈感刻終身，今數十年，言之猶淚涔涔下也。又嘗告余：「梅庵育於庶母，事之甚孝，平生品節，清絕人寰，略無瑕玷，世乃有造作蜚語，甚至筆之於書，以為謗傷如『碧雲騢』者，則必明辨而絕之，斷斷不可以郢書燕說污辱名賢也。」

梅庵入民國後，遂不復仕。鬻書上海，名益盛，求者踵接，歲入三四萬金，一時無與為比，稍後衡陽曾熙農髯繼至，差相埒。農髯書宗黑女而微變其體勢，專用圓筆，與梅庵學北書方圓並用者不同，皆擅美藝林者也。

滬濱遺老多能詩，雅有佳篇，壇壝甚眾，梅庵不與焉。或云梅庵少文，故不為。然余舊日見湘潭「協和公」醬園懸其手書一聯云：「世味酸鹹待調劑。酒家南董羨持平。」書既茂美，句尤警秀，則知梅庵亦工此，特困於書不暇致力於詩耳。

先君官北京，與相善，素愛一《煙柳歸帆圖》小幅，常懸座間，梅庵中年筆也，又見見其寫紅蓼沙汀，數雁斜飛，自題「冷煞秋江上也」六字，皆清絕得象外意。梅庵入翰林後，書尚不工，旋學山谷筆法復棄之，改習魏碑，蒼勁圓渾，一更其體貌，遂卓然名家。自鬻字以還，生涯特盛，而排詆之聲亦四起。詆之者至謂其結字不依古法，又作書時剪去筆鋒，榜書或以破草屨蘸墨塗之。聞梅庵染翰，必闔扉不使人見，一老僧善書，慕梅庵名，遠道上謁，求於臨池時旁觀，不許，乃賄其傭私窺之，及出語人曰：「道人作字如貧僧擊磬然。」蓋譏其無使轉也。然一藝之成，自有定論，梅庵精詣，要非易及耳。

梅庵嗜鼻煙，鼻翅染煙灰皆黃，又健啖，食兼數入，先時多為友人約赴「大三元」，宴飲無虛日，後改詣「小有天」，每至，肴饌特精，戲為書「不家食吉」四字以贈。當時盛傳嘲梅庵句云：「白吃三元館。黃拖兩鼻煙。」「道道非常道。天天小有天。」皆可發笑。又有戲稱之為「李百蟹」，云每食能盡百蟹，蓋從餔啜，亦見風流。

宋希夷先生陳摶，書「開張天岸馬。奇逸人中龍。」十字，如鸞舞龍騰，足使羲獻俯首，人間瓌寶也。嚮為梅庵所得。珍比璆琳。此十字書不惟神光照射，且有石延年題句，姚廣孝書簽。延年字曼卿，世所豔稱為芙蓉城主者，其詩有「夷希先生人中龍，天岸夢逐東王公。酣睡忽醒骨靈通，腕指拂拂來天風」等句，極靈妙飛動之致。廣孝以方外為明祖開國功臣，封國師，手跡極不易見，有一於此，足以炫世，況兼之乎。梅庵在滬，築玉梅花庵，出此易金襄其成，遂落人間。今藏衡山趙夷午丈處，余曾一見，以與玉梅花庵相連，故並及之。

王調甫與猛悔樓詩

詩者情志之事，其功至深，當其至也。自得之於心，而人亦能測知其淺深高下，無俟言語矜飾為也。近世閩侯林庚白壯歲能詩，頗負才氣，盛自誇稱，謂可齊肩少陵，然初時目中尚有一鄭海藏，及就質所作，海藏不之善也，乃並黜鄭，益自詡遝出杜上，意態近於傲狠，亦求名太過，讀書太少，而客氣乘之，以成浮夸虛矯之習。庚白之易滿若此；就使克盡其年，為之豈能至耶？庚白曾刊其所作名《麗白樓自選詩》，詩之體勢粗具，所詣尚不足深論，然非靜者之詞亦明矣。與其同時之猛悔樓詩相較，似猶未逮。猛悔樓詩者，皖人王調甫作，以幽微側艷勝，至懷才促算，固與庚白同也。

調甫名世鼐，又號心雪，安徽貴池人，幼慧，過絕恒人。民國五年，就試北京大學獲雋，年僅十五，嘗自許曰：「予三百人中最少年也。」既入學，與程石軍、余壽明、嚴既澄等並知名上庠，始飲酒為詩，屬句艷絕。調甫清門俊髦，寄望騰踔，而詩懷特異，所屬句秋聲滿紙，萬彙淒心，蕩穴幽微，時出新意，哀箏怨笛，寫恨流聲，似了知身世之無足控摶，甚至命比遊絲，懸於旦夕，若造物者植其躬，特造一薄命才人之境以處之，捨此幾萬無一當。而世間尋常福命，編氓下士所能俯仰得之者；一切渺然懸絕，不復相涉相謀，此蓋至足傷痛！然論其才質，固又數百年間不恒遇也。

調甫年未二十，以詩呈樊山老人，樊山奇賞之，題後藻飾甚至，謂讀其詩「覺奇艷在骨，骫骳從心，生翠刻肌，冷紅沁髓，食煙火人一字不能道，亦一字不能解。」繼復貽書戒勉，反覆至數千言，大致勗其斂才養氣，毋以「神劍截端午巨縷」，為人所惜。又謂「立身須求其有本，立言須求其有用」，「心戒其妄動，氣戒其輕發」。末則冀其「定志以向學，積學以成才，儲才以待遇」云云，語並載《猛悔樓集》中。樊山文章巨手，於時已屆耄年，而於晚學小生，撫摩矜惜之至如此極，其一種宏獎氣類之私，油然從衷而發，使人挹之無盡，不僅文筆偉麗已耳。惜調甫竟以摧傷侘傺而亡，不獲中壽，躬膺蹇薄，一如樊山臆測之言，豈衡鑒之果有術耶？抑心氣外發，形諸語言文字，無可掩諱耶？亦徒令才士短氣而已。

調甫既入北大肄業，會政府假外資辱國，大學諸生憤起暴其非，觸怒執政者繫諸獄，世所稱「五四運動」是也。調甫適在繫中，及獲釋，遂渡海遠遊，居華盛頓大學習業，得博士學位。復歷覽歐洲英法德意諸邦，考其政治經濟而歸，雙谿許公方總揆席，辟為國務院參議。調甫華年英妙，復以才名飛動省寺，詞流榮之。其後歷任工商部財政部科長、專門委員、參事，及主皖黔二省所得稅，卓著廉勤，二十年間，當軸雖賞異其才，顧猶未竟厥用。調甫自以早歲成學，又內熱，企旦夕驤騰榮路。及浮湛曹司，處於下位，抵掌議論，或不能無所詆諆，與世枘鑿，兼以兵戈滿眼，流離播越，益深其憂生憫亂之思，乃用縱酒自賊，遽以微疾卒於民國三十二年三月，年四十有二。

吾友曾克耑履川，與調甫結契最深，於其歿後，為刊《猛悔樓遺詩》五卷，調甫平生所為略具於此，大抵粗可論定矣。清人少歲成詩與相似者，蓋莫如黃景仁仲則，淒馨惻愴之音，亦略與為近，而調甫以側艷勝之，娭光薄態，警秀靈動，尤為突過。然仲則之年雖稍弱於調甫，而能奄有眾長，若調甫則古體寥寥，格法未具，特以律絕為工耳。但就律絕論，則斯才驚絕，謂當抗顏溫李，雖居別席，要可同升。至今與卓葇淵、湯卿謀齒數，樊山卓識，猶為失言，況其餘乎。

始調甫未寇，以所業請益樊山，今悉載其《少日集》中，宜樊山之頻揩老目，訝為希有也。如〈春夜漫書〉之：

流水真成宛轉紋，秣陵寒燕泣殘曛。
他生重定桃花扇，酒陣歌旗各一軍。

涼雨催春已滿池，梅魂收拾一奩詩。
天襟忽射湖光綠，此是花靈欲放時。

又〈笛怨辭〉：

怨絕丹砂偶倦遊，紅樓風雨聽揚州。
秋星疑是蟾蜍淚，散作天涯點點愁。

均凌紙生新，華采四射。其後《待名集》中有〈冬供〉詩八絕，第一、四兩首云：

冬供虛楹艷絕辛，亂中臘盡最愁人。
年年麗語消兵氣，小隊弓鞋踏洛塵。

細雨沙中世已聞，雁銜雲陣入兵氛。
久無骸骨將何乞，人似關河老夕曛。

則已稍斂浮艷而入沉哀，其時敵騎縱橫；南都不守久矣。
調甫〈雜詩〉云：

失憶詩如別夢哀，低歌歡意雜憂來。
年年人在春燈外，好處春燈望幾回。

〈倚闌〉云：

寸淚如絲織復回，嫩風風積古時灰。
綵雲且莫辭樓去，好伴神歡縹緲來。

〈對菊〉云：

茂陵舊事復今生，半夕秋心繞作城。
人海又飛鄉釀熟，一齊和淚養花成。

〈雜詩〉以下，為其四十後所作，明燭煎心，近乎淚盡矣。並前後觀之，始則取意定庵，繼仍不甚踰越，而才調思力，非定庵所能限矣。

七律蒼勁，不乏合作，錄之如次：

晚雲垂處枕溪流，流轉雲回得此樓。
午夢關河供戰伐，丁年心力擅恩仇。
淪夷肝膽依依在，起伏山城孑孑憂。
偶拾林花澹忘象，涼州風露入渝州。（〈晚渡〉）

勁葉曾騰萬雨譁，了知心似最遲花。
半山密翠秋添色，一語蒼涼病減茶。
蜀魄千年啼故國，齊烟九點認誰家。
西風吹鬋登臨面，莫更危闌問歲華。（〈重九〉）

其與履川作者輒工，〈履川促題飛無集，詩成稿旋失之詩以奉答〉云：

城居絕似蚊成市，雷動難呼斷夢來。
復國預儲憂國淚，幾生併作一生灰。
漸忘姓氏摩孤劍，暗換關河賸此杯。
廢紙叢中蟲半葉，有人心血繞千回。

題〈履川飛無集〉云：

豪醉明璫畔，風輕羅帶飛。針停穿淚細，麝病釀香微。
舊國春燈聽，重門白馬肥。古愁真萬疊，不臥又朝暉。
珍取羅敷語，使君魂或蘇。題緣彌憾有，狂欲仰天呼。
壓夢羅襦重，沉音江雁孤。銀塘千頃碧，猶灌恨苗無。

昔黃仲則將卒。自定其詩，命曰：「我死慎忽以此屬洪稚存，否則為其改竄盡矣。」及歿，稚存為歸其喪，綢繆甚至，遂不發視遺稿，倩他友刊行之。調甫逝前二三月，亦嘗謂黃祖耀云：「吾詩不欲履川點竄，以宗尚異也。」其語何復酷似兩當！履川以詩雄視一世，晚途孤詣，益懋聲光，豈維與調甫不類，亦度越遠矣。刊詩表墓，其稱慕調甫，歷久逾新，盛誼拳拳，視北江加厚，卒使延津神器，終表奇光，調甫有知，當感激於地下矣。

記陳伯弢

桐城姚永樸仲實敘《論語徵知錄》云：「自順治康熙以來，魁儒碩彥並生挺出，乾隆嘉慶間，其盛極矣！光緒後，士震於新說，於是舉昔所珍重服習者棄之如土苴。邇年浮淺之徒，爭言廢經，上下百餘年，人心之趨嚮之變若此，不知天將舉吾國而被髮左衽耶？抑將晦其道於一時，乃更光大於其後耶？……」此自一隅之見，亦未免過抱杞憂！然曠懷前代儒流，其一種宏學履道之精神，已不復再見於今日，醇風永逝，令緒何存，則殊令人低徊歎慕於不已也。

《論語徵知錄》者，陳伯弢先生所著書也。伯弢名漢章，一字倬雲，浙江象山人，父紹堯，讀書舉茂才。伯弢明敏好學，精思默運，遂博通經史百家之書。少嘗師事德清俞樾蔭甫，而其學多得之於己，以副榜旋中鄉舉，不樂仕進，屢有徵辟，輒辭。劉廷琛為京師大學堂監督，聘任教習，伯弢謙謝，願入校就第子列，時論美之。廷琛重違其意，遇以殊禮，於點名時，至伯弢，必起頷首為禮。姚永樸仲實、永概叔節及與吳縣胡玉縉均主講席，每有講論，恆就問「伯弢此說當否」？其見禮重如此！畢業後即被聘為本校教授，為諸生講學，手書口授，隨所論述，加以疏記，皆斐然成文。遇生徒問難，為舉原書歷歷述之，略無譌誤，以是被稱為「兩腳書櫥」。蔡元培鶴卿任北大校長，遇日本漢學家訪問，必請伯弢與俱，遇有疑滯，隨所問應聲答，各副其意以去，皆震服。蘄春黃侃季剛與同擁皋比，欽其博學，執師友之禮甚恭。

伯弢在北大任教凡十六年，以老乞退，遂歸里門，壹意著述。以張其昀曉峯之請，復起任中央大學史學系主任，又六年而歸。民國二十七年夏，卒於象山原籍，奉國民政府明令褒揚。

姜君梅塢，白巖姜先生之裔，伯弢先生婿也。辱相知許，並介見先生仲子慶粹，頗得知其治學之大凡。梅塢為言先生所著《綴學堂叢書》，晚歲僅刊十種，曾儲萬金於寧波中國銀行，以備剞劂之需，適抗日戰爭起，久未提取，遂不克成書。其已刊之十種，初名《見山樓叢書》，隨改稱《綴學堂叢稿初集》，乃慶粹之兄慶麒所校印云。

慶粹字志純，今為臺灣高等法院檢察官，曾獲晤言，溫然君子人也，幼承庭訓，具見門風。頃寄示《綴學堂叢稿》全部目錄，云係由南港史語所圖書館抄寄者。為詳閱一過，計經部二十六種，已刊者有《孔賈經疏考異異同評》一卷，《禮書通故識語》一卷，《周書後案》三卷，《論語徵知錄》一卷等四種。史部三十一種，已刊者有《遼史索隱》八卷，《後漢書補表校錄》一卷，《崇文總目輯釋補正》四卷，《集古錄補目錄》二卷，《南田志略》一卷等五種。子部一十九種，已刊者有《風俗通姓氏篇校補》二卷一種。集部二十三種，已刊者有《蘇詩註補》四卷一種，計十一種，總計九十九種，除所自撰之綴學堂詩古文詞外，其遍著四部書多至數百萬言，平生著述之勤，治學之專，於此可見。

寧波張壽鏞編《四明叢書》，曾詳載伯弢著作目錄，大抵即南港史語所圖書館轉錄者。前列已刊十一種，除《孔賈經疏考異異同評》一卷外，餘十種即《綴學堂初集》所刊諸書。然據伯弢妹婿樊家楨序稱，則尚有當時為他人所代刊之著作，如《周禮行於春秋時證》，為黃侃刊。《議院本古明堂說》為高要陳煥章山陽顧震刊。《中國鐵器時代考》及《史通補釋》上下卷為鎮江柳詒徵刊。他若浙江官書局，刊其〈蓬萊軒與地叢書序〉，圖書館刊其〈四明叢書序〉，北大橫行月刊刊其〈答弟子問〉。中大橫行月刊刊其〈質日本人牙儈史考〉，及〈中國古代憲法考〉。而桐城馬其昶、杭縣馬敘倫，訓故《老子》，並刊伯弢之〈天道猶張弓一章解誼〉等語，則伯弢著書，尚有綴學堂全目所未載者。

餘杭章太炎言「浙中朋輩，博學精思，無出伯弢右者。」湘鄉陳毅，稱其「為學進造閻潛邱、錢辛楣之堂奧。」姚仲實則謂其「精當處不減馬端臨，而措詞篤雅，無毛大可、載東原輩門戶之習，則且過之。」通人碩學，交口推美，蓋可略見學術之本原矣。

伯弢於寥寥數十寒暑中，穿穴群書，蔚成盛業，不愧名儒，足為來學矜式。近世以還，人不悅學，多浪擲其日力於無何有之鄉，以致讀書風氣日淪，社會人心，隨而敗壞！有聞伯弢之風而興起者乎？則鑿楹炳燭之功，皆可自求於己，寖假而人人以敦行力學自期，其有裨於國家政教，又豈言語所能盡耶？此種優良風尚之培成，實關世運，斯尤今日昌言「重整道德」之根本要圖，亦極力表揚「好人好事」者，所宜留意也。

《尊行日記》書後

前歲象山姜紹祖梅塢偕其夫人見過，夫人，陳伯弢先生之女公子也。清門伉儷，具見名芬。梅塢出示其先德白岩先生手寫《尊行日記》兩卷，為留讀數日還之。未幾即由中華叢書委員會影印行世。

白岩先生名炳璋，一字石貞，清乾隆十九年進士，博通群籍，兼精義理考據，奄有漢宋兩家學派之長，《清史》儒林立傳，《清儒學案》採攬其說，列入經學門。所著書有《詩序廣義》、《讀左補義》、《周禮提綱》、《古詩十九首解》、《玉溪生詩解》等二十四種，其《詩序廣義》、《讀左補義》並收入《四庫全書》。

《尊行日記》凡五十卷，未梓行，經清咸同間兵亂，僅存一冊，餘悉散佚。鄉人有得之者，以崇仰其品節，均視同拱璧，梅塢與其從弟伯喈先後多方求索，獲還六巨冊，原稿已十得八九矣。及倉卒來台，僅攜二冊，皆乾隆十三年至二十年間在象山原籍及登科時所記，即今中華叢書影印本也。

先生經術湛深，與並時紀曉嵐、錢辛楣並稱八彥。行誼尤為卓絕，大略均可從日記中窺見之。當其以拔貢鄉居時，即砥礪廉隅，雖貧，而操行醇潔，蓋真宏學履道之君子也。如日記卷三十八所載，其族有姜燮者，素行不端，被攀連入賊案，厚賂先生之叔，欲令為關說之，先生不應，致觸叔父之怒。此事始末，以四月二日所記為詳，如：

燮與其父均至，以其言餌我，且欲貸我，余笑曰：「我豈如是耶？」……

……余甫入門，叔曰：「可以為我生財矣。」……余謂：「彼賠贓之銀不付已足，豈可復與之田，……如此處置，姪不能從也。」，叔拍案大怒痛罵，則竟以余為仇矣，余不敢作聲，但曰：「聽叔父處置，姪不敢管」……遂出。

又同月二十三日記：

余叔父欲訟余於官，云余不弟，又欲撲責，胡丈告余，余亟走叔父家請罪，蓋受姜燮之謂也。余至，叔氣即平，甚矣叔父之慈愛也，余之獲罪多矣。

其行事於義理，實兩得之，可謂善處骨肉間者，不易及也。

象山於清代科名未盛，一第已稀，如白岩所記：「吾象科第絕響者九十一年，里中父老，有白首未曾見孝廉者，及余報入城，觀者踴躍如堵……」此為白岩膺鄉舉時情狀，其在鄉里已漸尊顯知名，然仍敦謹如故，如玄月十三日記：

晴，鹿鳴宴至……是日余姑之姪鮑某，以窩賭被縣緝獲，現獲賭具色盆，被挾入監。姑無子，以姪為子，涕泣相向，欲余至縣一言，予告曰：「情真罪當……予新邀一舉，奈何欲亂紀乎？」固辭不往。

至中試進士赴殿試前，人有謂宜先往謁當路者，白岩應曰：「予書法不工，自分三甲，謁之無益，然即有益，予亦不為也。」又另數則：

陽月二十一日，有欲予至縣說公事，可得數十金，予堅拒卻之。

二十五日，連教諭過我，欲我至縣為劣生求免，予謝不往。

皐月二十一日，余最疾鄉紳不顧良心關說訟事，即事或順理，亦為彼所賤，故雖以百金投我，吾不為也。

以上均見白岩清風峻節，不愧儒修。

白岩臚唱時，列名在二甲第十，賜進士出身，卒以年長貌寢，不入館選，閱是年。（乾隆十九年甲戌）日記可知其詳：如記雷學使以書予彭師云：「姜某內行肫篤，而文學優長，但其貌不甚颺，而齒亦加長，恐以時好失之，故爾推薦，非有他意也。」是在得第前，已為舉主所慮及，及後經朝考看驗，果如所言。

如閏四月十六日記：

是日，莊親王、裕親王、來中堂、蔣常熟、史栗陽、劉尚書看驗新進士，二甲十名一行，跪過報履歷畢。每至一人，則四人交口而譽，惟周同年翊洙，紀同年昀，王同年及余無一言，以貌不出眾也。後紀同年以四大人交薦入詞林，而周即選教授，余與王列三等。

又十九日記引見情形云：

……余報履歷，頗有斷續，而李復旦為工部額外主事，蔣蓉照即選知縣，余歸班。余自分才力不及，一第足酬生平，欣然初無慍意。

尤見其於功名得失，初不甚措意，足徵學養功深，可為後人取則。是書以手稿景印，固為存真，然字跡模糊，有時塗乙至不易辨認，倘再版時，改以鉛字排印，則盡善矣。

姜白岩之考註學與詩

清儒象山姜炳璋白岩，以文章經術知名，著作甚富。近閱《尊行日記》，知其內行修潔，欽挹無盡。據日記所載，幾無日不讀書，亦無一日不從事著述。日記卷三十四至卷三十八，皆註《詩經》時所書，於名物訓詁，考訂精博，蓋所著《詩經提綱》之初稿也。有時偶及他書，亦必尋源究委，歸於至當乃止。如玄月六日所記浙撫觀風詩題為〈掛席拾海月〉，得平字五排八韻，指出為謝靈運詩，而謂：「人多不得其解，余詳告之」云云，其博洽自非同時流輩所及。

今按《文選》卷第二十二謝靈運〈遊赤石進帆海一首〉中有二句云：「揚帆采石華，掛席拾海月。」即觀風詩題所出也。李善注云；「《臨海志》曰：『海月大如鏡，白色。』揚帆掛席，共義一也。」義過簡略，海月究為何物，仍不可通。

白岩於同月八日記云：

海月一云「大如鏡」，一云「如半月」，余究不知海月為何物，檢李時珍《本草綱目》介部閱之，乃知海月即江瑤柱也，則半月之言為近之，而云「圓如鏡」，謬矣。蓋玉班、江班、馬頰、馬甲、海月皆一物也。

又劉恂《嶺表錄》云：「海月大如鏡、白色，正圓，常死海旁，其柱如搔頭尖，其甲美如玉。」段成式《雜俎》云：「玉班形似蚌長二三寸，廣五寸，上大下小，殼中柱，炙食，味如牛頭肱項。」王氏《宛委錄》云：「奉化縣四月南風起，江瑤一上可得數百，如蚌稍大，肉堅韌不堪，惟四肉柱長寸許，白如珂雪，以鷄汁瀹食甚美，過火則味盡。」余按劉說不足憑，《雜俎》所言甚當，而不必限以寸數。《宛委》所言四月南風起，亦非是。江瑤柱至三月三前後味美，故守士者，以此獻長官，過時則不中食矣。

其於一物之微，考證周詳如此。余嚮以為大謝掛席句，係就海濱景象書之，所謂拾月，乃拾海月之餘暉耳，如白岩所說，疑滯為之豁然。

白岩亦頗能詩，如〈別香巖〉之二云：「只識風華不可求，與君同作故鄉遊。輕帆柔櫓當初夏，酒熟茶溫共一舟。水過莵灣聯甓社，書傳江北到明州。不愁今日離情苦，只恐思君欲白頭。」

此事雖非所長，然詞筆清新，無乾嘉經生僻塞之病，日記中尚有摺扇麈尾諸詩，均可誦。白岩並著有《玉溪生詩解》，惜稿久佚，不獲一讀為憾也。

書瑞安陳黻宸軼事

清初諸學術大師，如崑山顧炎武亭林，衡陽王夫之船山，餘姚黃宗羲南雷，多致力於史學。亭林早有史禍，遂不以此名，船山治史尤精博，惜窮老荒山，其書又晚出，傳者乏人。獨南雷之學，得鄞縣萬斯大斯同兄弟及全祖望以至會稽章學誠，而衍其傳，承流益大。以是世之言史學者，必盛推浙東。陳黻宸又晚清浙東史學巨子也。

黻宸又名芾，字介石，浙江瑞安人。兄燃石，十歲入縣學，稱為神童。黻宸亦幼慧，然刻苦自勵，不為世俗浮薄之學。

時瑞安孫琴西衣言，鏘鳴蕖田，詒讓仲容。黃體芳漱蘭，紹箕仲弢，父子兄弟，科第相望，文章學術，並懋聲光，門第之盛，莫與為比。獨黻宸以布衣抗顏樹幟，倡言讀書不在求富貴，學由自致，亦不必富貴之家。因與樂清陳虬等創布衣黨以教授貧寒子弟為志，一時嚮往甚眾。清光緒壬寅成進士，官戶部主事。長沙張文達冶秋創設京師大學堂，奏派黻宸為史學總教習。及浙江成立諮議局，被選為諮議局議長。

當辛亥革命時，杭州民軍與駐防某將軍戰，不利。將軍旗籍也，黻宸與有交，因親往說之曰：「清室下詔遜位，今為民主政體，號共和，君縱効忠，其不能與死綏守土者比烈亦明矣。與其徒傷士卒軀命，曷若罷兵自全。」將軍默然良久曰：「吾死分也，願罷兵以全吾旗籍子弟。」黻宸曰：

「不惟子弟獲全，我且以性命保公滿門。」遂解兵。俄而緒輔成自嘉興率兵入杭，部卒至將軍處，殺其全家。黻宸聞變立馳往，撫將軍屍哭之慟，其一子及孫男女方幼，亦且被刃，黻宸以身翼蔽之，叱曰：「可殺我！」兵知為黻宸，不敢勁，黻宸遂攜將軍子並抱負二幼兒歸，皆令氏陳，予將軍子名曰子雲，孫曰振綱，女孫曰嫻。為教養其備，如己所生。振綱後學成，曾為《中央日報》記者。

黻宸性凝重，不苟言笑，於學無所不窺。言性理宗陸九淵王陽明，以為人心不為私慾所蔽，則順應萬事，無不曲當，若求於外，必支離而無歸。其言經制，以治史為主，謂不通史學，則於民生習俗，與夫世運推移之跡，不能洞澈本原。所著有《中國通史》二十卷、《史學通論》十卷、《諸子通義》十卷、《老子發微》、《莊子發微》、及《飲水齋集》數十卷，卒於民國六年，年五十九。黻宸傳史學於弟子林損公鐸，公鐸再傳於其猶子林尹景伊，右黻宸軼事，景伊所告也。

瑞安孫氏父子

吾少時喜讀墨，頗致鑽仰之功，尤好《墨經》上下，究析其義，以意穿穴，或困極不得通，一旦有所創獲，雖單辭賸義，輒驚喜如得拱璧。釋墨之書，如新會梁啟超任公《墨經校釋》頗多新見，然病在擅改經文，以遷就其意，武斷之跡，隨處而有，非治學者所尚也。至瑞安孫詒讓仲容《墨子閒詁》，則引證精博，條理粲然，為治墨學者所必讀之書，其發蒙之功深矣。

瑞安孫氏，為邑中世族，孫衣言琴西太僕仕至卿貳，與弟鏘鳴皆有名。仲容，琴西之子也。琴西與鏘鳴先後舉於鄉，鏘鳴尤早達，年十八，聯捷成進士入翰林，屢奉命為會試同考官，琴西例須迴避，不得與禮部試，數歲之間，殆同坐廢，至大怒，罵詈其弟，當時士人重視科第，風氣然也。後鏘鳴廢黜，琴西始顯。琴西有子如仲容，擇婿得平陽宋平子，皆為一代樸學大師，信乎擅儒林之美已。平子名恕，一字燕生，博學多通，而刻苦自勵，與端安陳介石、餘杭章太炎齊名相知，太炎嘗稱：「燕生學行，可方古之宋牼。」平子著有《六齋卑議》、《浙學史》等書，前已略記之。

相傳琴西始聞平子幼慧，有相攸議。一日與鏘鳴燕居對榻坐，適平子至。鏘鳴方貴盛，新自雁蕩遊還，睹平子穎秀，戲之曰：「頃觀大龍湫瀑布，得『百丈崖頭千尺水』句，孺子能屬對否？」平子舉目見榻上設煙具，從容答云：「單錢盒內十分煙。」蓋當時煙膏皆以小鈿盒貯之，有貯一錢及五錢二種，貯一錢者，俗皆稱為「單錢盒」也。時平子年方九齡，鏘鳴賞其敏悟，深相嗟異。及平子退，鏘鳴語兄云：「是兒信捷黠，他日必以學術發名，然非功名中人也。」琴西卒以鏘鳴之女妻之。

仲容少襲門蔭，領鄉薦後，遂絕意仕進，閉門從事述作。所著《墨子閒詁》外，尚有《周禮正義》八十六卷，為清代新疏之冠，蓋承高郵王氏父子之學，而接踵於休寧戴氏者也。聞其著書，異於他人，有美婢數人專司其事，每於古義有所考訂，須他書引證者，則悉取有關典籍，以筆乙其處，令群婢各持利剪，裁出之，分別粘冊以進，免鈔寫之煩，雖精槧不惜也。故仲容家所藏書，皆被剪割無完本云。

散原詩

散原七十初度，時在廬山，螺江陳弢庵太傅年已八十餘矣，於舊京寄詩為壽，有「為問鄱陽湖上月，可能重照兩龍鐘。」之句，散原讀之曰：「吾師正念我。」即日命駕北上，敬問起居，前輩重視師門，風誼之篤如此。散原，弢庵典試所得士也。

清季四公子皆以文學負盛名，丁叔雅、吳葆初、譚復生外，其一即散原。散原江西義寧陳氏，名三立，字伯嚴，以進士官吏部主事，睹曹司卑冗，厭薄之。時其尊人右銘中丞官湖南巡撫，散原遂至湘，趨庭時，於湘政有所獻納，遍交一時英彥之士。尤於變法之始，勵行新政，大開湖外風氣，績効燦然，當時莫不想望其風采。及戊戌政變後，中丞被議，散原亦落職，自是乃專以文章名世矣。

清代以樸學顯，於詩則未越前規，清初盛稱王阮亭、朱竹坨，一則才力未宏，一則略病繁蕪，尚須洗伐。稍後以袁、趙、蔣為較著，隨園風致流美，失之於佻，雲崧體貌清雄，失之於獷，苕生較深切，然為之固未至也，自餘作者，不乏名家，至於驂靳藝林，並時吐秀，多未能自闢門戶，遠耀聲光，蓋自散原出，與海藏雁行，乃各攜鑪鞴，成一代之作矣。

散原精舍詩，其得力固在昌黎、山谷，而成詩後，特自具一種格法，精健沉深，擺落凡庸，轉於古人，全無似處。惟其姿稟英邁，又以讀書之博，導其思力，迴入篇章，乃或過矜，貪於字句精新，惟饒奇致。聞其作詩，手摘新奇生嶄之字，錄為一冊，每成一篇，輒以所為詞句，就冊中易置之，或數易乃已，故有時至極奧衍不可讀。然精當之作，固自卓然，要為一代大家，非未學所敢輕議也。

至其文章，尤為奇偉，銘幽之文，韻語直承昌黎法乳，當時無與抗手，此則天稟如比，又不盡關學力矣。

記朱九江先生

往歲南海朱先生次琦，逝世百年，粵人之旅台者，追維先生學行，為設位以申椒蘭之奠。樂昌張昭芹、高要梁寒操諸公，尤深致崇仰之思，命為詩以佐絃歌，乃撮要述之成句云：

九江抱淵靜，守道稱名儒。曾為吏民師，疲羸亦昭蘇。
絃歌歸去來，講論羅生徒。為學貴踐履，聖處程工夫。
雍容重身教，首在端其趨。貞風扇草木，醇化先州閭。
至今里中兒，不敢陳樗蒱。學派一再傳，芳烈思前模。
奇光耀南海，時見明月珠。祠堂祀珂鄉，吟望成榛蕪。
桑海有時變，書筠終不枯。焚椒寄幽衷，且以申區區。

粵俗好博，先生講學處，里人皆相戒勿敢犯，至其歿後數十年猶然，教澤深矣。門下士以簡朝亮竹居，康有為長素為最有名，其餘如曾勉士之經，侯君謨之史，謝蘭生之詞章，皆親薰而自得之。至順德黃節晦聞，以詩名世，則其再傳弟子也。

先生名次琦，號稚圭，又字子襄，廣東南海人，講學於邑之九江鄉禮山草堂，垂三十年，學者稱為「九江先生」而不名。自少天稟穎異，年十三，儀徵阮文達督粵，召試詩，覽之大驚！遂以神童顯名。清道光丁未舉進士，官山西襄陵縣知縣，凡百九十日，政化大行，旋拂衣歸，授徒於鄉而終，壽七十五。其為學究析漢宋，沈浸經史掌故詞章之學，旁及金石書畫，罔不抉剔精微。而夐識高行，一以篤實踐履為歸。康長素稱之云：「其學如海，其文如山，高遠深博，雄健正直，國朝二百年來大賢巨儒，未之有比也。」又稱：「黎洲精矣，而奇佚氣多；船山深矣，而矯激太過；先生之學行，或於亭林為近似，而平實敦大過之。」雖其述學本師，盡情歸美，要亦自見源流。所著書有《國朝學案》及《名臣言行錄》《蒙古記》等百餘卷，詩文集數十卷，晚歲皆自焚之。卒能由嗣子之紱搜輯遺稿，得《大雅堂詩》一卷，《是汝師齋詩》一卷及佚文數十篇刊行，皆三十歲以前作，非其意也。先生於治學外，課弟子以四行，一曰敦行孝弟，二曰崇尚名節，三曰變化氣質，四曰檢攝威儀。蓋其為教，尤重身修，遠扇醇風，綿於百世。人世挺生奇傑，往往徒懷饑溺，但苦蒼生，孰若有此粹然貞白之儒，以德化人，而厚培乎風俗，勝殘去殺，建太平郅治之基耶？憫亂憂生，抗懷前哲，尤以致慕先生，而其人遠矣！

求闕齋別記

昨晤梁寒操先生，為言簡君又文近在香港某報作文，於曾文正公國藩有所評述，大意謂其行事近偽，性復嗜殺，部曲橫暴，所過焚掠甚慘，且頗引當時私家紀載為證云云。因不擬對簡作有所諍辯，故亦毋煩覓讀原文。惟曾公一代賢豪，其人雖往，而讀書治學之效，修身立德之方，永留後賢楷則。至其忍辱蒙謗，遺大投艱，卒能克竟全功，尤足為今日效法。中興之効，厥在人謀，既以抗跡前修，亦當引而自壯也。

余先世獲交曾公，於公之行誼，所知較詳。先君尤喜舉公軼事，以詔教兒輩。兼之鄉邦長德，遠沐餘風，或詳羊傳遺碑，或屬武侯小吏，述其聞見，取佐游譚，傾耳髫齡，探懷宛在。因有感於中興盛事，故撰〈求闕齋別紀〉，志其嚮慕之私，間取公年譜及奏稿書札參證之，雖不必一一符合，要非盡出虛構，亦言稗史者所不必廢耳。

方清宣宗之世，海內宴安，然外飾承平，而吏治日壞。呫嗶小儒，以制藝倖獵高第，上者居宰輔疆圻之任，下者亦得分符郡縣，南面臨民。諸人材器，泰半迂疏，以庸鈍為老成，以輭熟為練達，加之薦辟浮濫，輸納多方，蠹吏豪胥，交為貪冒。民生益困，奸宄潛滋。至於水陸諸軍，徒擁虛名，窳劣尤甚。故金田釁起，如霆擊飆發，當者皆摧，自陸建瀛敗死，官軍望風膽落，東南半壁，已非復清廷撫有矣。

公旋轉乾坤之效，擷其大要，其故有三：

一、公在京朝，究心世事，即已洞察當時文恬武嬉之弊，遂以轉移風氣為己任。〈原才〉一論，已見端倪。還湘倡辦團練，乃用拙誠二字為天下倡。湘之人，類能耐勞負重，樸拙為其天性，固為公所熟知，用是選將練兵，一以此為準則。誠之為用，上下交孚，惟拙與誠，乃能知恥，知恥之漸，勇亦隨生。他日塔羅赴義，彭楊誓師，號令風雷，士皆踴躍効命，湘軍遂以武功震天下。聞當時將吏在戰場，均昂首露立，有轉側避砲者，同例笑之，以為大恥。此無他；拙與誠之効也。

二、貪墨之風，如敗菌中人，頃刻傳播，往往無形觸受，交相漸染而有餘，至其蘊毒已成，至刮骨磨肌而不盡。曾公始以廉靜自持，化行於友生將帥之際，胡潤芝、左季高諸公出膺疆寄，皆有廉名。至彭雪琴侍郎以諸生從戎，首揭「不私財」「不受官」二語自誓，廉刻尤近矯激。軍中布衣粗糲，起居食用，尚遠不逮鄉里富農。遠樹風聲，特垂身教，施於政事，雖未必風清弊絕，要足弼成清議，力挽頹流。夫廉則寡慾，寡慾則近剛，剛則飾義生矣。湘軍將士，伏弢死烈，慷慨捐軀，即至力竭勢窮，亦不聞有靦顏降敵者。曾公祁門懸劍，靖港投江，志節皎然，足以作三軍之氣。是知去私慾而人礪廉隅，懲奸貪而士崇節概，非不能至，顧教之之道為何如耳？遺規可式，取鑑非遙，蓋猶足三致意焉。

三、曾公最能知人，幕府英賢，極一時之盛。其於鼓舞人才之道，既非倖致，更非憑藉權力所能。推其致此之由，實乃自鑄鑄人，一切皆由內發。觀公早登詞苑，位至列卿，治學省心，刻刻提撕，時時奮發。一言之失，一事之非，厚責己躬，絕無假貸。修為既至，所立卓然，乃以存養省察之餘，教其子弟，教其部曲，教其僚屬，不僅親承咰沫，衷心翕服，默化潛移？即受公一顧之微，亦知附託恩私，翹然自異，循是萬流奔湊，各盡其才，甚至賸馥殘膏，沾溉鄉邦，百年而不罄。蓋維如此，始能陶鑄天下英才，而宏樂育之美。清祚中興，群力交赴，亦不必悉以歸美於曾公，然造端發軔之功，挽回風氣之道，固莫大於此。

所惜者，金陵既克，曾公年力已衰，盛裂宏謨，俱淪戎馬。倘令公不遽從殂謝，再領十年相業，使得從容擘畫，以展其長圖大念，溝通中西藝學，厚培國力，徐致富強。則他日召侮興戎，喪師割地諸役，或可由茲而泯。人才興替，國家盛衰之機伏焉，可以覘世運矣。

洪楊起兵廣西桂平縣之金田村，事在清道光三十年六月，時林文忠則徐新卒，賽尚阿以冢宰赴粵西督師，其明年為咸豐元年，永安、桂林相繼失守，都統烏蘭太陣亡，兵事日棘。二年八月，太平軍由全州以入湖南，大部均至長沙，掘地道轟城。江忠烈忠源率湘勇在南門與之相持。湘撫張亮基甫蒞任，延左文襄宗棠入贊戎幕。太平軍圍攻不克，至十月解圍，率部浮湘順流而下，遂陷武昌，連破九江安慶，進據南京，清廷大震。

太平軍初起，勢銳甚！且詗知下游虛實，故不欲頓兵長沙，以老其師。其乘建瓴之勢，席捲東南，亦勢之所必至也。曾公於咸豐二年派充江西主考，途次聞母喪還原籍湘鄉，則正長沙被圍之際。嚮使省垣陷落，各郡縣皆為敵據，公不為虜，惟有棄家奔命，遠作流人。又或仍處廟廊，不奉西江之命，縱他日督師秉節，亦已形隔勢禁，安能親率湖湘子弟，以成不世之勳耶？於機遇言，安排至巧，似非盡關人事也。

長沙之圍既解，各縣土寇大起，公以在籍侍郎，奉命幫辦本省團練，搜查土匪。即在長沙辦理街團，編查保甲。以浮沉之客帥，集鄉里之義兵，餉械仰給於人，事權不集於己，交讒互詬，眾口紛乘，使無公之定力臨之，其不僨事倖已。

曾公此時意氣最為摧頹，賴友人湘陰郭嵩燾筠仙，湘潭歐陽兆、熊小岑時相勉慰。小岑號匏叟，即歐陽功甫之尊人。功甫幼慧工文，著有《秋聲館文集》，公親為作序，言文章源委載集中者也。相傳匏叟太夫人誕日，公棹小舟往，筵既設，湘撫及憲司皆至。匏叟有門客，能相人。使相座上貴宦多驗。至曾公，起敬曰：公最貴，後日當至大學士封侯。公笑顧匏叟云：「君客面諛，特所言多妄。以吾位望計之，今甫踰四十官侍郎，他時入相或可冀，然非武功不侯，吾何由致此耶？」匏叟客曰：「公言良是，以今所見，不特公位至通侯，即公階下材官，亦他時將帥也。」所謂階下材官，蓋李成典、蕭孚泗、王明山輩，後果皆為將如其言。此亦鄉先輩所言，事略近誕，以有關掌故，姑錄之。

曾公在長沙，招募湘勇，創立營制，員兵潮眾，餉項無著，純恃勸募。其法先奏領空白部照若干，向富民勸捐，視捐輸多寡，定其官階，俟納款畢，以銜名填入之。如此而捐輸之路大開，雖納費者僅得空銜，國家名器益趨浮濫矣。然軍興之際，庫藏匱乏，就當時情狀論，捨此亦無他道也。

湘勇初經訓練，極著勤勞，湖南營兵嫉之，提督鮑起豹、副將清德倡言其非，縱兵與湘勇械門，且聚眾赴公所居處大譁，公部將塔齊布至匿菜圃草中以免，廬舍皆被焚。《年譜》稱：「湘勇恆為市井小人所詬侮，官紳之間，亦有譏彈著，公憤欲自戕者屢矣。」云云。可見公此時處境之艱。

時衡、永、彬、桂各郡縣土匪屢起，公遂移駐衡州，名為就近剿辦，實則為委曲求全計，移軍他處，以避人之排詆也。迄清咸豐四年，公始在衡州招募水師五千人，分為十營，創設戰船，每事躬自考察，傳稱：「材木之堅脆，縱廣之架度，帆檣樓櫓之位，火器之用，營陣之式，皆經於目而成於心。」自是而水陸之師畢具，聲勢大盛矣。

公之整軍治事，本儒家之學，兼採法墨之長。蓋仁與誠源乎儒，而堅苦類乎墨，嚴刻文深又全取則於法家。此較然可見者也。公在軍動用刑戮，斬梟杖斃，日有所聞，世或以此病之。李瀚章出公門下，其為湖南益陽令時，以公殺戮過當，曾上書勸以緩刑，公未之從也。實則當兵氛遠播，地方土寇為害尤烈，蔓延密佈，不可爬梳。其迫害善良，橫肆劫掠，不用重典，無以安靖閭閻。至他日水陸東征，峻法嚴刑，一仍舊例。先曾伯祖李公沛蒼字笏生，與公同舉道光甲午鄉試，在大營任發審委員有年。先君言，「笏生公病卒後，其家曾留二巨冊，列名萬計，皆當時以死刑定案者。笏生公於定讞後，親以硃筆作小註云：『此人不可殺，滌帥要辦，奈何？』等語，隨處可見。」此事固不妄，錄之以廣異聞。

先曾伯祖笏生公見於曾公《年譜》者，清咸豐四年十一月曾公奏稱「皖省道員何桂珍、知縣李沛蒼在六安等處，帶勇防剿，請歸臣調遣。」又後二年八月片奏「臣營發審委員李沛蒼係何桂珍軍營差遣之員，因案革職，交部治罪，現在營中實為得力，懇免其治罪，留營當差。」等語；詳閱奏稿，係笏生公於貴池縣知縣任內時，為知府龔培元誣揭，曾公專摺昭雪其罪，使主刑讞，遂為大營得力之員。笏生公後升安徽池洲府知府，以病告歸。又聞曾為劼侯兄弟師，亦先君言之，則不知果在何時也。

《年譜》稱「公在長沙魚塘街行轅，分別會匪、教匪、盜匪及尋常痞匪名目，按情罪處辦，純用重法以除強暴，殘忍嚴酷之名，在所不辭。」奏稿稱「自岳州以下直至金陵數千里，小民懾於凶威，蓄髮納貢，習為固然，崇陽、興國、蘄黃一帶，亂民尤多，設官軍稍有挫衄，則四面皆賊。」云云。如此亂局，倘欲責公以仁柔之道濟之，則誠書生之見也。治道本尚精嚴，況乎將驍悍之兵，定非常之變，雖刑辟稍過，豈得已哉？

《曾文正公年譜》稱公九歲讀畢五經，十歲能文，廿三入縣學。肄業長沙嶽麓書院，試輙第一，名噪甚。然公此時所治，皆時文帖括之學，資稟亦並不異恆人。舊傳有所作贈妓春燕「報道一聲春去了，幾時重見歸來。」一聯，雖一時遊戲，於品性不為疵累，然以當時風氣言之，似已略近跅弛不羈，尤與公一生拘謹之性不類。則知持躬勵學，日就高明，特人為之力居多耳。

清道光十八年，公成進士，改翰林院庶吉士，旋以清宣宗親試翰詹，列二等第一，升授翰林院侍講，至二十七年再試前列，擢內閣學士兼禮部侍郎銜，名位漸顯，時公年才三十七，可謂早達。

公之致身通顯，自由兩次大考。本傳言其受宣宗特達之知，證以鄉曲所傳，似尚另有其原因。先君子言：當時宣宗銳意求治，思得賢才，嘗詢倭仁艮峯，擬於朝臣中，簡拔一二新進，倭舉公以對，宣宗問其何能？倭亟稱公性行篤實，尤能遇事留心。宣宗頷之。越數日，有旨召對，公入內，內監導公委曲達一小室曰：「上命在此少俟。」公候久之，內監復至，傳諭今日無暇，俟另旨再覲。公歸寓處，倭問其狀？公具以告。倭詫曰；「嚮日召對無不見者。」因詳詢適至何地，室內所見為何？公但粗記梗概，且言方跼促恐駕至，不敢凝睇，故未能詳悉。倭沉思良久，乃求素識內監，出二百金以贈，令將爾日侯見小室方位，並室內几榻書畫題識悉具錄，躬自省閱之，餘無他異，惟壁上所懸墨蹟四幀，為高宗（乾隆）手書訓語，皆有關治道者，倭喜曰：「所求在此矣。」錄稿令公持還熟讀之。他日奉詔復入，宣宗所詢者，果皆壁上語也。公以是條對甚悉，及出，宣宗語倭云：「曾國藩遇事留心，果如汝言。」此事未見何種著錄，先君面示，雖出傳聞，必有所據。年譜載公於道光二十二年至二十九年之間，疊次召見，二十九年正月至三月召見次數尤多。且稱「每有奏對，恆稱上意」云云；如上述非虛，則必此數年間事也。

清同治初年，公之功名日盛，曾奉命統轄江蘇、安徽、江西三省並浙江全省軍務。公建節安慶，居中控馭，廣轄數千里，此外諸軍，或不出楚軍，或不歸所節制，亦均奉朝命兼籌並顧。兵多地廣，防範難周。加以降將苗沛霖、李世忠輩，均領重兵佔據城邑，險象環生，勒稅擾民，亦驟難繩之以法。即以公所部言，節制之師，除塔羅二李及彭楊諸軍外，如鮑超所將霆營，紀律蕩然，頗為當時詬病！公亦知之甚詳。觀公覆左季高太常書有「霆軍之騷擾，弟久以為慮。方在盛名之際；雖再三誡飭，春霆即稍儆惕，弁勇皆驕矜，不知儆也。」等語。厥後霆軍中分為二，其一軍竟以索積年欠餉譁叛，竄擾湘贛邊境，至發兵討平之。據公奏稿所稱，鮑超一軍，歷年欠餉至銀百餘萬兩。固知兵多不戢，及其敗度撓法，自有其主因，而未可諉罪於公也。至湘勇苦戰有年，精銳多盡，功高賞薄，疲玩日生，撫馭之間，寧期盡善。又太平軍末路，流轉無定，捻匪土寇，乘機竄擾，與戡亂諸軍，更迭往還，玉石俱焚，厲階誰屬，當時已難明辨，公私紀載，固亦未能盡信也。

公在營中，極少暇豫，尚復從事著述，故頗託談諧以調劑其疲羸。聞於壽日，集各處介椵文詞，編為一冊，自題《米湯大全》。又言欲著《挺經》，蓋挺字意涵勁健，有特立獨行之義。曾有客請問其目；公言：「茲舉一事，其意自明。吾鄉有農父晨往耘田，行經隴上小徑，徑狹甚，兩人相遇，須一人側讓乃過，斯時適有人從對面貿然來，呵之勿止，乃挺身與對立，相持至午，其家炊熟，兒具飯饁之，父曰：「吾今日不歸矣，可告汝母，令將晚餐一併送來為要。」云云，大抵亦諧謔之詞也。

奕碁似為公所深嗜，日記中屢見之。然技殊不高，衡以今日碁藝，當不過五六級耳。舊傳公在祁門時，皖垣有奕手名噪甚，幕客建議令人賫金幣聘至。公與對奕，受六子，局未半，裂公碁為數片，每片皆僅得活，局遂不終，所謂中押敗也。公恚甚，拂袖起不復出，明日，餽五十金，命送客歸。此客甚樸質，不記其名，大率過百齡周小松之流亞也。然公沖襟雅度，竟不自持，論者謂南風不競，比之謝傅晚年云。

金陵既克，公錫封一等毅勇侯，任兩江總督。傳聞曾在秦淮納歌姬為妾，彭剛直玉麟知之曰：「此事不可為，壞吾師名節矣。」乃入見亟陳其非，請斥姬以全令名，公諾之未即行。它日，剛直戎服佩劍，排闥直入，欲覓姬殺之，左右以身翼蔽，姬得遁去，公遂遣姬，憶清人某筆記曾載其略，今無可參證，事屬無稽，然即有之，似亦不為累也。

公與左文襄宗棠積有違言，後以洪氏幼主福瑱事，更致爭議。兩公襟抱各殊，又各意氣淩蓋一世，不肯苟同，而忠誠謀國，則固兩心相似，終始不渝也。世疑兩公構釁甚深，遞相詆謗，致傳有「季子敢言高」，「藩臣徒誤國」聯語，詞意謬妄，乃淺人假託為之，不足深辯，又有言兩公故為不和，藉泯清廷猜忌，亦揣度之辭耳。公卒後，文襄為輓聯云：「知人之明，謀國之忠，自愧不如元輔。」「同心若金，攻錯若石，相期毋負平生。」語出真誠，極見情致。

公平生愛士，素號知人，其獎拔人才，觀微知著，十得八九。尤於廉節之士，極為推重。如彭剛直玉麟，不僅固辭爵秩，即歷年廉俸，由補授金華府知府之日起，至安徽巡撫止，應得養廉銀二萬餘金，悉數報捐。李忠武續賓在軍中積存廉俸及贏餘數萬金，不寄家自肥，亦均以濟他軍之急。

（見公奏稿）胡文忠林翼至從其故鄉出私粟贍軍，過情之處，似若近於矯激，然今世有能為之者乎？則正挽轉頹風之一法也。

公初遇江忠源，即曰「是人必立功名於天下，然當以節義死。」及見塔齊布諸殿元於長沙，則專摺奏保二人「堪膺重任」，且稱「該二人日後如有臨陣退縮之事，即將臣一併治罪。」其奏保彭玉麟謂「書生從戎，膽氣過於宿將，激昂慷慨，有烈士風。」奏保胡林翼謂「該臬司才大心細，為軍中萬不可少之員。」奏保李鴻章謂為「勁氣內斂。」等語，皆評騭允當，適符分際。然歷觀公於薦士之際，實周詳審慎，絕不稍事誇飾，如請留左宗棠襄辦江皖軍務摺，有云：「左宗棠前在湖南贊助軍事，肅清本境，克復鄰省，其才可以獨當一面，固已歷有明徵。雖其求才太急，或有聽言稍偏之時，措辭過峻，不無令人難堪之處；而思力精專，識量閎遠，於軍事實有心得。」云云，詞氣之間，具有抑揚之致。至其參辦文武將吏，更不稍留餘地，如劾長沙副將清德，湖北巡撫崇綸，江西巡撫陳啟邁，安徽巡撫翁同書等摺，均辭旨嚴切，筆挾風霜，尤屬舉措嚴明，曲盡勸懲之義。

惟參劾平江李元度次青，稍過嚴激，公弟忠襄公國荃頗不謂然，公亦以此自尤。次青具文武才，從軍久歷艱危，戰功素著。清同治元年，甫擢授浙江按察使，公即具疏嚴參，謂其「冒稟邀功，擅自回籍。」並摭其不援浙撫王壯愍有齡之罪，請予革職。李文忠少荃時在幕府，以去就力爭亦不能得。厥後次青撰《國朝先正事略》成，公為作序，有「論者或咎國藩執法過當，亦頗咎次青在軍，偏好文學，奪治兵之日力，有如莊生所譏，挾策而亡羊者。」等語，已露其端。至公家書載致九弟季弟函云「余生平於朋友中，負人最少，惟負次青實甚，兩弟為我設法，有可挽回之處，余不憚改過也。」云云，字裏行間，更示引咎之深，「觀過知仁。」於茲可見。

世傳公有相人之法，實出流俗附會。「條理看言語，風波看腳根。」等語，云為公所自撰，真偽姑不具論，然自屬閱歷有得之言耳。

先輩言：公嘗傳別部幕僚數輩，從容命坐已，令各陳所志，諸人次第呈辭，時瀏陽李勉林制軍以微員厠末座，語氣最為樸拙，公屢目之，及出，公語人曰：「適來居末座者，乃佳士也，後當為名臣。」李後果開府以功名顯，卒謚勤恪。又湘軍某部改編，營弁十餘人俟見定去留，天方黎明，公已燃燭坐窗前理軍書，傳語令稍待。諸弁鵠立階下，是日陰雨寒甚，久漸不耐，足蹴踏有聲，中一人大言：「寒餓難忍，不見，則宜令吾儕早去耳。」公已聞，徐矚目窗外良久，令毋庸入見，悉為分別派遣畢，謂幕客云：「頃所見一少年出語甚戇，然瞻視非常，又一大將才也。」令詢其姓名記之，則劉銘傳也。右所紀，語多有據，勤恪孫李君鴻球字韻清，賢而有文，在台屢接晤言，證其不妄。公以何術，察人精密如此，不易窺測？大抵於當世人才，求之切，愛之甚，故察之深，且一無私見參雜其間，歷久衡鑒愈精，皎然如懸冰鏡。

先世又言，公在軍中，雖氣局嚴整，然亦喜詼諧，往往機趣横生，幕府諸君，相率效顰，以博嘔噱。李眉生以文學知名，詞辯捷給，有以「看如夫人洗腳」六字屬對者，李應聲曰「賜同進士出身。」蓋公於清道光十八年殿試三甲，謂之「賜同進士出身」。語句諧妙，立時傳播。公聞之，但微笑不為忤也。另有人作八股文一篇以獻，冀獲眄睞。題為「我四十不動心。」文中有「置我於曼綠蛾眉之側，動心否乎？曰：不動。置我於紅藍大頂之旁，動心否乎？曰不動。」等句，公置之案頭，未暇閱覽。適他出，為李所見，大笑不已。即取公常用硃筆批四語於卷面云；「曼綠蛾眉側，紅藍大頂旁。諸般皆不動，只想見中堂。」公歸見之，乃蹙額裁去卷面，另作評語以還其人。清世稱相國為「中堂」，時公已奉協辦大學士之命，故末語云然。

曾公早歲研求性理之學，而絕無尋常陋儒拘墟之見，逮晚歲辦理天津教案時，英光四矚，尤見其大。天津教案，起於愚民誤信謠言，教堂有挖眼剖心配藥情事，遂致毆斃法國領事豐大業，焚燬英美教堂，事勢日趨嚴重。朝臣守舊者，置身局外，自號清流，不明世界情勢，猶狃於夜郎自大之習，妄欲藉津沽義憤之眾，驅逐外人。而津郡民團，舊有水火會之名，人數甚多，又亟思藉端開釁。觀此情勢，使稍昧幾先決裂，他日庚子拳匪之亂，必早於此時見之。公之卓識藎謀，明通健快，真足使人欽挹無盡。

公於此時已洞悉國力，不能輕啟兵端，謂欲捍禦外侮，徐圖自強，非內外各勵臥薪嘗膽之志，持以一二十年之久，未易收效。一面堅持和局，一面嚴修戰備，檄調劉銘傳、郭松林、張秋諸軍，資為防禦，具見老成處事精密，卒之折衝至當，化險為夷。至翌年即有擬選子弟出洋之摺奏，有謂訪選聰穎幼童，每歲資送三十名，期以十五年挨次回國。出洋肄習，務求學術精到，並隨時課以中國文義，俾職立身大節期成有用之才云云。事屆百年，語仍可按，何見之卓也。

余書別記既竟，於中興之事，不能無感焉。前史艷稱少康興夏，勾踐沼吳，以逮光武南陽，再恢漢祚，皆昭昭在人耳目。而談者或謂重光故物，較之創業為艱，蓋敗衄之餘。事機已去，必欲橫流逆轉，動致滅頂為災！不獨宋唐覆轍，歷歷可循，即如明社初淪，海筮鑾陬，已竭盡迴天之能事，終竟延平抗命，志決身殲，一線之存，俄然而絕。是知釁由自召，命不重新，史例如斯；皆堪復按。然此乃一偏之見，實未窺興亡得失之源，無論唐祚潛移，宋師覆甲，已成無可措手外；至於南明殘局，餘甲猶棲，嚮使延平經國整軍，僅得中壽，蹈瑕抵隙，容有可為。曾公始創舟師，糾合鄉鄙儒士子弟，與驍悍之敵相持，殆同兒戲，乃竟移山填海，終奏膚功，故知有志者必成，能立者不敗，崇廉砥節，厥效彌彰，既以歆慕乎曾公，尤為屬望於今日也。

沈夫人乞援始末

沈夫人乞援始末，頃閱某雜誌載沈文肅幼丹之夫人，在廣信血書乞援事，因為紀其始末。巾幗奇英。臨危勵節，可以作行間之氣，不獨為婦女模楷已耳。

文肅為林文忠則徐之甥，文忠以仲女妻之，即夫人也。清咸豐六年七月，江西吉安、建昌等處，莠民倡亂，以錢塗硃，描金字作記，謂之「邊錢會」，黨羽益眾，勾結土寇游勇，煽聚千餘人，竄擾建昌、貴溪，賊勢日張，裹脅愈眾，遂分股而東，一竄鉛山，一攻廣信。文肅方官廣信府知府，適與學政廉侍郎兆綸赴河口籌辦軍餉，廣信府城空虛，商民震駭，遷徙一空，府署兵勇僕役僕從，亦皆紛紛散去。夫人聞變，杖劍坐井旁，以死自誓，時安義鎮總兵饒廷選駐防玉山，夫人乃嚙指蘸血作書與饒乞援，其文云：

將軍漳江戰績，嘖嘖人口，里曲婦孺，莫不知海內有饒公矣，此將軍以援師得名於天下者也。此間太守，聞吉安失守之信，預備城守，偕廉侍郎至河口籌餉招募，但為勢已迫，招募恐不及，縱倉卒得募而返，驅市人而戰之，尤所難也。頃來探報，知昨日貴溪失守，人心皇皇，吏民舖戶遷徙一空，署中童僕紛紛告去，死守之義，不足以責此輩，只得聽之，氏（夫人自稱）則倚劍與井為命而已。太守明早歸郡，夫婦二人受國厚恩，不得藉手以報，徒死負咎，將軍聞之，能無心惻乎？

將軍以浙軍駐玉山，固浙防也，廣信為玉山屏蔽，賊得廣信，乘勝以抵玉山，孫吳不能為謀，賁育不能為守，衢嚴一帶，恐不可問，全廣信，即以保玉山，不待智者辨之，浙大吏不能以越境咎將軍也。先宮保文忠公奉詔出師，中道齎志，至今以為心痛，今得死此，為厲殺賊，在天之靈，實式憑之。鄉閭士民不喻其意，以輿來迎，勸赴封禁山避賊，指劍與井示之，皆泣而去。太守明晨得餉歸後，當再專牘奉迎，得拔隊確音，當執爨以犒前部，敢對使者百拜，為七邑生靈請命。昔睢陽攖城，許遠亦以不朽，太守忠肝鐵石，固將軍所不吝與同價者也，否則賀蘭之師，千秋同恨，惟將軍擇利而行之，刺血陳書，願聞明命。

夫人此函，成於倉卒，又係刺血所書，其非假手他人，自可推定，而情理兼至，中段不獨為自身計，於當時軍事情勢，及對方處境，亦有扼要之陳述，使其不能推卸責任，末且以賀蘭進明負南霽雲事怵之。其文慷慨明快，特具法度，非僅詞藻斐然而已。

此書由急足遞至玉山，饒廷選立即率兵馳援，蓋亦感於夫人情辭之切也。據當時官書所載，文肅於夫人乞援次晨，單騎馳回府城，登陴防守。又二日而饒提勁兵二千抵郡，會匪亦麕集城下矣。饒令開東北門迎戰，大破匪軍，殲其渠魁，餘眾遁去，廣信圍解。曾文正公國藩奏稿，敘邊錢會匪圍攻廣信情形：「此股會匪，初本不甚猖獗……迨廣義軍潰於貴溪……遂敢圍逼廣信，梗塞江省咽喉之路，大局幾不可問，幸知府沈葆楨先馳入城，得以預請援師……保全要郡。沈葆楨係原任雲貴總督林則徐之甥，又係其女婿……此次吏民散盡，衙署一空，其妻亦同在危城，躬汲爨，具壺漿以餉士卒」云云，摺中詳述事實，於夫人但言守城饗士，至對血書乞援事，則未提及。今按廣信解圍在清咸豐六年八月十五日，而摺遞在二十日，是年，公在南康，（據年譜）或遠道所聞未確，故未據以入奏耳。

夫人以此事名震天下，文肅旋擢九江道，賞按察使銜，仍留防務，以親老告歸。至咸豐十年，曾公奏請〈起用道員沈葆楨摺〉中，仍言前事，其略云：「該道之去廣信也，士民遮道攀轅，來臣處遞呈請留者，凡數十次，聞該道雙親尚健，自應先國從家，共勵澄清之志。」又有「請飭傳諭迅由本籍馳赴江西，仍辦廣信防務，節制在防文武，於大局必有裨益，至該道器識才略實堪大用，臣目中罕見其匹。」等語。文肅由是連擢至江西巡撫福建船政大臣，功名赫奕，固皆由廣信基之。夫人枕戈計定，履虎神恬，彰琬琰之才，定非常之變，豈獨謝家風絮，徒笑空文，即桴鼓軍前，遜其偉烈矣。

饒廷選於廣信解圍後，奉令仍回玉山，升授浙江提督。清咸豐十一年十一月，與太平軍在杭州力戰死之，一門皆殉，謚莊勇。

記譚文勤軼事

樂昌張君麗門，曩歲於滬濱得譚瓶齋手札數十通，近悉檢出以贈瓶齋公子季多，季多得之喜甚。諸札皆貽長沙簡惕園先生者，惕園以師儒客譚氏最久，詩法義山，筆致雅健，畏公瓶翁均推重之。頃自屏東來，為言諸札在南京佚去，已十餘年，今歸季多固宜。且告翁常熟贈譚文勤公楹聯故事，及得失始末，謂人世離合無常，凡物固不必執為己有也。

文勤湖南茶陵人，諱鍾麟，字文卿，清季以翰林官至督撫。晚歲病目，任陝甘總督時，二目皆失明，還至西安求治，得醫者楊姓，年已七十，能以金鍼治目，云有奇驗。召至令試之，出鍼長數寸，自目左角射入，疾如風，立抽出，有薄膜附鍼頂，文勤遽指醫呼曰：「汝鬚何乃作碧色耶？」則左目已復明。醫急令仰臥，闔目毋視，徐以巾漬水覆面。至明日，更治右目，針甫注，文勤已見，體微震，血遂溢出不止，醫急抽鍼懷之，逡巡遁去。侍人未覺，以醫適有他故暫出耳，仍取巾沃目如前。少頃血止，去覆視物，雙瞳再光。文勤大喜！連命厚賞醫者，眾始蹤跡之，則亡走潼關矣，追贈金二百，並告以故，醫乃歸。其出亡，殆畏禍耳。然文勤癒後，右目之明，竟較左尤勝云。

文勤旋內調吏部侍郎，素與常熟翁文恭同龢，同年相善，抵京後，往謁文恭，喜其復明，乃集平原爭坐位稿字為聯贈之云：「斯人一出世無比。」「君目再明天有功。」

又久之，文勤七十生辰，至期，文恭始憶及，復書杜句為贈云：「謝安舟檝風還起。」「庾信文章老更成。」

書畢，墨瀋未乾，匆匆命二人，各持畫叉，樹上下聯走送，文勤得二聯均極寶愛之。以前聯下語涉及治目事，有足紀者，故譚氏珍庋尤謹。自喪亂以還，歷經播遷，竟失此聯，輾轉落於袁君企止之手，為惕園所見，告諸伯羽公子，遂為趙璧之還。

今檢《翁文恭日記》，其一則云：「譚文卿歸過陝西，遇良醫，一鍼而右目復明，左目亦微有驗，神乎技矣。」又「文卿同年應召來京，右目復明，左目仍昏，五步外不了了，精神卻好，今年七十矣。」等語，此清光緒十五年至十七年所記，互看與前所聞皆合。

惕園並言所聞文勤軼事甚多，多為畏公舉以相告者，其官杭州府知府時，有三事皆極可紀也。

閩浙總督吳棠巡行過杭，泊舟拱宸橋下，隨行隸卒，踏臂市廛，頗肆凌暴，文勤捕得其魁痛笞之，棠聞怒甚，以太守辱己，議登白簡。浙撫某素重文勤，立命親往謝罪，而先謁棠為緩頰，言太守書生性戇，乞賜矜全。棠怒不解，語未竟，外白太守候命，棠盛氣令入，文勤從容登舟，拜謁竟，棠忽霽容延坐，謂隸卒不法，業已勞君處分甚善，可勿置議。言次勉慰甚殷。文勤辭出；浙撫問棠，何忽相宥？棠曰：「頃觀譚守趨走如龍，儀度安雅，法當貴顯。吾與公今日坐處，要當留待此人。」其後文勤果洊歷浙撫閩督，竟符所言。

清季田糧徵收，地方積弊甚深，豪胥把持，所輸或較正課驟增數倍，民以為苦，官府雖明知之，亦置不問。文勤習聞其弊，抵任未幾，微服訪查。一日，遇一鄉人持券納糧，乃告之曰：「我官中人，為汝代繳甚便，可隨我行。」因偕至府署糧房，果勒索甚苛，胥吏尤獰惡。文勤廉得主者，立予杖斃，餘杖校有差，此風遂革。

一負販者晨出，見橋下有遺物，四顧無人，拾歸拆視，乃一狐裘，計值百金，方舉家慶慰，倏數差役洶洶至，飛黑索繫其頸，牽至一處囚之。中一人言：「我餘杭縣捕頭也。少頃隨我上堂見官，汝須自承盜首，狐裘為汝所劫，否則我輩必寸斬汝。」隨又笑謂諸役人云：「此鄉漢未知官法，似不甚馴，可先以釅醋款之。」即有人縛負販者手足，出醋盈盎，自鼻孔注入，昏絕復甦，遂擁赴縣衙。捕頭白官，並呈狐裘，謂「前次某鉅案贓物已得線索，此人即真盜。」官鞫問令吐實，負販者呼冤，官不聽，被箠楚無算。及下；諸役復以醋灌之，如是者三。再訊，備五刑，不得已誣服，已擬斬矣。其家屬具狀控諸府署，文勤適將受代，廉察盡得實，蓋數月前有盜案不得主者，諸役被追比，欲得一人偽充盜首抵罪結案，以負販者素良懦，故設計誣脅之也。文勤逮捕首至，亦命以醋灌其鼻，曰：「汝不實言，且吃我三碗醋。」遂款服，立以其事上詳，負販者得免死釋歸。惕園言右列三事，餘杭章太炎曾紀其略，今其稿不可得見矣。

記升文忠與樊山事

昨閱湘綺樓清光緒三十二年十一月廿四日記：「聞樊雲門撤任，近今所罕有也。升允亦可人，兩賢不宜相厄……」云云，湘綺於其同時人多肆意詆斥，極少恕辭，此則頗致惋惜，日記中甚少見也。

蒙古升文忠元，字吉甫，清季官陝甘總督，樊增祥樊山適官陝藩，素相善。樊山驚才逸氣，起家縣令，仕路騰驤，於文忠雖無失禮，然恃夙好，又以才氣凌駕人，漸不相能。陝有牧令數人，均能文而有賢聲，文忠飭令調往督幕，襄辦章奏。樊山執不肯，上記乞寢命，大略言：諸令皆一時吏材，不宜使典簿書，失良牧。若文章之事，則本司雖老，猶能日試萬言，倚馬可待，如有所屬，當不敢辭等語。文忠以其梗命，又詞氣簡傲，失屬僚禮，銜之。幕府中有惡樊山者。遂相構煽，猜釁漸深。

陝藩例兼鹺務，外傳花馬池鹽案，藩司頗受苞苴，語固不實也。文忠密派一知府行查，微服至其地布耳目。諜者以白樊山，疑之，往詰行藏，語不遜，樊山怒，目為遊棍，令拘辦。其人乃稱係銜督命來，搜其行篋得札，遂盡悉底蘊。樊山罵曰：「與其為人齮齕，不若先發制之。」因摭拾陝甘近事，上疏劾文忠。清例：三司雖亦可上奏，但督撫權重，封章皆出其手，無敢僭越，況以下訐上，無獲直理，樊山未計也。章上；果為軍機壓置，轉以達諸陝督。

文忠得耗，乃自撰彈文數百言電呈，謂之電奏，請革樊山職，仍頗言鹽案事，末數語云：「如其心跡無他，尚可保全晚節；若使污泥有染，要當投諸濁流。」尚於嚴劾時略寓矜全之意，聞電呈時，文忠猶顧草嘆息曰：「雲門休矣！」此出長沙簡惕園先世舊聞，為言之甚詳。

此奏既達，樊山即撤任交四川總督錫良查辦，以其時考之，正湘綺作記前後也。

葉昌熾《緣督廬日記》稱升吉甫中丞清廉剛正，能持大體，以社稷臣許之。惕園誦其〈登太華詩〉云：

太華岩嶢亘古今，十年持節一登臨。
上窮碧落浮雲見，下瞰黃河濁水深。
誰是巨靈擘隻手，可憐頑石不迴心。
棋亭苦欲終殘局，輸卻金甌何處尋。

當為官陝甘所作，於時革命告成，末二句蓋指此也。

曹纕蘅

綿竹曹經沅字纕蘅，清季與邵元沖翼如、柳詒徵冀謀，同舉優貢，皆年少有俊才。纕蘅為詩尤英挺，嘗接席海藏、散原、蒼虬諸老輩，盡得同光詩派法度，冥心孤詣，風骨日遒，然其所作，高華朗潤，無鈎章棘句之病，雅與東坡為近，真一時作手也。友人巴壺天教授，與周旋最久，曾以手鈔《借槐廬遺稿》見示，為送《中華詩苑》刊行之。

舊時天津《國聞週報》編有采風錄，輯錄海內名家詩，纕蘅主之，蒐採甚富，而選錄甚嚴，皆一流作也，纕蘅好宏獎人才，每見佳篇，輙稱揚不去口。在首都時，凡袖詩請謁者，率具壺觴為一日歡，單寒孤立之士，或以此致聲譽，高情雅抱，傾動儒流。民國二十五六年間，任貴州民政廳長，振興文教，卓著政聲。曾刊行《遵義三先生遺集》，並重修其墓道。三先生者：鄭珍子尹，莫友芝子偲，黎庶昌蓴齋也。時遵義令為湘潭劉慕曾，亦有高才，為董其成，時輩稱焉。抗戰軍興，黃秋岳與敵通款致大戮，黃素能詩，與纕蘅善，故篋中多其手札，然什九皆論藝而發，政府察其無他，仍任職筑中如初。逾年調任行政院簡任祕書，聞體氣漸衰，文酒之會稀矣。

余少歲流轉兵間，行役關隴，於危苦中，偶近吟事，篇章散佚，為纕蘅所見，遂與通函。聞纕蘅曾在劉成禺座上，舉余名並稱其詩，以此頗為藝林老宿所知，剪拂之情，銘心莫報，羈孤海域，頭白無成，不為清鑒之累乎？

受降之歲，余赴首都，受命為法曹椽，纕蘅方在，私念通函數年，曾不獲一見，行且欣然把臂矣。抵都日，適逢重九，是夕聞有高會，而纕蘅以病不至。明旦閱報，則纕蘅卒矣，遂終不獲見。士之相愛。每恨不與同時，既共託跡文場，又孰令其死生契闊如此，是足傷矣。記當時曾製聯輓之云：

征軺遠表幽光，曠懷三子遺芬，勝日清流多韻事。
逆旅又逢重九，吟斷六朝秋色，一時高會罷登臨。

曾剛父

曾剛父善詩。能為幽微怨慕之聲，清季以部曹，洊至卿貳。甲午喪師後，慼朝政日非，憫亂憂生，詞愈淒苦！嘗與梁啟超任公坐舊京碧雲寺石橋共語，相向痛哭。任公南歸，剛父贈詩有「他時獨自親調馬，愁見山花故故紅。」「前路殘春亦可惜，江南四月有啼鶯。」等句，皆含思綿邈，讀之惘然。

樂昌張魯恂丈，八十後輯錄番禺梁鼎芬節庵，順德羅惇融癭公，黃節晦聞，及剛父所作，為嶺南四家詩。剛父潮之揭陽人，名習經，清光緒己丑舉人，庚寅進士，官戶部主事，擢至度支部左丞，著有《蟄庵詩存》，手寫為一卷。以民國十五年丙寅卒，後一歲丁卯，任公以剛父寫稿付景印，並序其耑，魯丈輯刊，即據此本也。

四家詩，節庵清勁而略嫌亢厲，舊本纂集，前後倒置，尚須揀汰之功。晦聞專以詩鳴，造境深微，晚途微病晦澀。癭公才豐遇嗇，詩境頹放，迄以不振。其中最為精警者，則剛父也。任公稱「其詩直湊淵微，妙契自然，神與境會……生平不苟作，作必備極錘鍊，鍊辭之功什二三，鍊意之功什八九，洗伐糟魄，至於無復可洗伐，猶若未饜，所存者光晶炯炯，驚心動魄，一字而千金也。」云云，推之似若稍過，然綜觀剛父諸篇，雖刻意鍛鍊，而英華四溢，表裏澄瑩，絕去雕鏤之跡。至其寓意玄冥，吐詞淒斷，有微風度簫之妙，非維癭公所不能至，即節庵晦聞亦尚隔一塵也。

癭公早歲負盛名，博學工詩。魯丈言：癭公嘗應歲試，場中詩題為「霞車雲軿日轂翻」七字，語出昌黎〈陸渾山〉詩，通場無能知其出處者，癭公獨知之，從容納卷出，遂冠其曹。後屢舉不第，以優貢官京曹，浮沉久之，入民國後益困，及為袁寒雲師，稍贍矣，又與諸主立帝制者議不合，乃益縱酒聽歌以自放。曾語晦聞云：「吾欲以無聊疏脫自暴於時，故借一塗以自託，使世共訕笑之，則無暇批評其餘，非真有所痴戀也。」是其遇亦可悲矣。癭公詩於垂歿時，乞剛父選定，所刊落甚多，僅存二百餘首，聽歌飲酒之作猶不在少，然其佳者固尚卓然可傳也。今本與剛父詩共為一卷，故並及之。

剛父早作曹郎，歷二十餘年，諳悉史事，尤究心食貨掌故，通曉其利病癥結所在，故當時度支一部，皆倚重之，大吏有要務，輒就剛父取辦焉。其為人律己最嚴，雖未嘗翹異於眾以立厓岸，而剛明修潔，舉人世之穢累，不能少污其身，信乎有以自立矣。其成己成詩之所自，於此蓋可略見本原。

民初袁氏竊號時，固夙知剛父，百計羈縻，則凜然示之以不可辱，退而躬耕於野，終不復仕。自其去官，無復餘財，斥賣所藏圖籍書畫陶瓦之屬以易米，往往不得宿飽，而高歌斗室，泊然自安。書法亦勁挺有逸致，又略能畫梅，用以寄意，非所擅也。

剛父詩既已論次於上，余尤愛其所作七言絕句，可謂丰神絕世。其住處在全不運用典實，稱意書之，無格格不吐之辭，而又低徊往復，使人味之無盡。如〈別夢〉云：

宮扇葳蕤半褪金，一篇哀麗舊傷心，

他時漫滅無文字，猶得情人宛轉吟。

〈有感〉云：

故逕蘼燕不可尋，小樓煙靄暮愔愔，
東風幾日飛么鳳，零落桐花一寸深。

〈秋齋〉云：

夜深簌□動梁塵，遠寺殘鐘聽未真，
隙月斜明飛露腳，四更秋館未眠人。
一枕春愁似影煙，撩人秋色又今年，
中庭已少閒花草，每到斜陽獨惘然。

至其〈田園〉諸詩則饒有逸趣，一種閒適之致，謂可方駕放翁石湖。如〈田間雜詩〉云：

新鑿方塘號鏡渠，晚栽柑柳尚疏疏，
一詩與結明年約，半種菱荷半種魚。

夜起微茫月墜霄，青蘆風動響蕭蕭，
平生久慣江鄉味，卻又關心早晚潮，
蚌聲閣閣水平畦，秔稻初秧綠未齊，
雨後斜陽紅較好，小船搖曳過河西。
落日回風逼發生，野田黃雀報初更，
燈窗夜氣侵危坐，還我當年舊短檠。

作詩愛用典實，動輒堆砌滿紙，窒塞性靈，自是一病，右列剛父所作，皆平實顯豁，而風華朗潤，何嘗矜奇炫異，以獰態向人耶？七絕最不易作，唐人雖工為此，標舉萬首，絕佳者亦復寥寥，宋以後多以意為主，末流稍近棘塞，清初漁洋專主風神，以救其弊，然過矜神韻，又蹈空疏。若剛父獨秀兼工，奄有宋唐之勝，則近百年來，不易數數覯也。

黃晦聞

為誰彈淚譜哀箏，惘惘難迴去駱情。
縱使不堪憔悴死，也留淒語狀平生。

丙申春夜，讀順德黃節晦聞《蒹葭樓詩》，至「恐我不堪憔悴死，狂歌度日復何如。」「題巾我欲無言答，去駱情隨一旦增。」及「徒結中衣雙絹白，可期滄海一桑紅。」「憐君未解幽憂疾，詎為調箏又怨猜。」諸句。淒麗之音，搦笛而吹，當可穿金裂石。諸詩琢辭隸事，意旨所在，均可於言外得之。讀之使人感不絕於心，因撰七言絕句一首題其耑，以抒吾意。

晦聞詩冥闢群界，造意精深。陳散原稱其格澹而奇，趣新而妙，庶足盡之。魯恂丈言光緒季年，晦聞赴北闈應順天鄉試，是科主考為滿人裕德。時袁嘉穀季九奉派衡文，得晦聞卷奇賞之，力薦於裕，不獲請，遂從黜落。季九大憤！自出資盡刻晦聞所作十三藝，遍示知好，以是人漸知晦聞，名以日起。季九與晦聞素不相識，老輩愛才好事如此！今檢《蒹葭樓詩》卷二載〈閏五月十八夜大雨題壬寅試卷〉云：

陳言不意今重省，對此疑非我所為。
感激掄才論文藝，艱難愛士見吾師。
禮傷江夏虛徒步，淚墮秦風記有辭。
一似暑窗風雨過，廿年前事十年悲。

前詩正言薦卷被黜事，則知應試之歲壬寅為清光緒二十八年，晦聞尚少，此詩為追紀之作，季九歿已久矣。集中另有〈哭袁季九師〉古詩四首，自註「七月投書周沈觀先生始知季師春間歿於里第」云云。亦追悼作也。

其一

俯仰十四年，今朝始一慟。問居得噩耗，殺身詎為恫！
所哭知我者，遇我不以眾。乃無國士報，歛恨隔幽洞。

其四

百思所報難，一瞑此何救。世衰論出處，不辱副期厚。
餘生未可卜，斯志竊自守。重泉若有知，懍懍見左右。

二作與前詩可合觀，於師門感眷之私，可謂厚矣。晦聞先與鄧秋枚秋門兄弟，創辦神州國光社。民初曾一任廣東教育廳長，後遂絕意宦途，主北京大學講席以終。魯丈言：晦聞姿神爽朗，極富情致，故其詩多婉約之思，卒於舊京，年甫踰五十云。

梁節庵其人與詩

余弱冠謁先師趙芷蓀先生，見有番禺陳蘭浦先生手書楹帖，款署芷蓀三兄。（先師諱啟霖行三）屢目之。師笑曰：「子以款識為疑乎？此吾友梁節庵所贈也。蘭浦先生為節庵師，所署芷蓀三兄，乃同時之另一人。節庵以上款巧合，遂以見惠，吾曾有詩紀之。」因檢舊稿相示，題為〈節庵以尊師蘭浦先生手書楹帖見貽，款署芷蓀三兄，與賤字巧合賦謝〉。其詩云：

百年學派數傳薪，東塾堂堂信大純。
遺墨詎隨桑海變，瓣香如共菊坡親。
淵源君尚撐頹俗，款識吾知愧昔人。
何止錯刀投贈意，斯文一縷繫千鈞。

師後為書小幅以賜，因少日懸之齋中甚久，故今猶默記未忘。前歲樂昌張魯恂丈刻嶺南四家詩，始得盡讀節庵先生遺著。

據魯丈言，節庵以光緒庚辰，年廿二入翰林，廿六以奏劾合肥李文忠罷官，與陳散原序作年二十七黜罷小異。按集中有〈甲申四月十日上封事作詩一首〉，中有「僉曰相公天下才……今知所用皆優俳。時平如虎危如蛙。」云云，正為彈合肥時作。及〈庚寅元日客南園詩〉有「勞生三十二」語，甲申至庚寅相距恰六歲。前後相符。惟證以集中〈己丑遠遊別先隴〉詩自注「甲申九月請假歸省乙酉十月謫歸。」可推知於劾李後一年始罷官，則散原所紀二十七，固無誤也。

合肥老成持重，當時權衡國力，不欲輕啟戎機，以此負謗於天下。「時平如虎危如蛙」，自屬有為而發，然抑之少過矣。

節庵黜罷後，即赴焦山海西庵讀書數年。其〈再到無錫拜高先生祠〉詩：「病夫重拜漆湖祠，泉梗闌花似舊時。二十七年無一是，得名太早讀書遲。」當是謫官前後所作。及「丈夫未死誰能料，置酒高厓醉一回。」「金山傑閣委飛塵，靈隱高臺閃碧燐。此屋巍然不受劫，今朝應有檢書人。」皆在焦山作。殊有兀傲之致。

節庵中歲鬚髯如戟，人以「梁髯」稱之，而詩筆極婉麗。如〈春窗讀書〉云：「病起花枝帶淚看，無人共我憑闌干。滿身雨點兼花片，中有春愁不忍彈。」類閨中語，不似其人。

張文襄香濤督粵，廣雅書院落成，以節庵為山長。未幾，李瀚章至粵繼文襄任，瀚章李文忠弟也。以昔歲彈章事，節庵不得不避而他去。及文襄官湖廣總督，仍往依之，旋為奏請開復，授武昌府知府。相傳節庵居舊京棲鳳樓時，其夫人別有所眷，遂去不返。節庵在武昌，自撰食魚齋楹聯云：「零落雨中花，舊夢驚回棲鳳宅。」「綢繆天下事，壯懷銷盡食魚齋。」

此聯盛為人所傳，首幅蓋念其夫人而作也。聞夫人湘籍，雖去猶時一臨存云。節庵後官武昌道，晉擢湖北按察使，清德宗葬崇陵，召為種樹大臣。

清庚子拳亂，德宗至關中，鹿尚書傳霖為山西巡撫。陳昭常簡始自吉林巡撫任內奔赴行在，獻貢物有差。簡始粵人，先與先生同官翰林相善，及後簡始卒，節庵輓以聯云：「關中喜見鹿尚書，劇憐萬里麻鞋，行在烽煙詩一束。」「地下若逢龍表弟，為道孤臣種樹，崇陵風雨淚千行。」

此可與食魚齋聯並傳，均甚工緻，魯恂丈為誦之。味其詞意，當在崇陵時作也。

節庵詩筆清勁，時有憤悱噍殺之音，其格調與半山東坡為近，而及於杜韓。曾手自摧燒其詩文稿，並書遺言：「我生孤苦，學無成就。一切皆不刻，今年燒了許多，有燒不盡者，見了再燒，勿留一字在世上，我心淒涼，文字不能傳出也。」云云。方節庵居焦山海西庵，順德龍鳳鑣在粵雜鈔其詩，刊入《知服齋叢書》中，名曰《節庵集》計四卷。鳳鑣順德人，與節庵為中表，即節庵輓陳簡始聯所稱之「龍表弟」是也。節庵歿後，龍游余紹宋搜集遺稿刊於武昌，魯丈以龍余二種本合《節庵遺詩續編》一冊並刻之，而節庵遺詩大具於比矣。然龍本所輯前後倒置處，已無可訂正。又此外遺佚尚多。以余所聞見，先生與吾師晚歲時有篇什往還，茲檢集中，了無一語，則知散失者固不在少也。先生名鼎芬，廣東番禺人，清亡又八年乃卒，諡文忠。

康梁漫錄

今年戊戌，詎清季戊戌政變，恰為周甲之歲。湘鄉求闕翁曾稱「天道三十年一小變，六十年一大變。」意者國運將隆，天心默轉，其自今伊始乎。

清季戊戌政變，導源於保國會。保國會者：南海康有為長素，與其弟子新會梁啟超任公，集各省公車，上書政府，乞變法圖強，以保國家政權土地，而籌組之一種學會也。其時為清光緒二十四年戊戌二月，禮部會試期近，各省舉人，紛紛自其原籍入京應試，謂之「公車」，御史李盛鐸初就有為謀集之，有為復擇朝士之有志者，為開說利害，乞作桴鼓之應。遂與啟超等開粵學會，與楊銳等開蜀學會，與林旭等開閩學會。與楊深秀等開陝學會，有為痛陳時局艱危，淚隨聲下，聽者感動，聲勢大盛。

政變始末，史家紀載至詳，毋煩追述，至有為之蒿目時艱，哀呼強聒，不顧一身利害而為之，則實激於愛國之一念，其志其事，固甚可嘉也。有為自清光緒戊子至戊戌十年間，凡七上書以干當道，愈挫愈堅。卒至感發人心，騰諸詔令，毅然闢維新之路，事雖撓敗不行，亦可見匹夫之志，當其悍然不顧一切而為之，終必有圖成之日；則移山填海，又不必驚怖其言以為河漢亦明矣。

初有為歷次上書言變法富國諸端，京朝卿相無敢為之代呈渚。又所著《新學偽經考》，力斥古文諸經為偽，時議駭怪，眾口騰譁，謂為惑世誣民，至奏燬其板。當常熟翁文恭同龢柄政日，有為三次上謁均被拒，及後有為被召，奉命在總理衙門章京上行走兼督官報，傳者謂由同龢論薦，且有「有為之才，過臣百倍。」之語，考常熟日記，自清光緒十四年至二十四年間所紀，均於有為加以顯斥，並述及拒見事，尤以二十五年十一月二日所記者，更可推翻前說：如云：「報紀論孥康梁，並及余極薦『康有為其才百倍於臣』之語，伏讀悚惕！竊念康逆進身之日，已在微臣去國之後，且屢陳此人叵測，上索其書，由張蔭垣轉送軍機處封遞，不知書中所言何如也。厥後臣若在列，必不任此輩猖狂至此，而轉因此獲咎，惟有自艾而已。」等語；歷歷可按，然論薦之說，當日已騰報章，則由來已久矣。

有為陳書闕下，傾動士流，已屬惶駭物聽，而其所著《新學偽經考》及《孔子改制考》，則更為集矢之由，翁文恭同龢謂前者為「說經家第一野狐」，為之驚詫不已。至見後者直斥其「居心叵測」。稍後湖湘舊學如王先謙、葉德輝等均亟攻之，實則有為主今文《公羊》，本《春秋》禮運三世大同以立說，仍湘學之緒餘也。

湘潭王闓運壬秋治《公羊》學，以授井研廖平，平本師說從而恢張之，後漸背離其本旨，思欲摧陷乾嘉經師正統，著〈闢劉〉、〈知聖〉等篇，其要在守今文《公羊》，以張信今攻古之說。平於廣州廣雅書院分校經學時，山長朱一新深惡其妄，而有為一見乃大喜，遂本〈闢劉篇〉作《新學偽經考》，本〈知聖篇〉作《孔子改制考》，互為沆瀣，以張一軍，其相視莫逆，如章炳麟太炎之與劉師培申叔，莫能過也。

惟是章、劉之合轍，乃在並信今古文，以成左右採獲，歸美劉歆父子。康、廖之學，則力攻劉氏，謂古文經傳，均出歆之偽造，其致廖平書云：「僕昔以端居暇日，偶讀《史記》，至河間獻王傳，乃不稱古文諸經，竊疑而怪之！以太史公之博聞，自謂網羅金匱石室之藏，厥協六經異傳，整齊百家雜語，若有古文之大典，豈有史公而不知？乃遍考《史記》全書，竟無古文諸經，間著古文二字，行文不類，則誤由劉歆之竄入，既信史公書知古文為偽，即信今文之為真。於是推得《春秋》，由董何而大明三世之旨，於是孔子之道，四通而六闢矣。惟足下信今攻古，足為證人，助我張目……」等語。由此可見有為力攻古文立論之大凡。惟孔壁所出諸古文經傳，既昭然在人耳目，又皆先聖微言，豈劉氏一人之力，所能公然偽造。且太史公並未明斥為偽，亦曾「間著古文二字」，何以亦必能斷定為劉歆竄入，而以「行文不類」四字括之耶？至謂「既信史公而知古文為偽」，其邏輯與推論皆有未當，近於支離，即謂之武斷，似亦無不可也。作者前撰〈劉申叔學述〉，於經師今古文門戶之爭，曾略加述及，若去偏以求其平，則固以阮儀徵「左右採獲」之旨為正也。

所謂三世，乃「據亂世」、「小康世」、「太平世」，為治道漸進之階。由撥亂以進於小康，更由小康以期太平盛治，而漸臻於世界大同，此有為學說之中心，亦所著大同書之本旨也。啟超籍廣東新會，少有奇慧，八歲學為文，能綴千言，十二歲入縣學，補博士弟子員，其中鄉舉，年才十七耳。應禮部試下第歸，道經滬上，從坊間購讀《瀛寰志略》及各種西書譯著，刻意好之，始有志於經世之學。繼獲交陳千秋，因千秋執贄有為之門，修弟子禮。其自記謁有為情事云：「余以少年科第，且於時流所推重之訓詁詞章學，頗有所知，輒沾沾自喜。先生乃以大海潮音，作獅子吼，取其所挾持數百年無用舊學，更端駁詰，悉舉而摧陷廓清之，自辰入見，及戌始退，冷水澆背，當頭一棒，一旦盡失其故壘，惘惘然不知所從事，且驚且喜，且怨且艾，且疑且懼，與通甫

〈千秋字〉聯牀不能寐……」等語，敘述歷歷如繪，此見啟超〈三十自述〉文中，當時北面有為，傾服之情，可以概見。

此後即受學於萬木草堂數年，逮公車上書，隨有為組強學會贊襄其事，會被禁，乃詣上海任《時務報》撰述之役。黃遵憲公度被派出使德國大臣，奏請啟超偕行，會使事中輟不果。張文襄之洞屢書招致幕府，辭不赴。旋以湖南巡撫陳寶箴之聘，主湖南時務學堂講席，與黃遵憲、譚嗣同、陳三立規畫新政，多所建白。有為既受清德宗之知，啟超亦被召，事敗，嗣同等被戮，啟超遂東走日本，此其與清政局始終之大略也。

至康梁師弟於政治之見解，極相逕庭，有為効忠清室，啟超則以受知德宗，德宗既逝，即不宜妄冀作迴天之舉，而破毀民國共和政體。故於有為參預復辟時，設計撓之，有為引為深恨，曾作詩云：「鴟梟食母獍食父，刑天舞戚虎守闗。逄蒙彎弓專射羿，坐看落日淚潸潸。」其稱逄蒙彎弓事，正為啟超發也。

有為之學，早定規模，亦以成學過早，囿於一時思見，而不能採擷新知，以進於廣大精微之域。啟超則終身銳進不已，惜其治學不專，所嗜之種類既多，又時時以馳騖政事害其學業。嚮令以啟超之天資思力，專攻一二，其於學術，成就詎可量耶？

記康梁聯語

梁任公執贄萬木草堂，陳千秋通甫為之介謁，千秋及曹泰最為其師所愛。康南海嘗語人云：「吾昔講學萬木草堂，門下最高才者，為曹泰及陳千秋二人。梁卓如——任公字——之思路，常賴二子濬發爾，非其匹也。」其品第在任公上。千秋以高才困於豪強，發憤嘔血死，纔踰冠齡。泰字著偉，亦年二十餘卒。曹於少時撰一聯見志云：「我輩耐十年寒，供斯民煖席席。」「當局具一副淚，聞天下笑聲。」

殊足見其抱負，此聯今日猶可用之，惜此一副淚不常具，而笑聲稀也。

聯語康梁皆優為，南海在杭州西湖丁家山營別墅，自題康莊，作聯云：「割據湖山少許，操草木鳥獸之權，是亦為政。」「遊戲世界無量，極水石烟霞之勝，聊樂我員。」

又一聯云：「滄桑多變，陵谷多易，宗教多劫，國土多淪。亭閣看鷄蟲得失，無一物當情。歷盡成住壞空，覺來栩栩。」「天地不大，毫末不細，大椿不壽，朝菌不短。微塵世界何愛憎，歎我生自度。仍行慈悲喜捨，想入非非。」

雜糅儒佛莊老之語以成聯，不為精當，其詩亦如此，正南海之學也。

南海任公思想政見，既異其趨嚮，頗聞任公備受嚴斥，而尊禮師門如故，其撰南海七十壽聯云：「述先聖之遺意，整百家之不齊。入此歲來，已七十矣。」「奉觴豆於國叟，致歡欣於春酒。

親受業者，蓋三千焉。」及南海卒，任公作聯挽之云：「祝宗祈死，老眼久枯。翻幸生也有涯，卒免睹斯民陸沉魚爛之慘。」「西狩獲麟，微言遽絕。正恐天之將喪，不獨動吾黨山頹木壞之悲。」

任公著《清代學術概論》，論其師云：「有為之為人也，萬事純任主觀，自信力甚強，而持之極毅，其對客觀之事實，或竟漠視，或必欲強之以從我，其在事業上有然，其在學問亦有然；其所以自成家數，崛起一時以此，其所以不能立健實之基礎亦以此。」可謂精確不移，誠定論矣。

記齊白石

民國四十六年九月十七日，白石老人齊璜卒於北平醫院，年九十有七。

白石壯歲常往來余家，民國十年間，猶與先君頻通書札，或寄詩酬唱，至先君棄養後，音問始絕。然未幾，其子良琨字子如仍與余訂交。假余故居望壺樓作畫數月，道其尊人行誼及藝事甚悉。三十八年春於青島遇易君恕孜，復從詢白石起居。恕孜，白石季女良憐之夫婿也。余不獲親炙老人，又未克致書修通家後輩之禮，獨頗聞老人數數稱道余，嘗遠道畫牡丹大幅以賜，雖久灰劫火，輒念之不置。今茲謝世，乃摭拾舊聞，略述其生平，以申區區之私，且為他日藝苑之傳白石者，作壤流之助也。

白石名璜，字蘋生，湘潭人。以居近白石舖，故自號白石山人，晚聚印甚多，亦常自署三百石印富翁。少孤貧，生九齡，從其世父學為木工。嘗隨赴人家傭作，凌晨於風雨中著屐行，屐齒屢陷泥淖，又負重，數步一躓，世父以尺柄自後擊其顛，白石但號哭而已。稍長，以體弱，遂改習雕工，鄉里技藝薄劣，白石獨能運以新意，由此習畫，以巧藝名。初寫翎毛，兼畫人物，曾獲前人畫李鐵拐像摹之，不十年，過萬本矣。

湘潭黎氏，家世貴盛，黎文肅培敬既歿，公子威聖太史復入詞苑，群從皆好藝事，見白石所畫春燈而善之，招致於家，令製燈兼鏤筆牀之屬，待以客禮。盡出家藏書畫，縱其觀摩，白石遂通六書，學為詩。於畫篤嗜沈石田山水，金壽門佛像梅竹及其漆書，日寢饋其間，深造獨詣，顧猶未顯名也。偶於暇時，見太史兄弟治印，求授其法，太史靳不予，他日又請，太史方持水煙袋，戲之曰：「汝能盡飲此中水，當以相授。」白石果攢眉飲之至盡，太史鑒其誠，乃悉傳以刀法，數歲遂成絕藝。其奏刀之始，先以濃墨塗石面，反覆端相之，既定，乃下刃，疾如風，石屑四裂，俄頃而就，蒼渾絕倫，古逸處，當與趙撝叔、吳倉碩爭席，太史非其敵也。

自後白石識邑人郭觀察人漳，人漳官廣東欽廉道，攜赴粵居久之，辛亥革命後，客王纘緒幕偕入蜀，又曾赴北京鬻畫數年，流轉江湖，稍稍積資，歸買田廬，閉戶讀書，名亦漸起。

白石畫凡三變，余家所藏不下百幅，早歲及中年後作尤多，又於郭觀察故居縱觀其歷年所作，得窺見筆勢變化之由。大抵初從寫真以學畫工筆人物，旋習山水，專摹沈周石田筆法為一變。嚮曾見其畫山水冊數十幀，結構精整，墨法逼真石田，已駸駸得元明人逸致，惟未臻勝境耳。繼習金農壽門筆法，為又一變，此時以畫仙釋為工，且並刻意追模壽門書體，橫闊之字，特饒古媚，初視之幾可亂真，稍久復棄去，乃專以八大山人為宗矣。白石之學八大，巉刻清峭，頗亦自負，成名後所畫魚蝦蔬果，猶可見筆觸之所從來。

子如言：白石再抵京，年已六十，嘗精心作水墨竹石花鳥數幅，皆倣八大筆也，送琉璃廠某畫肆，屬懸之壁間求售，肆主卻之，白石大憾！改送他處懸數月，遇一日本人至，嗟賞再四，以重價購之去，白石名乃頓起，然清幽之筆，時俗終不好也。一日，忽有寄致，戲取濃墨雜朱碧縱塗巨幅，花大如斗，粉紅駭綠，光燄赫然，人競傳齊白石畫格大變，日人尤以為美，爭求購之，故都之人，無貴賤均以得其畫為榮，而白石之門若市矣。白石病之，賦詩以志其事，頗致慨嘆！及求者益眾，白石至嚴局共戶，令一故宮宦者尹姓司閽，客來常不得通，有時自榜於門云「齊白石已死」以拒客，蓋有所為而發也。至前所稱某畫肆，以忤白石，其後百計求之，終不能得其片紙云。

白石既自以輕棄八大筆法為憾，然終不得不詭合以取媚於時。共畫花卉特奇，洋紅靛青，恆盈畫鉢，肆意揮斥，不必盡合常理。聞曾於某名伶家畫藍色牽牛花，肥逾巨盎，坐客有疑其色濃花大著，某伶立從內寢取盆栽牽牛出，花色大小深淺略同，蓋東洋種也，客乃無言。又畫菊亦然，用洋紅勾勒成花，濃青作葉，焦墨破作筋絡，高常丈許，亦非復陶柴桑東籬舊物矣。山水則樹無枝葉，山無皴擦，近處濃墨勁鋒，其黑如漆，遠山取赭石染作數團，望之真若土饅頭，此白石獨創，前此未有也。

然白石工筆精絕，畫理淵深，雖晚歲自成格法，縱浪權奇，固自有其堂堂者在，若淺根薄植，藉口效顰，則徒成惡札而已。余紀一代畫人，稍明其淵源志事，微以致慨乎時俗之士，好以風氣為轉移，適以自喪其操，而染為囂薄之習，又何可以白石為藉口，自文其陋耶？蓋知此乃可見其為人，亦可論其畫矣。

齊璜詩與印

「冷逸如雪箇，游燕不值錢，此翁無肝膽，輕棄一千年。」此齊白石自題畫冊詩也。詩意不甚顯明，然知其事者，仍可以意得之。雪箇為八大山人另一別署，白石平昔趨承所自，及至北京鬻畫，為迎合時尚，不能不變易其風格。詩意蓋謂規模雪箇，過於冷逸，不為時人所重，既從捐棄，乃自咎未能別具肝膽，而輕棄千秋之業也。此事余前紀白石曾略言之，自可取證。

王湘綺好刻畫當時人物，尤喜作戲言，於時流呈詩不佳者，目為「薛蟠體」，或謂之「哼哼調」，皆戲用《紅樓夢》說部故事，以為謔浪也。白石年卅七，列湘綺門牆，從學詩文，是歲十月八日，《湘綺樓日記》曾載：「齊璜拜門，以文詩為贄，文尚成章，詩則似薛蟠體」云云，可知白石此時詩筆未成，尚為湘綺嘲弄。以視爾時同門鐵工張鳥石仲颺，動蒙嗟賞，則相去遠矣。

白石為詩，體格未具，自執贄王門，復與樊雲門、夏午詒諸人遊，雖日有進境，究非專事聲韻，覃精一藝者比也。惟其天姿高絕，於小詩中殊見性情，如所作見師曾畫題詩哭之云：「哭君歸去太匆忙，朋黨寥寥心益傷。安得故人今日在，樽前拔劍殺齊璜。」末二句悼師曾之死，殆寓殺身難贖之意。又另一詩云：「青藤雪箇遠凡胎，老缶衰年別有才。我欲九原為走狗，三家門外轉輪來。」老缶謂吳昌碩缶廬，並青藤八大言之，仍本鄭板橋「青藤門下走狗」語意，推崇缶廬甚至，皆見友誼真摯。然就詩論，則去「薛蟠體」未甚遠也。

記曩歲白石曾為先君子治印十餘方，兒時摩挲，不知重也。不歸刓敝，即就磨礱。諸印皆其中年後所作，大率篆刻平滿，猶是丁黃一流。頃易水王壯為兄從茶陵譚公子季甫處，假觀畏公遺印，白石所治數石特精，拓歸見示，中一印朱文為「生為南人，性不能乘船食稻，而喜餐麥跨鞍」十七字，平滿勁秀，格法與昔年所見正同，足證白石濡染牧甫甚深，斯時尚未參證缶廬，自成一家面目。聞此印頗為畏公所喜，生前作書，屢鈐紙尾，可寶也。白石學印之始，出於湘潭高山黎氏，事固不謬。白石與黎薇蓀丈及其仲子爾穀相知，薇蓀丈以名公子早歲成進士入翰林，工詩善草書，治印乃其餘事，不甚措意，爾穀則刀筆精絕，官奴嗣起，突過右軍矣。余家與黎氏論交三世，重以姻親，又共爾穀投分最深，於其家世藝事，當別紀之。

湘潭黎氏

王壯為兄以所拓茶陵遺印數十方見示，中有黎澤泰爾穀所刻者甚多，故人手蹟，一見眼明。爾穀為黎薇蓀姻丈次子，伯羽公子題識謂係薇丈之姪，蓋誤記也。

遺印中有齊白石篆刻數方，昨於〈齊璜詩與印〉一文中曾略記之，此外尚有署「鯨士」及「鯨公」所治印，伯羽以為或係薇丈作，余憶薇丈似無此別署，如所記不誤，鯨士當是黎鯨庵，名培鑾，字德生，又號松安，即黎錦熙之尊人也。松安為薇丈之從父，年齒相距不遠，而治印在薇丈前，白石從授刀法，爾穀曾親告余，此則確然可信者。薇丈名承禮，父文肅公諱培敬字簡堂，與茶陵譚文勤公友善，薇丈與譚畏公結契髫年，又同以名公子入翰林，才望門風，一時炳蔚，差與為敵，然歲晚遭逢，迥然各異，山林鐘鼎，別具情懷，斯固各行其是，無損交親也。

薇丈工詩善草書，方在髫齡，特標穎秀。其出應童子試，年才十四五，文肅雖已薨逝，餘蔭猶存。縣尹某君，為文肅門下士，於衡文時，拔置第一，士論譁然！皆指為市恩師門，謂不宜以黃口小兒，擢冠多士。縣尹乃以薇丈所作文榜示，是科試題為四書文「江淮河漢是也」一句，其文鋪張排比，藻思粉披，眾目齊觀，並皆翕服，後成進士以庶吉士散館，官四川州牧。聞丈生平最惡僧人，居官日，曾訪拿不法僧徒數人杖斃之，其詳情若何？則不悉矣。

辛亥革命後，丈改著道裝，草笠芒鞋，儼然方外，余弱冠家居，丈時一臨存，特蒙知賞每語舊事，諧謔間作，機趣橫生，知其少年時，亦一風流倜儻人也。記曾為言昔在舊京，已入翰林，侯翌年散館考試，與同科數少年共居湖南會館，時茶陵譚文勤公在詞苑，並主會館事，亦寓館中。文勤馭後輩甚嚴，每夜必親督館僕，闔門下鍵，見諸人滅燈就寢始息，恐年少或出冶遊也。一夕已眠，忽憶明旦有文須屬稿，即起叩扉，連呼「薇蓀薇蓀」，無應者，立推門入，則各室皆空榻，衾被隆起，揭視，悉衣物填塞其中，召館僕查詢，始知諸人無夕不結伴私出也。詢從何處出，館僕笑不敢言，窮詰之，乃指門旁小竇，文勤亦為莞爾。此後遂塞竇收鑰，夜或數起察視，無敢踰越矣。薇丈語此事時，其音聲笑貌，今猶歷歷在耳目間。

黎文肅公培敬為清季名臣，其在貴州，政績尤著，筑垣有文肅專祠，黔之民謳思之，至易代而不衰。文肅當清同光期，以詞曹出任貴州學使。其地文風湫陋，又經洪楊兵後，閭舍蕭然，軺車初至，按臨各地，應試者寥寥，偏州小邑，更屬稀有。文肅每至一處，湫衣羸馬，訪求儒士，勸令就試，隨宜激勵，獎掖多方，更歷數年，益宣教化，用是醇風大暢。未幾黔苗播亂，土寇乘之，圍攻省域，疆吏走免，文肅督勵民兵，登陴堅守，卒獲保全，臨危礪節，益懋聲施，遂驟遷黔撫，其起家大率如此。以行篋中別無有關典籍可考，或亦未必盡合也。

文肅曾上疏請以明儒王夫之船山，附祀孔廟，鐫級調任，降四川臬司。適川督他調，暫由提督護理，時任提督者為湘潭譚某，以出身兜鍪，初攝院事，不盡諳體制。文肅以謫降至，幕府議文肅於蜀中雖為屬僚，然曾膺疆寄，宜與均禮，譚執不可，遂以三司禮接見，文肅不樂。俄而文肅升授漕運總督，譚以原官隸麾下。清例提督大員，督撫皆待以優禮，惟於帥臣閱兵時，必著戎服庭參，然亦多先期別飭豁免，文肅既以前憾，遇校閱，命悉依舊例行之，譚乞人婉請，文肅意不可迴，乃於節下親執櫜鞬，及事竣，遂告歸，終身以為憾，雖同邑，更不相見云。

爾穀體貌清癯，左手有枝指，詩文皆秀發，曾任湖南藍山縣長，甚著政聲。余在西江軍幕時，招之至同居記室，此後兵間流轉，常挈眷相偕，倏經十載，重姻夙好，情若季昆。爾穀嘗為余言，其家居舊名茶園舖，山間有石，琢之可為印，堅不拒刃，但微苦燥耳。石質黝然，曹子桓所謂「黑譬純漆」者，差復類之。邑人著稱為「楚石」，庭廡纍纍，俯拾皆是，印材既富，兼以家有名師，少時遂耽習不捨，此亦其成藝之所由也。爾穀治印，取徑不越丁黃，尤好牧父，佳處蓋與雁行，余尤愛其「邊款」，圓渾大類黑女，所見殆稀。余嘗得舊藏巨印，君親施刀鋸，為斲大小印數十，窮數日之力，悉予判就，復令其女公子為製錦囊盛之，羅列文房，見者健羨。今一身寥落，無復存者，追維盛誼，惟有欷歔！海角孤蹤，正不知重拾墜歡於何日也。

述印

往在浙時，無意中得蔣山堂所治小印，白文為「布衣暖，菜根香，詩書滋味長。」十一字，石方形龜紐，刀筆圓潤如切玉。石四面題語皆滿，大意為山堂客友人家，月夜聞鄰童書聲清美，喜甚，挑燈作此印贈之云云，語極簡俊，見其風趣。山堂為西泠八家之一，與丁鈍丁、黃小松、陳曼生名齊，不虛也。此石恆置懷袖，時一摩挲，喪亂以來，遂不復見。

素不解製印，而常與印人為朋。居湘；黎爾穀以世交週旋最久，客台則邂逅易水王壯為。二子皆規模皖派，折衷於黃牧父，當其盛年，治印已與牧父亂真。稍晚；益上溯前代，參錯變化，用以開徑獨行，其風神秀絕，有洛水凌波之美。壯為文與書皆工，過於爾穀，爾穀十年不晤，藝倘未荒，恐亦難似壯為之絕塵而馳也。近所聞見，尚有湘鄉曾紹杰，壯為言其人性矜重，避苟易，一印在手，迴翔密察，籌之熟，乃奏刀。然觀其所作，雖思力劖刻，而體貌雍容，非時手所及也。

皖派以鄧完白為宗，趙撝叔益昌大之，精擅處，非一派所能限矣。撝叔名之謙，籍會稽，清同治乙卯舉人，工書善畫，通訓詁學，刻印精絕。據聞越州有羅姓藏書畫甚夥。人稱萬軸，撝叔得遍觀其寶笈，畫法由此大進，此見葉昌熾《緣督廬日記》，而謂羅姓其先為鹽商紀綱，士流屏不與齒，撝叔獨羈縻之等語，似頗致不滿。又撝叔曾刻印送王湘綺，亦被輕詆。據湘綺樓光緒五年十一月二十九日記云：「趙撝叔贈余名印，同人以為奇遇，不易得地。然刀法殊不在行。」湘綺於士流，口多獎借，下筆特深嚴，每刻畫人物，襮斥其短，近於嘲戲，其性然也。撝叔之印，寧可以「不在行」目之，不亦過為違戾耶？然此猶止於藝事耳，至李蒓客則論及撝叔品節，極盡楚毒！《越縵堂日記》屢見之，凡言撝叔不著其姓名，謂之妄人天水生，或曰妄人趙。如云：「天水妄子不通一字，而好為大言。」又：「妄人趙者，亡賴險詐，素不知書，以從戴望、胡澍等遊，略知一二目錄，謂漢學可以腐鼠也……」並稱其冒刻人書為「鬼蜮之面，狗彘之心。」不知何以切齒至此，竟至口不擇言，失度甚矣。大抵蒓客褊激好訕，所愛生羽毛，所惡成瘡痏，不足信也。

撝叔後，牧父治印繼有重名，牧父黃氏，名士陵，安徽黟山人。清季以孝廉先後客張文端陶齋幕府。在粵時；任廣雅書局校對，歷次襄校課試，時論稱之。其治印奄有完白、撝叔之長，復從前代窺究籀篆筆勢，審度銅玉刻法，冥心遙會，自成面目，卓然推為大家。東莞鄧爾雅題牧父印譜云：「懷寧印後誰神者，惟有黟山集大成。布白幾何入三昧，衝刀旁午敵千兵。即論皖派承私淑，亦類斯翁至小生。譜錄今看釿鍔在，竊云當以殿明清。」

第七句釿鍔下，自註：「先生衝刀全依古法，執刀極豎，不異筆正。白文尤顯易見，每作一畫，自起訖收，平直無些子窒礙，如久積印泥，先滌至淨，試以刀輕劃之，果然；李茗柯云。」右所言執刀入石，起訖平直，可見牧父藝事之精。「衝刀」及「切刀」，為製印之用語，「切刀」蓋執刀自石之上方，徐徐下切之，「衝刀」則自下直衝而上，右至左亦然，皆須傾側取勢，手豎而筆正，尤不易也。

秦漢製印，皆以金玉為之，極盡精工。然金玉之質至堅，刻鏤之際，非尋常鋒鍔所能奏功，故並世良工，但求利刃。載籍所紀，遠自春秋戰國，一劍之值，或累千金，青霜紫電之奇，巨闕吳鈎之利，剸鐘立斷，處匣能吟，縱復侈列靈奇，虛誇飛動，而當時冶鐵之精，蓋已概見，分其餘勁，以為刀筆，其視金玉，猶泥土耳。然神物難遇，良冶日稀，倘刻印而藉助鑪錘，刀法失矣。

自「乳石」出，而摹印一藝，疆域大擴。窮而得變，遂駸駸欲度越古人。乳石：蓋並石之受刀者言之。明代王元章始以九華花乳石作印，文三橋乃用青田，清初用壽山，又皆所謂乳石也。天生美石，以供印人割截，銛鋒所觸，應念崩裂，疾徐輕重，游刃有餘，易攻堅之勞，為推枯之勢，文人學子，並優為之，遂擅文房，盡專其藝，集茲才緒，恢彼前功，宜乎振采揚芬，後來居上矣。

黃公度及其人境廬詩

清季自戊戌以還，變法未成，然鼎新革故之思，盈於天下。其時詩人中，亦有廣汲新知，別標異幟，覬開風氣之先，如嘉應黃遵憲公度者，時論所尚，莫或非之。公度倡「以手寫口」之說，雖所詣不足盡暢其旨，固已震驚一世矣。

公度自號法時尚任齋主，著有《日本雜事詩》、及《日本國志》。其所為詩，經自裒集得六百餘首，曰《人境廬詩草》。自少歲讀書及中年奉使海外，歷覽山川人文及憂時感事之作，悉載其中。公度始學為詩，方十齡，塾師以梅州神童蔡蒙吉「一路春鳩啼落花」句命題，援筆作二語云：「春從何處去，鳩亦盡情啼。」塾師大驚嘆！由是鄉里稱異之。年二十九以拔貢生中清光緒二年順天鄉試舉人，揀選知縣。何如璋出使日本，奏任公度為參贊。日本方奪琉球，且覬及朝鮮，公度默察當時事勢，謂日本不能用兵，我若堅持，彼必我屈，宜乘彼謀未定，先發制之。上書總理各國事務衙門，並告使者，瀝陳利害，其詞甚偉。當事遲徊恇怯，竟不能用其言，厥後日本果滅琉球，夷為郡縣，亦遂併朝鮮。

光緒八年調任美國舊金山總領事，捍衛僑民最有名。後數年薛福成出使英、法、意、比等國，以公度任駐英參贊，旋調星加坡總領事受代歸。甲午戰後，馬關條約成，議許日本開蘇、杭兩處租界。南洋大臣劉坤一以全權畀公度，令與日使折衝。公度明晰國際公法，據理以爭治外法權，弗少假借，日使莫能難，垂畫諾矣；會有以蜚語中公度者，謂受外賂，遂罷，論者惜之。尋奉旨入覲，以道員帶卿銜授出使德國大臣，德人方圖我膠州，嚴憚公度，設詞拒之，其遇之扼塞不通，終不克自抒懷抱，皆此類也。

二十三年，公度受任湖南鹽法道，署按察使。清廷下詔變法維新，各省奉行最力者，首推湖湘，公度力佐湘撫陳寶箴倡辦新政，如保衛局、課吏館、南學會、武備學堂、時務學堂、礦務、鐵路等，次第施行。公度尤注意保衛局，以去民害，衛民生，檢非違，索罪犯為主，其制略如後之警察局。凡一切新政，朝設而夕備，綱舉而目張，湖南之治，卓然著聞於世，外人至引日本薩摩長門諸藩相比，清廷下詔褒美，卒以此為忌者搖撼，及黨禍成，公度亦得罪去，諸所建白悉廢。

據梁啟超任公撰〈嘉應黃先生墓誌銘〉云：「光緒二十四年，復以三品京堂候補，充出使日本大臣。時先生方解湖南按察使任，養疾上海，淹留未行，而黨禍卒起。緹騎繞先生室者兩日，幾受羅織，事雖得白，使事亦解，先生遂歸田里」云云，此蓋為康梁得罪出亡後，公度以新黨被株連也。按公度《人境廬詩草》卷九有〈放歸〉七律一首，自註云：「上海道蔡鈞遽以兵二百名圍守，捧鎗鵠立，若臨大敵，寓滬西人懼余蹈不測，議聚眾劫余他徙……」又：「廿五夜得總署報云，查康未匿黃處，上意業已釋然，已有旨放歸。」復按葉昌熾《緣督廬日記》載：「使日大臣黃公度同年，先有密諭交兩江督臣看管，因日本伊藤侯緩頰，英人又遣兵保護，遂得旨放歸。」綜上諸記合觀，當時情事如見，所謂「緹騎繞室」，固實有之，因謠傳康有為匿公度處，故派兵圍守耳。

公度既還鄉，在家講學，以經史、格致、生理、衛生教弟子，設嘉應興學會，籌辦師範學堂，年五十卒於里第。其弟遵楷跋《人境廬詩草》後稱：「先兄之遇，每奪於將行其志，卒至放棄，且以憂死，終其身皆仰成於長吏，未嘗有獨當方面，以行所懷抱者……」固深堪扼腕也。

公度以明通穩練之才，久陪使節，諳悉外事，先識獨見，緯以詞華，宣可以震耀鄰邦，雍容專對。其於地方政治，嘗深論清世官吏迴避本省之弊，謂須自治其身，自治其鄉；以同鄉共井之人，收群謀之益，得聯合之效，由郡縣推之一省，由一省推之天下，乃可追共和之郅治，臻大同之盛軌。尤盛倡民主自由之論，略言民主政體，應著重民智，以立民權。而講求合群之道，始以獨立，繼以自治，又繼以群治，酌用族制相維相繫之情，會黨相友相助之法，再參以西人群學以及倫理學之公理，生計學之兩利，政治學之自治，使群智明而民智開，民氣昌，然後可進以民權之說，使人人能獨立，能自治，能群治，則導之使行，計日可待矣。公度所論，大抵類此。其於民治之基本精神，體認最先，持之最力，雖無體大思精之述作，要非徒託空言，資為譁世取寵之具，則可斷言也。

公度頗肆力為詩，一反同光以來，陳鄭諸人刻深清峭之旨，欲別闢一境，盡糅方言俗諺以入篇章，早歲作〈雜感詩〉有句云：「左陳端溪硯，右列薛濤箋，我手寫我口，古豈能拘牽。而今流俗語，我若登簡篇；五千年後人，驚為古斕斑！」已見端倪。厥後自序《人境廬詩草》，則竟稱：「今之世異於古，今之人亦何必與古人同。嘗以胸中設一詩境，一曰復古人比興之體；一曰以單行之神，運排偶之體；一曰取離騷樂府之神理而不襲其貌；一曰用古文家伸縮離合之法以入詩。其取材也，自群經三史，逮於周秦諸子之書，許鄭諸家之註。凡事名物名同於今者，皆採取而假借之。其述事也，舉今日之官書會典方言俗諺，以及古人未有之業，未闢之境，耳目所歷，皆舉而書之。其鍊格也，自曹、鮑、陶、謝、李、杜、韓、蘇，訖於晚近小家，不名一格，不專一體，要不失乎為我之詩。誠如是；未必遽躋古人，其亦足自立矣。」與公度同時之康梁皆亟推之，舉以與夏穗卿、蔣觀雲並稱，謂為新詩界三傑。

余嘗取入境廬詩讀之，反復數四，以為公度之論，頗不適於詩，其言詩體之變革，亦大抵膚廓之詞也。夫詩者性情之事，積文字詞句，用以抒寫性情；聲調格法，又藉以增飾乎詩之盛美焉耳。古今人因時世之不同，所見之名物事象不同，其衷情之感攝於外境，發為哀樂笑啼，固已劃然而絕異矣。故居今日而言詩，不患與古人同，而但當深求如何自立之道。成詩之漸，在能棲心內運，以自達其情。情者生機，法者死物，本於情者則為真詩；無所謂法度也。群經子史之書，單行排偶，伸縮離合之法，皆所以膏潤一己之情緒，增益其達情之具而已，使離情性以言詩，拘拘焉惟單行排偶伸縮離合之法之是務，已為捨本逐末，況僅僅於文字形式求之，寖假而掇拾一二新詞，自矜創獲，欲成一代之製作，其與詩之本義，不更相背戾乎，且詩歌之宣洩情懷，其蘊蓄之深，未必皆口所能道，立談交口，率臆稱心，轉不適於詩之興象，善詩者敷陳之際，或迂回婉委以出之，冀以合乎微婉之旨，而惟恐其盡也，則公度以手寫口之說，又何其測之淺而見之短耶？

以公度之才，其於詩之成就，乃為浮濫凡冗之所歸，非其力之不逮，蓋有所蔽而然也。篇章之存者，他日更論之。

論人境廬詩

昨讀嘉應黃公度人境廬詩，病其浮濫，曾略論之，然意固未盡也。嘗竊怪以公度之才識器局，於詩又盛負時譽，而其成就乃僅僅如此，是知詩乃性分之事，非盡可強學而至也。

康有為長素〈序人境廬詩〉謂「公度久廢無所用，益肆力於詩，上感國變，中傷種族，下哀民生，博以環球之遊歷，浩渺肆恣，感激豪宕，情深而意遠，益動於自然，而華嚴隨現矣。」稱揚甚至。大抵公度之詩為時流推重，乃謂其能以新理想、新事物、新語句入舊風格，世俗好異標新，因益從而誇稱之耳。

觀其所作〈今別離〉云：

別腸轉如輪，一刻既萬周。眼見雙輪馳，益增中心憂。
古亦有山川，古亦有車舟。車舟載離別，行止猶自由。
今日舟與車，併力生離愁。明知須臾景，不許稍綢繆。
鐘聲一及時，頃刻不少留。雖有萬鈞舵，動如繞指柔。
豈無打頭風，亦不畏石尤。送者未及返，君在天盡頭。
望影倏不見，烟波去悠悠。去矣一何速，歸定留滯不。

所願君歸時，快乘輕氣球。

〈今別離〉凡三篇，與〈蓮菊桃雜供一瓶作歌〉，〈赤穗四十七義士歌〉，〈拜曾祖母李太夫人墓〉等詩，均為公度名作。今以此篇論之，除末句用「輕氣球」三字外，不見有何新事物及字句，更無論新理想矣。「豈無打頭風」至「烟波去悠悠」六句，辭意凡冗，詩境稍深者；即已不肯如此落想。至「今日舟與車」，「至矣一何速」二句下，似應有新意特出，以振起全篇，乃亦草草承接，意象皆盡，使人缺望之甚。

公度七言古詩，好以長短句激宕其音調，長素之所謂「浩渺肆恣」者也。然實貌為排奡，按其聲調，雖欲於唐宋大家，脫去匡繩，自立門戶，無如胸中所蘊，筆下所陳，尚不能約理成文，歸於鍊達，如〈倫敦大霧行〉末段：「吾聞地球繞日日繞球，今之英屬遍五洲。赤日所照無不到，光華遠被天盡頭。烏知都城不見日，人人反抱天墜憂。又聞地氣蒸騰化為雨，巧算能知雨點數。此邦本以水為家，況有竈烟千萬戶。倘將四海之霧銖積寸算來，或尚不如倫敦城中霧。」此蓋有意以新理想融歸篇幅者，而自地氣蒸騰以下，已不知作何語言，結處思緒尤屬零亂，遂不復成句矣。

公度歌行之有關時事者甚多，如〈悲平壤〉、〈哀旅順〉、〈哭威海〉等皆是，蒿目時艱，藉詩篇以抒悲憤，雖仍不免粗獷，而拳拳忠愛，要自不可及也。〈臺灣行〉一篇，與上列諸題，均編入《人境廬詩草》第八卷，當是同時所作。敘割台及陷敵情事，頗有聲色。篇首自「城頭逢逢擂大鼓，蒼天蒼天淚如雨。倭人竟割臺灣去」以下，即出色寫獨立時事，如云：「成敗利鈍非所睹，人人効死誓死拒。萬眾一心誰敢侮，一聲拔劍起擊柱。今日之事無他語，有不從者手刃汝。堂堂藍旗立黃虎，傾城擁觀空巷舞。黃金斗大印纍組，直將總統呼巡撫。今日之政民為主，臺南臺北固吾圉，不許雷池越一步。」

篇中黃虎藍旗，係臺灣獨立時所製，唐景崧初以臺灣巡撫被推為民主國總統，士氣固甚激昂也。此後又續書一段云：「一輪紅日當空高，千家白旗隨風飄。縉紳耆老相招要，夾跪道旁俯折腰。紅纓竹冠盤錦條，青絲辮髮垂雲霄。跪捧銀盤茶與糕，綠沈之瓜紫葡桃。將軍遠來無乃勞，降民敬為將軍導。」下則設為日本佔領軍之語氣云「將軍曰來呼汝曹：『汝我黃種原同胞，延平郡王人中豪。實闢此土來分茅，今日還我天所教。國家仁聖如唐堯，撫汝育汝殊黎苗。安汝家室毋譊譊。』將軍徐行塵不囂。萬馬入城風蕭蕭……我輩生死將軍操。敢不歸依明聖朝。」

如此作法，乃故為激宕，以反振下文：「噫兮吁！悲乎哉！汝全台，昨何忠勇今何怯，萬事反覆隱轉睫。平時戰守無豫備，曰忠曰義何所恃。」

其於台人，若有遺憾，實則以當時情勢推之，割讓之議，出自清廷，已成定局。以海濱有限之力，抗人舉國之師，縱令守土諸人，才力十倍唐劉，亦已無裨殘局，何況孤危撼頓之中，尚復各持己見，乏同仇共命之心，卵石相衡，灼然如見，於台人何尤？詩史褒彈，貴能度理酌情、歸於至當。公度目光識力，尚不逮此，至其詩筆粗率，不稱大篇，更無足深論矣。

松鶴圖

吾家老屋松千尺，曾記兒時放鶴來。
永夜風濤凉枕席，太陰雷雨逼亭台。
披圖隱觸歸田志，解組爭思入幕才。
舊事不須談戰伐，海雲如墨角吹哀。

此長沙張文達治秋題先曾祖韻園公《松鶴圖》詩也。文達於清季以尚書主學務，創立京師大學堂，即後日之北京大學，握繼往開來之運，而收蓽路之功，可謂偉矣！文達詩不多見。珍茲片羽，足饜雞林。

先曾祖國園公，諱嘉瑞，一字少崑，少讀書以貧故，棄去。浮湛市闤，年近六十，老矣。會太平軍起，涉湘江東下，曾文正國藩移駐江右，軍食不時辦，益銳謀轉輸，以濟匱乏。方擬設內湖水師糧臺，議委幹吏，而難其人。先曾伯祖諱沛蒼在文正左右，乃以公薦，遂往，居歲餘，未之奇也。適彭剛直至，與語才之，為請於文正攜去。江皖大饑饉，剛直命使者數輩分購軍糈，公亦在遣中，回湘運米十萬石，既久在市門，周知情偽，又廉靖，於公帑一無所染，比還命獨早。羨餘皆報繳。他使者率以冒濫失期得罪，而公益為剛直引重矣。旋使領湖口釐局，一夕驟聞太平軍將至，吏士皆逃，公念積藏不貲，不宜委去，乃與一僕帷燈閉門，坐達旦。已而太平軍未至，地方諸不逞乘虛劫掠，所過蕩然，獨公處獲全。

文正綰鹽政，剛直數稱公廉謹，又老成可倚任，乃令公赴泰州，先假官錢領運，後改駐揚州，督理鹽政，凡五年，舉贏餘次第以償各軍欠餉，至數百萬，論前後勛，敘官道員，加按察使銜，當事方欲大用之，公遽引疾歸，年八十三卒。

《松鶴圖》為公告歸後所作，又後十餘年，先祖蘭次公始裝潢成冊，一時名輩，自張文達以下，題詠殆遍，先芬可述，固不敢侈陳也。王湘綺亦曾題三絕句於卷云：

淵明老去撫孤松，未免人呼田舍公。
林下清娛添一鶴，頓令水石有仙風。

瀟洒田園樂墓年，清風仙雨兩脩然。
松成龍去鶴生子，更讀南華第一篇。

買山仍得近城居，負澗臨流屋樹疏。
應笑林家太清寂，歲寒新築萬松盧。

文正曾為公書松雲山館四字，故末句及之，此亦湘綺軼稿也。

憶秦習冠丈

漁叔未冠，趙瀞園師為點定其文，寧鄉李石貞（瀚昌）丈亦時加教誨，每呈課藝，親為評改，有時題後，示以文章義法，動累數百言。石貞丈號鷗叟，清季以進士官曹郎，膺特薦起為提法使，詩文皆卓然可傳。賤子於兩公外，得益最多者，則秦習冠丈也。

丈湘潭秦氏，諱炳直，字子質，晚自號習冠老人，領鄉薦後，官內閣中書。相傳丈為舍人宿值，燃官燭讀書，丙夜未休，某樞臣偶過，聞書聲清美，步入，與語大器之，旋奏授廣東廉州府知府，大記卓異，晉道員陞按察使，聲績播聞，疆吏交章論薦，有特疏稱其知兵者，遂改授廣東水陸提督，未幾專任水師提督。

丈在官風骨嶙峋，以廉節自熹，嚴杜苞苴，同年友吳國鏞巨嚴嘗薦其第為屬吏，受賂被察，或謂與其兄交深，宜原情宥過。丈曰：「吾何能以私害公。」竟械繫之，遞解還籍。自丈官道府以至三司，二十年間，僅以廉俸自給，家貧母老，門戶蕭然，及任提軍，清介如昔。陋規悉峻卻不受，公費贏餘並令繳還，一無所染。時長公子方就讀署中，諸幕友相與謀曰：「公年已逾五十，為官能復幾時？太夫人春秋高，不宜但博清名，致虧孝養。」適提標有節縮所餘萬金，不俟關白，共持付公子令歸。丈聞之大怒，遽命中軍飛騎逮還公子，眾故濡滯其行，乃免。

革命軍起，廣東新軍率先響應，丈聞變已不戰矣。幕客湘潭何秀才性存自縊死，丈亦擬以身殉，他客為言曰：「此為政體改革，非効忠一姓之時，徒死無名，況公母在。非孝也。」因即日治裝歸里。丈長身廣顙，目稜稜顧視有威，而接人一出和易，於後輩才士，矜寵剪拂之至厚。為文沉博清勁，書學率更，體勢方嚴，望之肅然。詩不恆作，雖思力深入，猶以文為詩也。

記丈城居，屢侍談讌，或陪為竹林之遊，余時裘馬清狂，頗脫略不中繩檢，丈每笑謂之曰：「今夕聊伴老夫久坐，少間任出遊，不歸無慮，尊公處我為言之。少年稍跅弛無妨，但不縱情聲色可也。」丈後居滬上，於清季故臣謀復宗社事，皆不預謀，曰：「時移勢盡，強為之，徒貽害耳。」然拳拳故國之思，終不可迴，其卒，年踰八旬，清室猶致賻予謚，蓋在民國十年以後矣。

羅劬庵先生

衡陽王船山先生，明季大儒，著書甚富，其書窮理盡命，淹貫百家之學，大旨於宋儒言性理之外，別標所謂「智日降」，「性日受」之說，極見通圓。顧所言盛倡民族大義，為時所忌；又卷軸繁富，不易梓行。至清同治時，刊於金陵節署，而湖外之學始盛，數十年間，賅通其學者，當首推湘潭羅劬庵先生。

先生名正鈞，字順循。劬庵，晚年自號也。弱冠肆力於學。時王湘綺以文詞負盛名，為後生宗仰，相率溺志詞華，蔚為一時風尚。鄉里才俊，並執贄稱弟子，而先生獨異轍，厭薄浮藻，以經世為務。篤好船山書，務窮源委，成《船山師友記》二卷，以述其學，精思深入，罕有其匹。

先生領鄉薦後，屢試禮闈不第，遂以知縣赴直隸候用，歷官鉅鹿清苑等縣知縣。在鉅鹿時，義和團初起，勢益盛，王公貴人降意尊禮，各郡縣莠民聞風慕效，立團聚眾，以相搖惑。先生令曰；「有敢在邑中倡為神團者，立杖死。」數日，訪得一處，已麕集百人，即往掩捕，擒其主者歸，杖斃之，餘眾駭散，而省垣方大立神社，徒黨嘯聚，號為義民。直督某希旨助長其勢，聞先生所為不悅，令藩司諭止之。藩司召先生至述意，先生曰：「縣令有守土責，助莠民倡亂，義所不為。」藩司變色曰：「此督臣意，子卑官，敢抗命耶？」先生大憤，遂脫冠置几上，怫然出。大吏以其官聲素著，不欲顯斥，遂改調清苑。未幾拳匪敗，近畿各邑皆騷亂，獨鉅鹿清苑宴然，以是譽頓起。連擢至山東提學使司，駸駸大用矣。先生在魯時，沁水賈公方為郯城令，先生奇賞之，告歸後，語其子曰：「吾所識沁水賈君，他日必顯名，吾歿後汝曹脫有緩急，可往投謁，當副吾言。」及後，賈公果拂拭其子孫，眷顧彌厚，西華葛帔之恨，不復再見於今，老輩風誼之篤，從可見矣。

袁世凱屢薦先生，及竊號，投書與絕，旋畀先生以全國經界局長，置不答。遂卒於里第，所著尚有《劬庵官書》及《殉節錄》等書。

憶曹孟父

長沙曹孟其先生，別署孟父，著有《孟父春秋》，已刊行。手寫日記，四十餘年不斷，另撰說部《淩虛島》，乃其意想所寄，迄未付梓。

孟父體貌清癯，與人無町畦，即之溫然，於後輩才俊之士，尤降意相接。其於學，洞悉本源，文章清真廉勁，其佳處當方駕吳南屏梅伯言。平居不甚為詩，然思力精刻，每有所作，輙繞室百轉乃就。

張石侯長湖南警務處時，有劉氏媼，密設淫窟，誘致良家婦女，漸久益出入人家第宅。百方搖惑，深閨繡闥，如履戶庭，一墮術中，即為所挾，至有追悔無及，茹恨殉身者。劉性狡面麻，陰結豪貴，勢益張，一時「劉麻」之名噪甚。石侯必欲殺之，遂擒劉氏，戮於市，為罪狀榜於通衢，其文藻采華贍，頃刻傳播，孟父筆也。朱久瑩兄猶記文中有：「為被污之婦女，解已結之孽緣；為忍辱之家庭，洗難言之隱痛」數語，昨為余誦之。

孟父學書，初無所就，及為長沙孤兒院院長，見群兒作書，大悟曰：「此真書也」。乃本其體勢，參以己意，而別成面目。初視殆若點畫狼藉，諦審之則亦逸趣橫生，孟父自此寖以書名。後睹浙人李生翁所書，絕相類，遂千里通函，互致傾慕，兩人論書，如合針芥，未嘗不莫逆於心也

余往自湘贛邊陲歸湘，獲識孟父，已屆暮齡，頗垂清鑒，所為詩文，思深力邃，非復驚才絕艷

時矣。今猶記其〈贈寧鄉魯實先〉一絕句云：「年少驚才一魯生，姑將絕學敗東瀛，西京皇漢文章府，只用堂堂正正兵。」實先早歲精究曆學，以論辯詳確，一日本宿學，竟為所屈，故詩云然。孟父晚患喘疾，別數歲相見，益增劇，余旋復遠遊，得其詩札，未有殘喘依稀日又昏一之句，讀之憮然！未幾聞訃，距匪軍渡江才一歲耳。

長沙孤兒院為其手創，極具規模，終身致力不倦，孤兒賴以存活及發名成業者甚眾，皆視之如父。余嘗詢其經始之由？愀然曰：「孟其幼失父母，亦一孤兒也，自念昔年慘苦，聊欲稍致煦育之情，以申其慟而已。」院中有隙地數畝，闢為園，半以蒔菊，花時燦如雲錦，有綠菊三十餘種，尤極珍護，後經兵亂，為馬嚙盡，孟父痛之，遂不復藝菊。

孟父已矣！遺文零落，付託無人？他日國士重光，當約久瑩兄收拾之，此自吾輩之責也。

憶兩故人

同里侯生，少勇健，椎埋少年奉以為魁，後稍折節讀書，慕立名業。嘗謁粵東秦提軍，問曰；「汝何能？」對曰：「生平目不知書，惟有一副好身手能効命耳。」提軍奇之，置標下為材官。辛亥革命，生投身民軍力戰，數有功。前欽廉道郭人漳乘馬出，生懷刃伏橋下狙擊之，郭故矯捷，格鬥得免，生自是有名江湖間。余年弱冠，遇之海上，飲酒狎妓，落拓不能自存，後數年復邂逅里中，鬚鬢漸蒼，共飲樂甚，從容謂曰：「吾少年時，臂鷹跨馬，慕古烈士所為，欲樹奇節自見，今老矣，志事弗彰，願吾子為文以傳，死當不朽。」語畢，從其所歡手中，取白紈扇屬為題句，匆匆草成七律一首云：「記曾歙浦共清樽，每向江湖覓醉魂。但許蛾眉銷霸氣，虛張猿臂看中原。寶刀尚有飛騰意，紅粉偏多眄睞恩。未遇信陵身漸老，侯生從此隱夷門。」此詩信手掇拾，又以少作，削稿不存，侯生得之喜甚，逢人誇示，漸為遠道所傳，二十年來，友朋間猶時有舉以為問者，姑記於此，侯生終侘傺死矣。

又里人羅夔字亞夫，軀幹秀挺，瞻視非常，從軍起卒伍，屢擢至團長。邑西山勢縈紆，不逞者率多嘯聚徒侶深入，結寨自固，時出為暴，數歲益滋蔓不可爬梳。大府廉知亞夫幹練，又洞悉近縣地形，乃使歸主清剿，遂受命長警局，設伏偵捕，聞奸徒所在，領健卒馳往，或單騎出不意掩執，捷疾若神，莠民望風膽落，一時稱為羅屠。其治雖稍尚嚴酷，閭閻亦以此漸就安定，縣人多稱之。

每當日落，亞夫騎怒馬如飛，往還湘濱，道路藉藉指目，或私相語云：「羅屠來矣！」日寇陷潭，亞夫率部走山澤間，時出逆襲，其子潛通款敵軍，亞夫怒，手刃之。當事褒題如例。受降後，余還湘，亞夫置酒相酌，戲謂余云：「吾於君所稱侯生，蓋視之蔑如也。君能為詩張侯生，獨不能以佳句貺我耶？」酒數行，因走筆書二十八字贈之云：「少年意氣動風雷，終向艱危老此才。小市日斜盤馬出，路人都道郅鷹來。」亞夫詢郅鷹何人，余以漢時酷吏對，君大笑不為忤也。別逾十年，聞君死事甚壯，臨命猶罵不絕口云。

兩人皆以材武自負，侯生槁項牖下，而亞夫死烈，雖國家褒榮未及，其志已不朽矣。

浙遊朋舊追紀

昔歲隨軍居浙東麗水碧湖，紅樹清波，山川如畫，簿書之暇，饒有吟情。曾作〈碧湖秋感〉四律，中有「霜氣撼星疑欲墜，花光臨水似頻移。」等句，為龍游余樾園先生所賞。樾園名紹宋，畫竹精妙，書法右軍，亦冠絕一時。未幾樾園至碧湖，獲陪清話，曾共飲李將軍寓次，別後，以函札往還。余宰嚴陵，又數接緒言，嘗寫竹三幅見貽，並為畫設色古柏一幅，今皆付劫火矣。

樾園長軀廣顙，氣局清剛，望之謖然如澗底喬松，有勁節凌霜之概。性矜嚴少所許可，拂其意則面斥人不少假，簡傲處大類六朝人。在雲和時，有某自刻詩集，楮墨精新，上下兩端空白處皆長數寸。其人餽禮呈書，樾園略翻之，大喜稱善。其人謙辭乞教益，樾園徐曰：「我非賛子之詩，因見大集兩端白紙特佳，適思棄去中段，截留上下，作印譜用耳。」其人狼狽變色退。又某大吏赴雲和道中，華轂風馳，數武夫前驅除道，行旅側避，俟過乃行，樾園適乘下澤車在其間，睹之怒詈！他日有人為大吏持幣乞畫，方呈縑素，樾園取而碎裂之，叱其去。問故？終不肯言，久乃告人，猶憤憤也。素善飲啖，某次赴人家飲，家庖不精，稍嘗輒皺眉。肴核滿前，都不下箸。但曰：「君家鷄鴨皆冤死！」即取沸水注飯中，自出錢命買鹽豆少許佐食，盡二器而去。其率性類此！然樾園風裁峻整，貞介絕俗，不愧儒修，固不當僅僅以文學書畫傳也。

杭州淪陷，樾園以衰病陷賊中，一日乘人力車出至湖濱，遇匪幹曳之下，捺輿人高坐，強令樾園拉車行，大罵不屈，歸絕食數日卒。晚途厄運，遂遘虎狼，芝焚蕙嘆之餘，獲得全軀以歿，亦云倖矣。其藝事品性，絕類倪雲林、王孟端、崔青蚓一流人，而遭際尤與倪崔為近。殘春海角，默憶笑言，蓋不勝懷邦憫亂之思，因記其略，以告世之知樾園者。

賀揚靈字培心，江西永新人。始至浙為紹興令，吏事精勤，聲稱頓起。擢升行政督察專員，遷浙西行署主任。時外寇已深，匪偽蜂起，軍書吏牘，鞅掌百端，而君裘帶雍容，手揮目送，治兵察吏，威惠大行，使大府釋西顧之憂，一時倚為重鎮。其才華器局，非尋常人可及也。

君曩於浙西設署，在天目山下。政事稍閒，即招幕客，把酒賦詩為樂。尤愛才下士，情禮周至，士以此歸之。三十二年秋，述職東來，訪余麗水碧湖寓次，是為相見之始。君軀幹偉岸，著大布衣，樸拙如鄉人，而勁氣內涵，即之溫然，挹之無盡。時物資艱困，軍中多以瓦缶注桐油為燈，至丙夜即油盡燼滅。君抵掌縱談，營柝數傳，殘膏亦罄，乃於暗室對論終夜，天明乘馬別去，其事常歷歷在胸臆間也。

西歸復過余，為寫楹帖見貽。其作書四面轉折，或以筆橫臥紙上捺之，而蒼秀有逸趣。為言昔住西湖，劉殿撰春霖及吳倉碩缶廬皆在，一夕治薄觴延客，並邀二公至。案頭已磨墨盈甌，先乞殿撰為書，伸紙落墨，力不相副，才書二三字，狀類飛白。蓋筆為羊毫過柔，又紙生墨濃，故滯澀無入處。殿撰裁去殘字，方屬另易紙筆。缶廬在側曰：「待我試為之。」遂取原紙，拈毫書石鼓，乃如奔雲裂石，了無所礙，書畢共觀，覺神采奕奕，筆墨俱到。殿撰尤以為奇，缶廬笑曰：「公習殿體書久，力但及指，吾以腕臂背三者運之，故較易入耳。」眾皆嘆服云。君亦能為詩，但作五言四句，嘗謂余：「事繁偶藉短章遣興而已，若銘心傳世之作，則願吾子勉之。」今尚憶其舊作一首云：「萬山如怒馬，競向錢塘奔。鐘聲吼雲外，寒透海東魂。」餘作大率類此。

君與梁濟康及余等數輩，暇日遊行山中，時初春原上草枯，一望無際，余取火燃之，且戲言：「此地倘用兵，正宜火攻。」語未竟，已延燒丈許。君與梁急以杖往來撲滅，汗下如瀋，俟火盡息乃止。因笑顧余言：「此所謂阿奴下策，君輩少年，事事輕率致釁，徒累老成收拾耳。」後常思其言，以為有絃外之音。受降後，君在南京染疫死。曹公云：「契闊談讌，心念舊恩。」讀之惘然。

詩人節在彰化

丁酉詩人節，在彰化八卦山舉行，昨偶赴之，得睹其盛，台人各地之能詩者畢集，意義至重，有可紀者。

清光緒甲午中東戰後，廷議割台，台人大憤，群起抗命。有吳季籛者，名彭年，浙江餘姚人，為劉淵亭軍門幕客，率七星旗隊，與敵軍戰於八卦山麓，力竭而死，所部盡殲！台南進士許南英蘊白弔季籛詩有：「沙場白骨臣之壯，幕府青衫子獨賢。旗捲七星師盡滅，山圍八卦火猶然。」一諸句，其人其詩，皆民族精神所寄，未可等閒視之；而遠紀靈均，宏茲志業，豈維增輝令節，兼亦慰此孤忠。

曩日珠崖既割，倉葛空呼，玉樹歌哀，銅仙淚冷！然而可變者山川，不移者志節。台地諸賢，蹈白刃以相周旋，昧卵石之勢，肝腦塗地，此仆彼興，不知凡幾；及後計窮力盡，勉列編氓，密議深籌，猶思一逞，復為誅夷掩捕，茹恨捐軀，蓋又不知凡幾也。逮乎迴天之力已殫，恢復之謀已絕，堅貞苦行，鬱為牢愁孤憤之思，則必有所寄焉，而文網日張，挾書有禁，遂乃託於詩而逃。夫詩；意微而旨遠，非淺人所測，當時軍府以其無用，而又不能盡解也，則姑徇其意，陽示尊禮而優容之，於是民族義烈之士，悉寄跡藏身於此矣。五十年間：邱仲閼、施澐舫、許南英�於前，林痴仙、林幼春、連雅堂、洪棄生揚徽於後，外此宣哀楮墨，結恨蘭蓀，志潔行芳，終生不屈者，尚難更僕數，逝者已朽，存者不乏其人，考獻懷賢，猶堪覆按。用是乙未以後，台地詩會日多，迄今有一縣一鄉，結社以數十計，賡吟以數百計，豈維中原甲郡，遜此規模，恐自有詩以來，乏茲壯舉！是則台賢義行，至足推欽，繼踵風騷，何慚屈宋，尤採風者所宜留意也。

場中詩禁甚嚴，懷鉛握槧之士，皆危坐苦思，無一掉以輕心者。宴後曾與耆彥赴鹿港觀潮，空水浮天，千帆已盡，弔紅夷之故壘，緬賜姓之英風，為之感喟無既！歸途與惕軒共論，屬為記之，以告同遊。

略述臺灣櫟社

清光緒乙未割台後，台地忠貞之士，多託於詩而逃，各地相率結社，寓其宗邦之思，日人雖知之，不能禁也。其最負一時清望者，當推櫟社，林癡仙、幼春叔姪及賴悔之倡之於先，莊太岳、林灌園、陳槐庭、連雅堂諸人繼起加盟於後，藝苑從風，其流益大。

癡仙名社以櫟，櫟；不材之木也，曷取乎此以為名，蓋癡仙既抱覆巢之痛，又自以儒柔無用，則惟哦詩縱酒，以送無涯之生。其言曰：「吾學非世用，是為棄材，心若死灰，是為朽木，故吾獨以櫟名社，從吾游者，志吾幟焉。」是癡仙之初志，亦無可奈何之辭也。

民國紀元前一歲辛亥，梁任公亡命至台，櫟社遂集全島詩人宴之於萊園，海外觥籌，推為極盛，計自乙未後七年壬寅創始，至民國辛酉輯刮諸社友詩，都三十二家，為櫟社第一集，為時已二十年矣。是書今仍流布，至第二集刊印時，以有詆訾日當局處，悉被收取燬棄，僅留僅留二冊，為手民增印，於裝訂時攜出，日人未察覺，故得倖存。聞其一在台中圖書館，一為台北詩人陳君逢源所藏，並出秦灰，彌足珍視。

櫟社諸彥，皆敦品勵學，割地後，多以賣藥或課讀為生，無肯屈節。其有行止稍虧，或干祿求進者，即白社中長老立予黜斥。稍後十餘年間，蔣渭水、蔡鐵生等奮起抗日，櫟社實激勵而羽翼之，林幼春亦被逮下獄，於囚繫中賦詩自若，風簷顏色，奕奕照人，推癡仙之意而廣之，可謂不欺其志矣。

余近撰《三台詩話》，於櫟社詩人，論定者凡二十餘家，其可敬慕者，在諸賢之民族志節，不僅詩之優美已耳。詩之論次，不具於此，獨紀莊太岳及林仲衡所為二詩以示其端。太岳〈登稅關望樓觀海〉云：「眼底分明見海枯，滄桑何俟問麻姑。沖西港口千帆盡，尚有沙鷗待榷無。」仲衡〈抱病〉云：「抱病江村百感生，出門攜杖看春耕。水牛當道猙獰甚，一步何妨讓汝行。」

右作，太岳以「沙鷗待榷」譏日人賦斂之繁苛，仲衡以「水牛當道」刺日人吏胥之猛悍，一則出之蘊藉，一則託以嘲詼，宜並為彼邦之所不解，然即知為顯斥，固亦莫可如何耳。

梁鈍庵別傳

余從青島浮海來台未幾，識臺灣詩人莊嵩太岳之季子幼岳，幼岳時檢吟筒相示，數十年間僑人遺稿，錄存甚富，余於其中，尤愛梁鈍庵之作，以為才識襟抱遠出諸人上，其即境抒思，吐語真切，一摒浮偽，固不僅詞藻華縟已也。記其答林幼春句有云：「歸路渴思雙馬角，鬻身賤值五羊皮。」感喟無盡！鈍庵身世，亦於此想像得之。

鈍庵梁氏，名成枬，字子嘉，廣東三水人。連橫稱其「少負氣，以事忤文宗，將繩以法，遂出走，歷遊吳楚戎幕，落落無所合，憤而渡台，為棟軍掌書記」云云，語見《臺灣通史》流寓列傳。所記「以事忤文宗」，語意不顯，殆鈍庵少年時跅弛負氣，於應制科時得罪有司耳。棟軍蓋指林朝棟軍，受節制於福建巡撫督辦臺灣事務大臣劉銘傳。清同治十三年，始設臺灣省，以銘傳為巡撫，銳意興革，尤重和輯番漢，倚朝棟軍治番。先是軍中上大府箋記，日或數至，稿草多不達意，及鈍庵主辦，文辭條理，燦然可觀，銘傳以為奇，召詢主將，謂悉出鈍庵手，由是知名。光緒十二年，東勢角置撫墾分局，奉檄使鈍庵主其事。諸番分處山僻，林菁出沒，飄忽不常，每怒則殺人，窮則出而求市，陽為款服，俄殺人如初，窮治之輒諉過他族。語言情偽，並皆懸絕，官府無如之何，一切委諸通事，充其役者多宵人，恒挾番自重，為之耳目。又番漢接壤處，每有奸民游勇，嘯聚百人，劫擄生番，侵漁其財物，番受欺凌，即集眾相報，常起釁端，當時防海防番，並關重要。鈍庵至，乃建利誘勢禁之議，嚴防邊障，申約互市，凡諸番所需鹽布，非奉約束，悉予杜絕，用是日漸就撫。鈍庵又親歷諸部落，拊循其疾苦，視如家人，旋納番女為姬，通習語言，威惠並行，諸番大悅，爭相慕愛，尊為「阿公」而不名。十三年，萬社番殺人，軍府檄令率戍兵擒治，萬社為中番雄長，族大，又負險難攻，鈍庵慨然單騎往說其酋曰：「嚮與汝約毋殺人，歲給牛酒鹽布之屬，今復犯法，吾去，必盡絕互市，且發兵至，汝曹窮蹙死矣。」酋懼，卒出殺人者，斬以徇，諸番震恐，自後毋敢撓法，日就寧謐矣。

鈍庵既習番事，遂於罩蘭之野，誅茅樹藝，以安其居，諸番多供役使，寖益富饒，歲入可千金。嘗語林幼春云：「人生於世，何事多求，但得一間小茅屋，一個大腳婢，一甕紅老酒足矣。」幼春季父林癡仙聞之戲曰：「此須別下轉語，即茅屋不破，赤腳婢不醜，紅老酒不竭耳。」連雅堂更戲為之註曰：「不破易，不醜易，不竭難。」綜上所言，見鈍庵真率，即林、連俊謔，亦頗饒風趣也。

《臺灣詩薈》載鈍庵詩凡六十八首，以在蠻方所作為最多，所歷之奇，非親歷者不能道也。如〈七月七日再入大湖作〉云：「客行慘澹無顏色，十年枉用開山力，巨蛇不拔山不摧，山瘴如烟山樹黑。」末段描述生番殺人情狀尤逼真，如云：「豈知帶肉挾人頭，況使骨肉成寇讎，鬼不仇番仇骨肉，骨肉吞聲惟暗哭。鬼家不敢招魂祭，或恐魂引凶番至，生為肉兮死為倀，聞所未聞真駭異！民視番，猛於官，官奉番，驕如子，番屠民，如屠豕，官聞知，但充耳，山水毒淫乃如彼，豺虎縱橫復如此，居民皇皇走折趾。」又〈大湖感事〉云：「甕盎堆人鮓，刀檜市鹿茸，賊難三箭定，山以一丸封，搏象應全力，從禽欲發蹤，和番何草草，牛酒賞群凶。」於當時官吏撫番之道，深致不滿，可合觀。至詠水長流吏，或以自況？詩云：「羅拜紛紛大小酋，建牙今在水長流。書名應署諸蠻長，劃地公為小國侯。官職新加唐印綬，版圖當入漢春秋。但令邊徼無烽火，萬疊青山足臥遊。」鈍庵客台後，曾至日本一行，於其詩中見之，如〈雨泊長崎〉云：「三老來相告，但行入內河，浪方香港細，山較廈門多，鷹餓梢平水，鷗輕逐去波，明朝神戶雨，無計奈愁何。」諸作未必皆工，然自有一種明爽之致，鈍庵非詩人，不宜斤斤於詞調格律中論之也。

乙未割臺，鈍庵攜番妾內渡，盡喪其資，未幾卒於香港客次。以鈍庵之才氣膽略，使得乘時致用，宜若可以有為，而顧令遠走窮荒，與魑魅虎狼共命，幸不焦摶噬，反俯首聽命於其旁，信乎忠信可以行於蠻貊矣。嗟嗟！抱才負異之士，往往枯槁以死，或並鈍庵之遇而無之，則如鈍庵者，又安可謂之窮乎？

《大潛山房詩》與劉銘傳

劉壯肅銘傳於清季治臺數歲，臺人連橫雅堂稱其「有大勳勞於國家，足與臺灣不朽」。且惜其「中道以去」，為「臺人之不幸」云云，易代以後，猶繫人思，物論之崇，或不隨桑海而變，此則較為可恃者也。

壯肅起家淮軍，少任俠，為鹽梟拒捕，遂投軍自贖。二十入戎行，三十錫爵為帥，以勇敢善戰知名。早歲頗好為詩，著有《大潛山房詩》，湘鄉曾文正公國藩為作題語，今在集中。

《大潛山房詩》久無傳本，雅堂所著《臺灣詩乘》，曾傳寫一首及斷句，此外新竹王松（字友竹）撰《臺陽詩話》亦略有紀載。然《臺陽詩話》脫稿，適當日據時期，為日人收去燬之，今民間僅存一二寫本，則壯肅之詩更不易見矣。

《詩乘》載其〈遣懷〉一聯云：「名士無妨茅屋小。英雄總是布衣多。」並稱其撫臺時，竟少吟詠。惟新竹友人誦其〈游古奇峯垂釣寒溪〉云：「山泉脈脈透寒溪，溪上垂楊拂水低。釣罷秋光閑覓句，竹竿輕放斷橋西。」至《臺陽詩話》所輯錄者亦祇四首，〈遣懷〉詩則全經錄存：「自從家破苦奔波，懶向人前喚奈何。名士無妨茅屋小，英雄總是布衣多。為嫌仕宦無肝膽，不慣逢人受折磨。饑有糗糧寒有帛，草廬安臥且高歌。」又〈偶作〉云：「三十人為一品官，多人憎忌少人歡。舊交朋友親疏見，新結鄰封應答難。好管是非生性直，不憂得失此心寬。風塵勞苦無休息，憔悴形容羞自看。」

壯肅所為詩大率類此，茲檢《曾文正公文集》《大潛山房詩》題語云：「山谷學杜公七律，專以單行之氣，運於偶句之中，東坡學太白，則以長古之氣，運於律句之中。樊川七律，亦有一種單行票姚之氣。余嘗謂小杜蘇黃皆豪士，而有俠客之風者。省三所為七律，亦往往以單行之氣，差於牧之為近，蓋得之天事者多。若能就斯塗而益闢之，參以山谷之崛強，而去其生澀，雖不足以悅時目，然固詩中不可不歷之境也……」等語。曾公詩學精深，論詩恆有獨到之見，題語中言蘇黃處尤精，此不具論；其於壯肅，即極少溢美之辭。就壯肅詩篇觀之，實為舉止生澀，恰符曾公所指。蓋生澀與樸質者不同，抑又與崛強者不同，此自屬天資學力相局限，不盡人謀所能補救，然引而趨之，亦惟有走入拙樸之途，雖仍不易驟幾，固可見曾公所論為正也。壯肅之輟而不作，當由擁疆寄後，政務過繁，或亦於此道天稟稍低，因曾公之教，戛然而止乎？

壯肅受知於曾公，由於李文忠鴻章之薦引，余舊聞湖湘老輩述一軼事，大略謂：曾公在祁門，有湘軍一部擬改編，員弁數人將遣散，公令翌日晉見後定去留。詰朝；天方黎明，公已起。室內尚暗，公坐南窗下，燃燭理官書，外傳諸員弁候見，公諭稍待俟傳喚。時仲冬早寒，薄日曈曨，霜華未斂，諸人鵠立階前，久漸不耐，又過早皆未進食，微有怨咨。中一少年朗言：「見否宜早決，不宜使吾輩久困饑寒。」公已聞，即舉目顧視諸人久之，徐令材官傳命，不必面見，另有處分。及諸人去，召李文忠至告之曰：「頃遙見諸員中一少年，瞻矚非常，乃大將才也。子方創立淮軍，宜善遇之，以共功名。」文忠出，立物色前少年，即同邑劉銘傳省三云。

容閎（純父）亦有〈紀壯肅未遇時事〉云：「……湘軍爭戰有功，兵驕將肆，不守號令，賊破大掠，曾帥憂之，恐變幻將累於己，非於三湘子弟外，創一有朝氣之新軍不可，商之鴻章，鴻章曰：『淮上人材甚多，長淮大澤，自古產兵之地，大帥籌劃決定，願負此責。』曾帥曰：『汝宜先集所知人物，能任將帥者，使各人往各地，召募勇士，我欲一視汝所知舉者，鑒別人物，果能任此重大軍事否？汝急歸，盡邀之來。』鴻章還合肥，搜獲淮上豪傑之士，咸來大營。某曰，曾帥與鴻章，步行無騶從，悄入宿館，所來淮軍諸名人，有賭酒猜拳者，有倚案看書者，有放聲高歌者，有默坐無言者。南窗一人，裸腹踞坐，左手執書，右手持酒，朗誦一篇，飲酒一盞，長嘯繞座，還讀我書，大有旁若無人之概，視其書，司馬遷《史記》也。巡視畢出館，諸人皆不知為曾帥，亦不趨迎鴻章。曾帥歸語鴻章曰：『諸人皆可立大功，任大事，將來成就最大者，南窗裸腹持酒人也。』其人為誰？即淮軍赫赫有名之劉銘傳。」容閎亦受曾公知遇，為當時派遣留美官學生之第一人，且曾居幕府，所言雖近似小說傳奇，然或較諸尋常所傳者為詳確也。

壯肅字省三，安徽合肥人，洪楊之役，曾公奉詔辦團練，先往從之，屢戰有功。清同治元年，入淮軍為管帶，自領「銘軍」，所向克捷，以功封一等男。據曾公《大潛山房詩》題語：「三十而擁疆寄，聲施爛然」，及壯肅自撰詩「三十人為一品官」云云，則其致身通顯，正在壯年也。

清光緒十年，越南搆釁，法軍遂犯臺灣，勢日危迫。時壯肅方官直隸提督，詔任為督辦臺灣事務大臣。旋授福建巡撫，加太子少保兵部尚書銜。即以同年五月至臺北，籌戰守。據《臺灣通史》載：「法艦攻基隆，銘傳率提督曹志忠、蘇得勝、章高元、鄧長安等拒之，法軍大敗，陣斬中隊長三人，獲聯隊旗二。」又載：「八月法軍復攻基隆，銘傳督戰，砲彈萃至，殪數人，左右請退，曰：『人自尋彈，彈何能尋人。』眾聞之奮戰，士氣大振，法軍又敗去。」另據臺北縣文獻叢輯

《臺北戰紀》略稱：「光緒十年六月十二日，法軍頒布佔領基隆令，其總兵官孤拔，命艦隊司令李士卑斯，率艦發自閩江口，以向基隆。十四日，孤拔率戰艦五，載陸軍三千人入基隆……八時開砲猛攻岸上，劉銘傳聞訊，親往督戰，士卒用命，砲中法軍旗艦，敵勢稍挫。」「十六日午後二時，法軍陸戰隊以三百餘向曹志忠部進攻；志忠以二百人當其正鋒；章高元、蘇得勝等以百餘人襲其東側，鄧長安以六十餘人襲其西側，激戰久之，法軍不支；乃三面登山，直破其營，法軍狼狽退守艦上。是役我軍大勝，獲步槍數十枝，帳房十餘架，軍旗二面，死法軍百餘人。」「方十六日法軍之敗，劉銘傳慮其增兵再犯，一面請援清廷，一面飭部扼守山嶼，嚴陣以待。七月九日，法艦三艘再迫基隆；十日、十一日，發砲猛攻，守軍反擊，屢中其艦，乃敗走滬尾。」以上所志，較《通史》為詳，時日亦有出入，當以後者為準。

法軍既屢戰皆北，其政府恥之，嚴令剋日攻取，孤拔乃大集援師，率砲艦水雷艇等及陸海軍數千，由仙洞東南再行登陸，復分兵猛攻滬尾。壯肅以滬尾為臺北要隘，距城僅三十里，慮有失，遂以基隆守軍主力，西撤增援，與守將統領孫開華設伏假港油車口八台山等地，復大破法軍，陣斬三百餘人。而基隆敵軍為暖暖及獅球嶺、八堵各地守軍所扼，亦不得逞。此後壯肅仍馳驅於基隆月眉等戰場，均以力戰挽回危局，明年四月，孤拔死澎湖，我越南戰場，並傳捷報，法人與我相約媾和，盡撤甲以去，臺北用兵年餘，至是解嚴。

壯肅於基隆撤守，左文襄宗棠劾之，壯肅具疏辯。蓋老於兵事者，通籌全局，知輕重所繫，非怯懦僨事之流，所得藉口也，法軍船堅砲利，悉銳來攻，壯肅於守備窳劣之餘，獎率忠義，誓剪鯨鯢，卒保危疆，揚威左海，其於智勇可謂兼之矣。

中法和議既成，有詔留臺辦理善後，此時壯肅本職，仍為福建巡撫。就當前情勢言，閩撫之任，安逸遠過台疆，且又免涉風濤，獨膺艱鉅。然壯肅盱衡現局，毅然上疏，請開本缺，專辦臺灣事務，其故蓋可深思。據其於光緒十一年六月，上奏清廷，大念長圖，瞭然如見，留臺之請，可概括如下：「臺灣為七省門戶，各國無不垂涎，每有釁端，咸思吞噬，前車可鑒，來軫方遒，所有設防練兵清賦撫番數大端，均須次第整頓。」此其一。「蒞臺經年，訪求利弊，深見實有可為，甚惜從前因循之誤，固知補救未晚，而時會迫切，勢不能不併日經營。」此其二。而經營之主旨，則在「使台地之財，足供台地之用，然後可以處常，可以處變」云云（右所引皆壯肅奏疏中語），此種勇於任事之精神，及其遠見，固非尋常疆吏所能幾及也。

先是清同治十三年，沈文肅葆楨奏請臺灣建省，廷議不從，至是左文襄宗棠因壯肅之奏，復為言之，遂獲允。光緒十一年九月，詔設臺灣省，即以壯肅為首任巡撫兼理學政，於明年四月就任。

壯肅以臺北地據上游，控制全局，犄角福建，定建省會於東大墩，暫駐臺北，並設軍務處及軍械、機器、水藥、水雷諸局於此，以所自率之淮軍十營及整練鎮標兵、合為三十五營，令充防軍。修建基隆、淡水、安平、打鼓各砲臺，購置巨砲，此為設防練兵之始。據臺志言：「臺灣土田甲天下」而供稅極少，多年積弊如此，壯肅遂以清賦為先。嚮日臺灣軍政所需，尚恃閩省協助，及壯肅勵行新政，更請准由江、浙、粵、廈諸關，歲撥資百萬相濟，至光緒十六年後，臺灣百廢俱舉，田糧關稅，歲入大增，協助諸金，悉皆停止，且能歲解京餉。自置之「駕時」「斯美」兩輪船，航行竟至新加坡、西貢、呂宋等埠，貿易亦隨之大進，凡諸成效，燦然可觀。

壯肅在台計六年又五月，政績斐然，如築鐵路、通郵傳、勸工商、典殖產、鑄新幣、行保甲諸務，均悉力為之，真可謂「併日經營」，不欺其志，惜時議以為過銳，政府更多掣肘，稍後竟以邵友濂為代，而壯肅之績墮矣，倘令久於其位，管商寧足道哉？

劉壯肅補記

劉壯肅銘傳生平事蹟及其《大潛山房詩》，前曾記之，猶有未盡者，特補述於次。此一代偉人，苦戰法軍，力保全台之功，至今猶令人追思不已。

舊傳載壯肅少年事：「其父在鄉里，行經途中，為大豪所辱，壯肅躡豪數里，奪其佩刀殺之，乘馬緩轡歸，時年甫十八」云云，其胆略可見。以此避仇應淮軍召募，從至上海，授千總領兵編銘軍，勇敢善戰，與程學啟齊名，勘定捻亂，血戰四年，號為選鋒，諸將莫比。

壯肅雖拔起行間，而目營世事，識見英銳，清季海禁既開，力主增練海軍，建築鐵路，為自強要圖。清光緒六年，俄人爭伊犁，上疏極陳造鐵路之益，請修南路由清江經山東，由漢口經河南俱達京師；北路則由京師東通盛京，西通甘肅，議格不行，論者以為中國鐵路之興，實自壯肅發之。厥後在台修築鐵道，併日經營，蓋其素志也。

清光緒十年，法水師提督孤拔，率戰艦攻佔臺灣基隆，旋分兵以窺福州，總督何璟素畏事，防務大臣張佩綸不諳軍略，猶狃於和議，私幸無事，及法軍舉紅旗示戰，開礮四擊，清艦無備，俱次第沉沒，船政廠被燬，船政大臣何如璋跣足奔避，是為馬尾之役。既敗，朝議褫佩綸職，以大學士左宗棠督師福建，壯肅為巡撫，至臺北籌戰守事宜。

孤拔犯基隆，先碎砲台，更築堅壘，置巨砲。壯肅移軍基隆山後，曉乘大霧，選死士百人，潛入壘旁空室，出不意猝以砲擊壘，別遣勁兵繞道敵後，鼓噪薄之，敵驚潰爭赴舟，多墮水死，遂大敗，我軍乘勝克復基隆。

壯肅於戰時，短衣麻鞋，躬冒矢石，每當陣一呼，將士皆奮躍致死。信賞必罰，尤得士心。在滬尾搏戰，臺人張李成率土勇三百深入敵軍，皆殊死戰，當者辟易。李成小名阿火，本為梨園子弟，習花旦，姿容明媚，而臨陣奮不顧身，壯肅嘉之，立授千總。又有哨官朱某，見前軍少卻，裸身銜刀大呼薄敵，裂其陣，血淋漓至不能辨面目，戰歸，壯肅斬前軍之卻者，而令朱統其眾，故人人皆樂為効死云。

壯肅聞臺北滬尾有警，立定計棄基隆，唯留統領林朝棟率數百人拒獅球嶺，而親提全軍以赴滬尾，諸將力諫皆不聽，朝士聞而大譁，宗棠且據此劾之，均不為奪，但曰：「兵事變化，豈局外人所能遙度耶？」逮滬尾部署甫定，法果遣重兵進襲矣。蓋滬尾為台北要害，相距僅三十里，又軍資器械，皆在臺北，臺北一失，敵兵且拊吾背，則力扼基隆，亦坐斃耳。敵在基隆攻勢既挫，主力北進，雖仍為夾擊之勢，然其重點已在第二戰場。故於基隆則留兵據險以阻其師，於滬尾則悉銳決戰，其成算在胸，智勇兼備類如此。

甲午之役，壯肅臥病山居，清廷欲起為領兵大臣，命李鴻章諭意，壯肅不肯出，以書報之曰：「朝廷果使銘傳督師，則請練兵四十萬，以二十萬分屯沿海，而以二十萬扼鴨綠江，不使日人越江一步，兵法所謂先發制人也。」其語甚壯，終不見用。聞壯肅嘗登滬尾砲台東望日本，欷歔歎曰：「今此不早圖，我為彼虜矣！」其後數十年，局事敗壞，皆不出所料。

近得《大潛山房詩集》閱之，見陳石遺序，引壯肅語云；「吾武人也，詩宜古體，乃足騁其動宕雄駿之氣，律詩拘於聲病對偶，勿樂為也。」然集中律詩固甚多，古體有〈郊行〉一篇，別有作意，壯肅詩之佳者也。其詩云：

郊行二三里，四望皆村莊。秋收禾黍盡，露冷林葉黃。
馬前一老叟，獨在田間忙。舉頭見行騎，走避殊倉皇。
我行少僕從，我身無刀槍。何以農父避，呼前問其詳。
農父荷鋤語，戰慄立道旁。今夏賊去後，大兵過此鄉。
賊至俱先備，兵來未及防。村內擄衣物，村外牽牛羊。
人多不敢阻，勢兇如虎狼。老妻受驚死，一子復斫傷。
骨斷不能起，至今猶在牀。暮年寡生計，空室無斗糧。
所幸此身健，勉力事田桑。近凡見兵馬，畏怯故走藏。
我聞殊太息，攬轡思徬徨。問彼統兵者，曾否有肝腸。
滅賊自為賊，何顏答上蒼。

以領兵之人，而能深體民間疾苦，仁者之言，亦風人之旨也。

記霧峯兩詩人

臺灣彰化霧峯林氏，文通武達，代有傳人。清咸同間，剛愍公文察為時名將。頃閱《曾文正公國藩全集》，中有查覆閩浙總督慶端事蹟摺，曾論及剛愍戰功云：「閩中健將，群推林文察為最，往歲克復邵武，近歲克復汀州，皆獨力打仗，不避艱險，該督（指慶端）隨摺奏獎，掩抑其功，而優保記名道張啟煊，論者以為賞罰顛倒。」剛愍後以力戰，在漳州陣亡。

剛愍弟建威將軍利卿釋兵歸里後，為猾吏構陷死。夫人率姪朝棟叩閽，待讞閩垣二十餘載，事乃得白，群仇皆抵罪。將軍少子朝崧字峻堂，號痴仙，以文學知名。痴仙工詩，詞旨可觀，其從子資修字幼春，尤傑出。乙未割臺，曾撰〈諸將〉詩六首，以刺唐薇卿、劉淵亭諸人，詩筆勁秀，時年甫十六，實俊才也。

痴仙於乙未後內渡，以母老復還霧峯，日軍已奄有全臺，痴仙深抱苞桑之痛，遂縱情聲色以終！幼春為作序，頗稱述其志事，謂「終日痛飲妓筵，身不離席，口不絕談。」又言：「痴仙遺稿一出，上不必思齊於古人，下不必求知於當世；乃所願則並世才人，有能諒其抱不得已之苦衷，而又處於無可如何之境遇者，時取一卷置諸醇酒婦人之側，歌以銅琶鐵板之聲，則痴仙之為人，固可旦夕遇之」云云，語意淒亮。其能傳痴仙必矣。

幼春則剛介激烈，椎秦之志，無間始終，與臺賢蔣渭水、蔡培火、蔡鐵生、莊太岳負人兄弟等，挺身與日人為仇，屢被收禁，無少屈抑。獄中作詩有「丈夫腸似鐵，得死是求仁。」「本自生憂患，誰能掩肺肝。」等句，風簷顏色，奕奕照人。又〈獄中寄內〉及〈獄中賦落花〉二首，最為人所傳，皆不朽之作。「板牀敗薦尚能詩，豈復牛衣對泣時。到底自稱強項漢，不妨斷送老頭皮，夢因眠少常嫌短，寒入春深卻易支。昨夜將身化明月，隔天分照玉梅枝。」（右寄內）「繫久懸知景物非，強揩病眼弔斜暉。九旬化碧將為厲，舉國招魂未免飛。歷劫尚當甘墜落，幾生修得到芳菲。因風寄謝枝頭鳥，極口催歸何處歸。」（右落花）

痴仙幼春並世清才，俱有覆巢之痛！而亭亭擢秀，志節浩然，謂宜特予表彰，以為忠義者勸。「祓濯如山之塵垢」，「收召散亡之魂魄」，斯人未遠，心嚮往之。

紀林幼春

余於臺灣近代詩人，最推林幼春，余友周棄子素共論詩，有針芥之契，亦數數稱服幼春。斯人往矣！論其志節，皎然不磨，不僅詩之可傳已耳。

臺灣之有詩，始自明永曆時沈斯庵太僕，厥後流風大暢，絃誦之盛，突過中邦。連橫氏撰《臺灣詩乘》六卷，上始明天啟二年，下迄清季光緒甲午乙未之交，雖斷制未盡謹嚴，而搜羅宏富，實為並世之所僅見。當《詩乘》削稿時，正清廷割臺之際，幼春年十六，作〈諸將〉六首，連橫稱其作此以論臺事，猶杜少陵詩史云云，遂並錄其稿載《詩乘》中。所謂諸將，乃唐維卿中丞、劉淵亭軍門、邱仙根工部、吳湯興茂才、黎伯鄂太守、林蔭堂觀察，皆週旋危局，領義兵以為抗衛者也。淵亭即世所稱之黑旗軍劉永福，臺亡，捲甲而去。幼春於劉，尤深致不滿，詩中有「傳聞馬市收賨布，復遣蛟宮取水晶」「至竟白衣搖櫓遁，枉教薏苡累修名」諸句，味其詞意，不免貪墨之譏，縱或出自傳聞，要可留為深戒。幼春成童之歲，吐秀藝林，諸篇掞藻抒思，高華警絕，而褒彈所及，筆挾風霜，連橫以詩史譽之，非虛語也。

幼春名資修，一字南強，臺灣霧峯林氏，林剛愍公文察之從孫。與其季父痴仙茂才，並以少年負盛譽。臺亡後，先後內渡，日冀恢復甚殷，嗣以晚清禍亂交乘，不惟無力遠顧台疆，殆亦難於自保，以此流離道路，意念乖違，不得不歸作殷頑，留為後計。

民紀前一年辛亥春，梁任公與湯明水亡命至臺，幼春有〈和原韻呈任公〉七律云：「憂患餘生識此人，夷吾江左更無倫。十年魂夢居門下，二老風流照海濱。一笑戲言三戶在，相看清淚兩行新。楚因忍死非無意，終擬南冠對角巾。」此詩一片淒楚之音，而最能傳出幼春心事，篇中雖有「三戶」及「忍死」等辭，寄意規復，然終以缺望之語病多，當時情勢如此，其志蓋重可悲矣。二老應指梁湯，聞任公閱後，矜寵甚至，留臺與賡和最多。幼春為梁鈍庵弟子，於宗法略見淵源，及後成詩，乃能卓然自立，可謂智過其師矣。

幼春所撰《南強詩草》，生前迄未梓行，將卒，以全稿授莊幼岳，幼岳珍藏之，曩歲借讀一過，就其所詣，略為論述於次。

數十年還，三臺人士，所為歌詩，抗手中原詞客者，有施士洁澐舫、邱逢甲倉海、連橫雅堂及幼春。大抵澐舫所為不盡傳，七言時有佳篇，而微病其率，蓋為之未至者。倉海才華獨擅，有橫溢之美，少收斂之功，五言古詩，氣體未備。雅堂篇翰清警，戛戛生新，然未歛驚才，轉多浮響，斯固已擅美東鯤，無慚名彥。至於幼春，則眾體兼賅，不僅近體奄有諸人之長，即五七言古詩，亦自具格法，晚歲規模玉局，漸臻蒼勁，一洗浮囂，並駕驊騮，駸駸欲度矣。

清劉吏部蕺山謂，詩中以七律最不易為，似張七札強弓，古今人能開之至滿者，恰無幾人，斯言最堪尋繹。以幼春七律論，固未必爭席前賢，推為巨手，惟陳詞指事，類多清切不浮，集中合作頗多，如〈和仲衡二兄過季父村居〉云：

誰見先生衡氣機，何勞秘籍問龍威。

老同虞叔仍懷璧，窮作周人竟食薇。
墜水有時鳶跕跕，巢林無數燕飛飛。
炎方暑濕真吾士，九月猶宜白袷衣。

何曾伏軾布衣驕，昔昔前車客路遙。
北陸火輪難縮地，陰山雲棧欲干霄。
冥思身似懸崖墜，短夢魂隨激軫遙。
來日奇肱問奇士，霧中重駕指南標。

又〈枯樹〉云：

老蛟牙爪老龍鱗，留待蒼苔日厚身。
三宿空桑思作客，百年文梓恐能神。
浮沈詎免溝中斷，賞識終期爨下薪。
我本婆娑生意盡，不材相對一沾巾。

〈水仙花〉二首之一云：

青溪白石夢魂縈，潭水房山足替人。
一盞寒泉秋菊薦，四圍紅燭海棠嗔。
黃冠入道招花蕊，罰襪凌波賦洛神。
解得王孫芳草意，始將知己事靈均。

諸篇風神爽朗，雖復明快，而不墮流走一途，近時人所作，或貪為駿快，流入俚淺，又或緣飾浮偽，至理事皆不可通，甚至以鈎章棘句為能，詩之為藝，寖益卑下矣。如幼春者，又豈易及耶？

林痴仙、賴悔之相繼病歿後，日人據台已久，忠貞之士，共圖恢復，其志益堅。幼春此時與蔡鐵生、蔣渭水、莊太岳負人兄弟、連雅堂、陳滄玉諸人，往還甚密，凡所籌計，皆與宗邦有關，而以詩酒掩其跡。渭水則組設臺灣文化協會及民政黨，糾合志士多人，倡言解放，指斥日督，謂宜剝奪其法院監督權，屢被捕下獄，鐵生、負人等，亦隨時納置狴犴。幼春逮去，囚九十日釋出，海濱落落數子，如轍中窮鱗，相為濡沫，觀其同時唱和諸詩，均有擊筑悲歌之概，奇窮苦節，誓死椎秦，孰謂詞流，著茲偉行，真令人低徊興慕無盡也。

幼春在獄所作有「丈夫腸似鐵，得死是求仁」。「一投廷尉獄，便上黨人碑」諸句，又有〈獄中寄內〉及〈感春〉七律，如「到底自稱疆項漢，不妨斷送老頭皮。」「九旬化碧將為厲，舉國招魂竟欲飛。」等聯，語出風簷，見其志節，此尤為幼春過絕人處，堂堂義烈，允為民族光輝，固不僅為邦人君子增重已耳。

五古詩非台賢所長，幼春為之輒工，實駕澐舫、倉海、雅堂而上，痴仙遠非其敵也。記其〈遊竹南投宿玉清宮明至金剛寺〉云：「玉清妙在高，金剛妙在深。玉清如富人，布施祇園金。金剛類高士，幽壑眠玉琴。我遊金剛寺，亭午日在林。悄然碧障下，白晝生秋陰。虛堂竄松鼠，古木啼幽禽。但見花木深，不聞遊屐侵。禪堂掃葉人，問訊通鄉音。自言捨田盧，來此供釜鬵。感之一嘆息，寧棲此岑。」此詩蔚然深秀，餘作亦多類此。

幼春於骨肉間，極盡纏綿，每命一篇，輒見深情，如〈過詹厝園〉云：「徑草深深鳥雀狂，斜陽寂歷照琴牀。此生辜負名駒賞，自撫香囊泣數行。」蓋痴仙歿後，過其故居，有感而作，故有荷囊之喻。又〈寄五弟〉云：「別淚終難忍，滔滔入海流。書來日沒處，身在陸沉洲。短慮猶千劫，孤懷有百憂。關弓吾老矣，先為覓菟裘。」真摯之情，溢於楮墨。

自雅堂《詩乘》擱筆以後，甲子重周，此六十年間，臺灣詩人輩出，不僅篇什之佳，可供採覽，尤以民族志節，抱蘊至深，允宜急加纂輯，刊布藝林，以為効忠慕義者勸。如國家褒榮所及，表閭置冢，用示殊旌，則幼春正其人矣。

紀莊太岳

臺灣霧峯林仲衡名資銓，別署壺隱，林剛愍文察之孫，朝棟觀察之子。當日據時，胥吏甚橫，仲衡為〈春耕詩〉云：「水牛當路猙獰甚。一步何妨讓汝行。」實以刺之。詩既傳播，日人令其自投，勘察詩意，仲衡瞠目對曰：「我自指水牛，豈不見詩題為春耕耶？此與君輩何涉。」日人雖明知之，無如何也。同時莊太岳亦有〈登稅關樓望海〉句云：「沖西港口千帆盡，尚有沙鷗待榷無。」以諷日方賦稅之苛，謂入港千艘，稅課皆盡，未審隨舟之鷗鳥，亦須計稅否耳？惟語意蘊藉，非彼邦人士所能驟解，故不被推究。兩君皆有故國之思，而太岳詩尤工。

太岳名嵩，字伊若，臺灣鹿港人，父士哲字仰山，以明經任教有聲。太岳清門早慧，鳳山縣知縣吳鴻賓妻以季女。全臺既割，太岳遂絕意仕進，授徒里中。民紀前三年，應霧峯林氏之聘，課讀其家。旋詣草屯組讀書會，為日人所忌，指為不法結社，罷遣之。乃再赴霧峯與林獻堂階堂兄弟創立革新青年會，聚里中子弟，專授國學，益銳意導揚中邦文化，並闡釋三民主義，屢被查禁。久之；獻堂長子攀龍歸自歐洲，復相偕倡設一新會，附設義塾。有男女生徒數百人，以民族氣節相獎。大陸抗戰之次年，日方於太岳監視尤嚴，幾不免，竟齎志以歿，年五十九。弟負人名垂勝，字遂性，與蔡培火、陳逢源等抗日，屢躓復起，疊受日警拘禁。負人受太岳之教甚深，亦義烈之士也。

太岳性方嚴而有威重，其詩與林幼春並稱，佳者蓋相雁行，大抵兩人志業略同，工力亦差能為敵，惟穩鍊處，太岳微不及耳。記其〈日月潭漫興〉云：

十載談遊得此遊，平開大壑嘆藏舟。
亂鴉爭樹雲將暝，落葉微波氣漸秋。
信美湖山寧可買，新翻陵谷易生愁。
茲行未剝秋菱實，且為溪蠻一笑留。

〈自神戶登舟就歸途〉云：

裹糧莽蒼太匆匆，天末舟回萬里風，
拂袖人從三島返，迴瀾誰障百川東，
夢魂歷亂櫻花海，蹤跡淒迷桂子叢，
還喜同歸有仙侶，扣舷歌嘯寄深衷。

如右所作，自有一種清美之致，亦復何減幼春，惟其深抱離憂，時露殷墟之念，則尤可憫也！《太岳詩草》四卷，未經梓行，尚藏於家，故未經論定，余與其第三子幼岳相善，盡讀遺稿，又於太岳行誼，知之獨詳，論詩必知其人，如此或無多讓，則稱揚志業，傳其篇什，以待採風，正吾輩之責也。當民紀初元間，太岳方在盛年，與諸人共謀興復，其事不盡可知，然効忠宗國，則無可置疑耳。歷觀林幼春、連雅堂、蔡鐵生諸詩，與太岳所作相互參證，可推知八九。太岳孤憤流露，憂危困頓以歿，平生難言之隱，悉託於詩，與林痴仙相類，故亦與痴仙結契最深。集中詩未必盡工，惟為痴仙作者，則無不工，蓋感發不同，成篇自別，真情所寄，非復尋常流連光景者可比，此則不可不知耳。痴仙初自日本東京歸，太岳有〈與今吾傾談積愫感賦〉一首云：

遑遑浮海心逾壯，敝敝移山力易窮。
縱酒尚餘燕市氣，躭詩還是杜陵風。
櫻花縈夢空三島，桂樹留人自一叢。
相對青燈忽涕笑，起看孤月上牆東。

今吾為痴仙別署，篇中寓意，可略見兩人心事。及後有〈無悶草堂望月痴仙臥病不出〉二首云：

秋月年年好，今宵分外明。佳人隔咫尺，孤客有生平。
歷歷山河影，勞勞鴻雁聲。遙憐傳杜矢，列國未休兵。
江湖空說餅，歲歲對金甌。上界清虛府，何人汗漫遊。
百憂侵獨夜，一醉了中秋。擬挽姮娥問，雲霄倘自由。

此詩作於民國四年乙卯中秋，痴仙旋即下世，「一醉了中秋」之句，遂成語讖。痴仙歿後，太岳輓以詩云：

輕裘白面渡江人，電火俄成過去身。
閱世蟲沙餘慘澹，僨輳牛馬見精神。
斯文將喪吾滋懼，同輩相知子有真。
曾是埋憂兼避俗，茫茫後顧重傷神。

鯨海風波痛哭回，雄心歷劫漸成灰。
已拚斷雁罹矰繳，自合幽蘭沒草萊。
貞士姓名今栗里，酒人魂魄古琴台。
重泉漫寄悲秋語，費盡江南後死才。

右作以第二首為尤工，中二聯精整淒哀，其於痴仙最為貼切，非相知之深，又一字不能道，此所以為佳也。

痴仙捐館，太岳哭之至哀，集中有〈檢痴仙遺稿作〉一首云：

抱古哀時萬念存，青衫長涴舊啼痕。
信陵末路惟醇酒，杜牧平生有罪言。
浮海莫求蓬島藥，問天難返楚騷魂。
遺篇重疊埋塵篋，灑淚燈前未忍翻。

又〈痴仙一周年忌日感賦〉云：

悠悠音訊隔人天，存歿分途一愴然。
顧我久拚遊廣漠，起公今定戀重泉。
生涯獲謗干誰事，結習難除合自憐。
不信雨雲翻覆手，摩挲淚眼讀遺篇。

太岳於痴仙志事，知之極深，「信陵末路」之喻，固極可悲，至「起公今定戀重泉」句，尤能將痴仙祝宗求死之心，進一層寫出，令人悽然不忍卒讀！其於亡友之歿，纏綿悲悼，至於再三，前輩論交，可謂厚矣。

綜太岳之詩而論，筆力遒勁，量題命意，極見工夫，惟於前代名家，尚乏專精獨到之功。又遠越海濱，未能奉手中原耆彥，以進窺古人堂奧，故其成就，跨越儕輩則有餘，名世成家則不足。然太岳清風亮節，處無可奈何之境，含辛茹蘗，無一日不痛念苞桑，卒至窮老荒山，至死而不悔。士之責效，以品節為先，若敗檢喪名，縱有絕世詞華，亦安能滌其瑕穢。此作者於幼春、太岳之詩篇志行，所為再三稱述而不已者也。

太岳之子幼岳伉儷，嘗就余商榷韻事，幼岳詩別有所紀，其夫人高雪芬女士亦抱詠絮聰華，頃示所作三首，極見才情，如〈養蠶〉云：「養蠶生計最關身，收拾蘧筐向早春。誰道微蟲關國脈，信知便腹有經綸。」〈短檠〉云：「迴光藜閣共觀書，牆角從來不棄渠。寒夜作花何太喜，料應功已足三餘。」又〈晚涼〉云：「萬竿慈竹影槐廳，向夕迎涼對畫屏。才是水晶簾捲處，七絃風動已泠泠。」

臺灣閨秀，佳作無多，他日以雪芬諸篇，並莊氏父子兄弟所作刻之，勒為一集，亦三台韻事也。

邱倉海與施澐舫

臺灣近數十年來，言詩者無不知有邱倉海，至施澐舫其人，則或未盡悉。澐舫詩才，雅與倉海為敵，橫恣或不逮，簡鍊處彌復過之，惜其詩散佚，不盡傳也。

倉海始為唐景崧薇卿中丞所知，旋掇巍科，聲華籍甚。清光緒甲午中東戰後，割台議定，台人憤起抗命，推薇卿為民主國總統，倉海統義軍，事雖不終，而効忠國家民族，與捍衛鄉土之功，要自不可磨滅也。其時倉海有〈書贈義軍詩〉云：「宰相有權能割地，孤臣無力可迴天。」盛為中原人士所傳。又記其另作二首云：

殘壘過南嵌，孤城枕北江，鬼雄多死別，人士半生降。
戰氣花間堞，夷歌柳外艭，傷痍猶滿目，愁煞倚蓬窗。

親友如相問，吾盧榜念台，全輸非定局，已溺有燃灰。
棄地原非策，呼天倘見哀，百年如未死，捲土待重來。

右作聲情激越，如聞其語，如見其人。晉江蘇菱槎序連雅堂《臺灣詩乘》，曾謂：「臺地僻處邊陲，未獲左旗右鼓，馳騁中原，以爭黃池之一日之長」云云，而自邱倉海出，日懋聲光，抗顏英彥，足以推倒鏡潭之言，至其託意堅貞，含思芳烈，又非尋常詩人所能企及矣。

澐舫名士洁，字應嘉，晚號耐公，臺南人。總角補博士弟子員，縣府院三試均第一，號「小三元」，時論榮之。年十九，連捷中光緒甲戌科進士，主講臺南書院，甲午之役，倉皇內渡，居廈門數年，益貧困，年六十七卒。

當薇卿駐節臺南時，盛為文酒之會，斐亭鐘集，澐舫預焉。每作輒冠其曹，某次分詠，戲拈「婦人豁拳」及「香」，澐舫成一聯云：「席上一呼鈎弋出，座中三接令公來。」用事典切，諸人皆擱筆。其寄題延平王祠古梅詩，尤勁秀，起處云：「草雞夜鳴七鯤穴，怒潮幾度變成血，中有寒香三百年，年年花開傲紅雪。」末云：「蜃樓一瞥又飛煙，獨樹亭亭冷可憐，翠羽縞衣雜荊棘，冰肌玉骨染腥羶，我與梅花相伯仲，餘生已斷羅浮夢，銅瓶紙帳泣飄零，塵中何處逋仙洞。」又如「萬樹午陰花韻寂，一痕生意筍芽齊。」「細辨沙痕尋路去，滿山白草等身高。」諸句，皆可誦也。

愛玉凍

每當暑日，市上有賣愛玉凍者，以小車張幔，推之而行，其物結凍如鏡，頗甘涼，坐綠陰中啜一甌許，覺齒頰皆芳，真俊物也。相傳嘉義有女子名「愛玉」者，垂髫未字，家貧奉母甚孝，偶入山採薪，漸遠失路，迷不得出，忽見澗邊草花甚麗，結實纍纍，風起子墮澗中，著水頃刻凝結，方暑渴甚，飲而甘之，乃採其實盈斗，徐覓徑歸，試煎為漿，俟涼和以糖，賣之市上，人競傳其法，因名「愛玉子」云。

連橫雅堂撰《臺灣漫錄》，有記愛玉凍一則云：「臺灣為熱帶地，三十年前，無賣冰者，夏時僅啜仙草與愛玉凍……愛玉凍各府縣志均未載，聞諸故老，謂道光初有同安人某，居府治媽祖樓街，每往來嘉義，一日過後大埔，天熱渴甚，赴溪飲，見水面成凍，掬而啜之，冷沁心脾。自念此間何得有冰，細視水上樹子錯落，揉之有漿，以為此物化之也。子細如黍，拾歸以水絞之。頃刻成凍……某有女曰愛玉，年十五，長日無事，出凍以賣，人遂呼為愛玉凍……」其說微異，而不若前所傳者之饒有意趣也。雅堂主編《臺灣詩薈》時，曾以此為題徵詩，一時作者甚多，以林幼春二作最工，第二首頗序始末，其詞為：

驅車六月羅山曲，一飲瓊漿濯炎酷，

食瓜徵事話當年，物以人傳名愛玉。
愛玉盈盈信可人，終朝采綠不嫌貧，
事姑未試羹湯手，奉母依然菽水身。
無端拾得仙方巧，擬煉金膏滌煩惱，
辛勤玉杵搗玄霜，未免青裙踏芳草。
青裙玉杵莫辭難，酒社茶棚宛轉傳，
先挹秀膚姑射冷，更分涼味月宮寒。
月宮偶許遊人至，皓腕親擎水晶器，
初疑換得冰雪腸，盡摒人間烟火氣。
寒暑新陳幾百秋，冰旗滿眼掛林楸，
誰將天女清涼散，一化人間琥珀甌。

右作敘次與余所聞正同，其事其人，當與此詩並傳，爰詳紀之，以為考訂方物者之一助焉。幼春籍臺中霧峯，才華儁異，並有節概，梁任公遊臺時，最賞其人。所著《南強詩草》，其家尚未刊行，以在日據時，語多指斥，恐賈禍也。今則宿憾已伸，奇光永曜，梓而傳之，正其時矣。

記「綺窗餘事」

永福黃莘田，清雍乾間舉人，盛負詩名，著《香草齋詩集》，都八百餘首，絕句至六百餘，亦鉅製也。莘田詩以輕倩流麗，為時人所稱，初學吟事者，尤讀之琅琅上口。當時以卷帙過繁，從集中選編二百餘首為《香草箋》，流布臺灣，遂成家絃戶誦之書，迄今三臺詞苑，幾無不知有《香草箋》者。

《香草箋》原附有「綺窗餘事」詩一卷，莘田仲女黃淑畹紉佩作也。紉佩少歲趨庭，即工吟詠，其〈詠梅詩〉有「風定月斜霜滿地，西廊人靜一聲鐘」之句，為陳勾山太僕所賞，謂謝女柳花，不能多讓，其思致婉美，可以概見。今檢卷中諸作，尚不乏清新者，如「約略迷離竹又遮，黃昏初見已先斜，苔階暗立香如水，認得牆東橘柚花。」（新月和韻）「蓼穗蓮房茉莉漚，垂羅四角不懸鈎，涼宵夢醒聞花氣，多謝園香上枕頭。」（題新製紗廚）「重簾不捲淡烟籠，盡日無人看落紅，牆角鳩鳴菖葉雨，庭前燕語楝花風。」（送春詞之一）「牆頭猶掛疏枝影，花氣遙通暗坐身，轉是迷離光較好，玉鈎亭上更無人。」（新月）

後人重刻《香草箋》，不知何時，竟將「綺窗餘事」割去，思明李禧謂紉佩著錄諸詩，僅詠梅二句為佳，餘皆與此不稱。大抵係好事者，雜採他人之作，以羼入紉佩之詩而附益之，後此刊《香草箋》者，或以此故截去。據此；則「綺窗餘事」諸篇，恐非全出紉佩之手矣。

金門張作梅近日重印《香草箋》，復從他處覓得「綺窗」舊本附刊之，以復舊觀。且見告云：紉佩「綺窗」稿自卷首詠〈水仙〉至〈家大人重宴鹿鳴代淑瑛姪女作〉諸篇，皆係謝庭瞻對時所為，其稱「家大人」，當指其父十硯老人黃莘田，考莘田重宴鹿鳴，為其捷鄉闈後六十年，此時年已八十矣。平昔篇翰之成，老人必為之潤色，故能藻采斐然，無慚名父。及莘田下世，就正無人，且嫁後光陰，家貧子夭，形神交困，學殖日就荒蕪，才華頓盡，其詩前後劃然互異，殆以此耳。

余觀紉佩所詣，如前列諸詩。多有可觀，至〈新月〉之「花氣遙通暗坐身」句，尤為警絕，持與梅花詩相較，當復過之，既喜作梅纂輯之勤，復嘉共識見之卓，於校刊竣事，特為撮述於此。

臺灣閨秀詩

《聊齋志異》鳳仙篇中有〈詠繡鞋〉詩云：「曾經籠玉筍，著出萬人稱。若使姮娥見，應憐太瘦生。」小詩信手拈來，頗亦娟楚。記舊時有人告一故事云，「有姑嫂二人，皆美秀能詩。兄他出，嫂招小姑作伴共寢處，入眠齊脫蓮鉤著睡鞋，小姑請曰：『夜長殊有吟興，盍與子拈題覓句？』嫂可之，即以睡鞋命題，作五言四句。小姑為起句云，『玉筍纖纖裹。』嫂應聲云：『金蓮步步移」，徐曰：『此尋常女子所著履皆可用，非睡鞋也，以下須關合本題乃佳。』小姑乃續吟云：『從無下地日。』嫂凝思有頃，忽拊掌笑云：『也有上天時。』小姑瞠目不解，問其意，嫂掩口曰：『他日汝自知。』及小姑嫁後歸寧，於悄無人處，低語嫂曰：『往日嫂所作睡鞋詩末句，真工絕也。』相與噱笑不已。」右所記乃閨中雅謔，即令出諸好事者虛構，故自有致。

臺灣閨秀詩，余甚喜杜淑雅女士〈春日園居〉小詩云：「滿園桃杏笑清明，薄日微雲乍放晴。一縷遊絲飛不定，又牽花瓣作風箏。」此意甚新，似未經人道著。新竹王松宇友竹撰《臺陽詩話》選錄之，且言淑雅適林鶴珊，能鼓琴工詩，林歿年尚少，矢志守節不嫁，清光緒乙未避亂，卒於蟠桃莊云。所稱乙未正割台之歲也，友竹輯錄佳作無多，且迄未列行，臺地僅有抄本，如淑雅作，猶賴之保存，亦云倖矣。

新竹蔡宮眠，所適不偶，孤憤發疾而卒，殆雙卿一流人物也。詩稿散漫，莫可收拾，其〈病中偶成〉絕句云：「病軀難近舊妝臺，枕畔移將筆硯來。無奈作書多恍惚，幾回封罷幾回開。」寫病中情狀，如在目前。淑雅之詩，可當得一新字，宮眠之詩，可當得一真字，惟其新而不纖，真而不俚，所以為佳也。

又稻江王香禪女士，學詩於老儒趙一山，教以《香草箋》，盡通其意。一日援筆作一絕句云：「皎皎霜華淡淡天，木樨庭畔月初圓。醉聞花氣三更後，一枕秋香夢裏禪。」方在綺年，遂為一時傳播。另記其〈天花〉一首云：「誰信天花不自由，穠春煙景慘於秋。如何一例東皇寵，紅自含歡綠自愁。」詞筆清麗，信可與杜蔡頡頏，臺灣數十年來閨秀之作，無過於此矣。

鄭延平三世紀略

臺灣為岱員之音轉，秦漢之君，油然興慕，以為仙都，遠歷宋明，猶懸域外。鄭延平英儀邁世，騎鯨跋浪，遂撫全臺。臺地人民，繁衍雲礽，多屬當時故將遺民之裔，故民族意志，深入固結，歷久而不渝。今華族再遘艱危，遠踰前史，天佑中國，賴此一地之存，率大漢子孫，勵忠貞甲士，剪除凶醜，宏布義聲，則延平華路藍縷之功，為尤不可沒也。

鄭芝龍為延平之父，以海濱魁桀，位至通侯，初與顏思齊斬木東寧，剽悍無敵，亦世間奇男子耳。惟以意懷首鼠，貪戀功名，始則急欲投誠，繼則傾心附敵，遂致身為俎肉，禍及妻孥，賢子蒙羞，壯夫短氣！譬如飢鷹俊鶻，不思刷羽雲漢，反欲自陷樊籠，豈南明數盡，運會使之然耶？否則聚父子之精兵，規南閩之故郡，撫有閩粵，以取全臺，然後觀釁中原，連衡三島，天下之事，未可料也。

延平事跡，傳記已詳，毋煩稱述。其最可欽慕者，始終奉明正朔，不僅故君逋播之際，克礪臣節，即藩王宗室，亦敬禮不衰，勁節孤忠，足為後人模楷。至其經邦布政，耀武敷文，壯歲經綸，隨時可見，所惜早罹慘酷，至性摧割，兼以憂勞殄瘁，竟促修齡，深足令人扼腕耳。

延平麾兵北固，幾取南都，及遠定臺灣，時在明永曆十五年三月。圍攻七月，始盡逐紅夷，其明年五月，以疾卒，年僅三十九，距開創之始，未一歲也。餘姚黃黎洲宗羲撰〈賜姓始末〉，首尾頗完密，惟末段引史臣言：「成功不出臺灣，徒經營自為立國之計。」及述張蒼水煌言詩：「中原方逐鹿，何暇問虹梁」，謂為致誚延平之詞，若以時日考之，延平新敗之後，甫奠海疆，即從殂謝，史臣之論，蒼水之詩，不惟過刻，實亦昧於事勢，不足服人。至黎洲又稱：「獨怪吾君之子，匿於其家，而不能奉之以申大義於天下」云云，按所稱「吾君之子」，乃指魯王世子惟儼，考惟儼入台，在永曆十八年，延平即世，已越二年，以此責之，尤為謬誤。況故君永曆，正朔依然，縱令惟儼早來，又何可別立一君，自違前志。黎洲紀當時史事，最號精詳，而於此不免紕繆，故知史家所言，不盡可信也。

延平世子經，未嗣位之初，頗有失德。傳稱「經年十九，居廈門，與乳媼通，生子以聞。成功大怒，令董昱洪有鼎至廈，諭鄭泰殺經並董夫人。」經既罪不至死，董夫人為延平元室，以此被法，尤悖常情！蓋此時延平已瀕疾革之時，事同亂命，故當時諸將極力保全之，以是母子皆得無恙，僅殺乳媼及兒以報，延平猶不肯，然旋即逝世矣。

經嗣位凡二十年卒，得算與延平齊，亦年三十有九，清人官書，多稱其暗弱，語含敵意，當不足據。嘗就其事蹟考之，蓋延平之肖子也。尤表表者，則能紹述延平志業，大節凜然。吳三桂於永曆二十七年起兵滇南，與耿精忠尚可喜相結，初猶奉明正朔，繼乃竊號稱尊，當肇釁之初，曾有書致經，首述先世之仇，繼請舉兵相應；經復書允予會師，而辭意則極為嚴正，其書云：「頃問台命，欲伸大義於天下，不勝欣慰。然敢獻一言，自古成天下之大業，必先建天下之大義，以殿下之忠貞，而擁立先帝之苗裔，則足以號召人心，感奮忠義之士。不穀亦欲依日月之末光，早策匡復之業也，枕戈待旦，以俟會師。」（見《臺灣通志》建國紀）書中諄諄以「先帝苗裔」為言，似已預測三桂潛蓄異志。三藩各有狡謀，互為猜貳，三桂險詖，固尤不可信也。稍後經率軍進駐思明，以應精忠，擬借漳泉召募，為精忠所拒，遂至交惡，勒兵相攻。未幾三藩殄滅，漳泉盡平，清康親王寓書，諷經歸順，經復書拒之，有「萬古正綱常之倫，春秋嚴華夷之辨」等語，堅貞峻節，始終不變。

經在軍中有年，知人善任，頗著戰績，至其撫有臺疆，振興文教，留心墾牧以戢諸番，十餘年間，道不拾遺，閭閻殷富，治才亦可概見。

克壓為經庶子，奉命監國，明毅果斷，有延平之遺風，惜經卒時，為諸弟戕害，而擁立次子克塽繼位，年才十二耳。國危主弱，政柄旁移，予人以可乘之機，延平之業墜矣。克塽既降，明寧靖王朱術桂自縊以殉，計延平渡海，膺藩封凡三世，三十有八年而明朔以亡。

紀劉國軒

當鄭延平在臺時，有異僧泛海至，技擊絕倫，袒臂端坐，斫以刀劍，如中鐵石。久漸驕蹇，蓄異志，延平謀誅之，而恐不克。大將劉國軒請往，乃陳狡童倡女善淫者，肆為媒狎於其前，而陰持利劍以俟於後。初時此僧談笑自若，似無見聞，久忽閉目不視，國軒自後拔劍一揮，首已落地矣，延平詢其狀，國軒曰：「刀劍不入，此鍊氣自固耳，心定則氣聚，動則氣散，此僧心初不動，故縱觀，至閉目不窺，知其已動而強制，故刃一下而不能禦也。」事見紀文達曉嵐《灤陽消夏錄》，文達謂：「所論頗入微，但不知椎埋惡少，何以能見及此，」云云，則國軒亦奇才也。

按國軒福建汀州人，初為漳州城門把總，永曆八年冬，延平以招討大將軍攻漳州，國軒開門迎，參軍馮澄世與語奇之，為言之延平，擢護衛後鎮，隸中提督甘輝部，以從克臺灣及平大肚番功，名漸顯。後在潮州大破尚可喜軍，威振南粵。至世子經時，軍事盡委國軒，表賜尚方劍，專征伐，諸將皆聽命焉。克塽嗣位，晉為武平侯，清將施琅、藍理攻臺，國軒督諸軍力戰，師敗勢蹙，乘單舸走還東寧，奉克塽降，詳見〈國軒本傳〉。

靖海侯施琅字琢公，籍福建晉江，本為延平部將，嘗獲罪，延平殺其父，琅遂降清，《臺灣通志》〈國軒本傳〉云：「鄭經嬖施明良，明良謀獻思明於姚啟聖，國軒殺之，及施世澤，世澤琅之長子也。」則知國軒與施氏構隙甚深，琅克臺後，親祭延平，其文中有「琅起卒伍，於賜姓有魚水之歡，中間微嫌，釀成大戾。琅於賜姓，剪為仇敵，情猶臣主，蘆中窮士，義所不為，公義私恩，如是則已。」等語，辭義殊可觀。賜姓蓋指延平，蘆中窮士，謂伍子胥，取以自況，言效子胥鞭尸復仇之舉，則義所不為。臺灣詩人林小眉〈東寧雜詠〉稱琅之如此，臺人義之，以為賢於伍員，實屬平允之論。國軒與琅會戰海上，師甫合，兩翼齊攻，琅困不得出，部將林陞幾得琅，卒以風勢逆轉，垂勝而敗，本傳又言：國軒歸清後，授天律總兵，末路不終，亦足惜也。

朱一貴始末

清康照六十年臺灣朱一貴之亂，以其年三月起兵，旋破岡山，據全臺，左都督臺灣鎮總兵歐陽凱以下武員皆戰死，文臣如巡道梁文煊知府王珍偕走澎湖。一貴冠通天冠，黃袍玉帶，稱中興王，築壇受賀，遵故明，建號永和，傳檄中外。同年閏八月，清廷發兵討平之，自得亂以至成擒，計時不踰六月。

一貴里巷宵人，以飼鴨為生，史稱鴨賊，其稱兵為亂，亦潢池之盜耳。連橫雅堂乃有詩詠一貴云：「明亡二十載，海國有田單，飼鴨中宵起，威儀見漢官。」竟以即墨義旅比之，非其倫也。至《臺灣通史》〈朱一貴列傳〉，則全翻舊案，其所稱述，或未足信。尤以一貴建號檄文，盛陳宗邦大義，中有：「不佞世受國恩，痛心異族，竄逃荒谷，莫敢自遑。」等語，語調不甚似，不審雅堂何所據而錄之，意者，雅堂有託而作，因以自抒懷抱耶？其述一貴被擒：「解赴施世驃營，與廷珍會訊，一貴岸然立，廷珍叱之跪，不從。廷珍罵曰：『朝廷……待汝不薄，汝何反？速自陳。』一貴曰：『孤為大明臣子，興師光復，何言反！汝等堂堂漢人，甘心事虜，乃真反爾。』廷珍怒！命捶其足，至不能立。」又敘杜君英既降，奏解北京，與一貴對質，刑官問一貴曰：「汝一匹夫，敢謀大逆，果何為者？」對曰：「欲復大明爾」。似皆雅堂虛擬之辭，以誇飾一貴，使別於尋常寇盜之倫。觀雅堂撰〈朱一貴列傳〉成，頗中述己意，傳末謂「吾觀舊志，每巇延平大義，而以一貴為盜賊者矣。夫中國史家，原無定見，成則王而敗則寇，漢高唐太亦自倖爾，彼豈能賢於陳涉、李密哉？然則一貴特不幸耳，追翻前案，直筆昭彰，公道在人，千秋不泯」云云。是其意存左袒，自可概見。

然雅堂之為此，固自有其志意所在，而非好為詭詖，以立異相高者，所可得而藉口也。《臺灣通史》列刊於日本大正十年四月，其時臺疆久為日人撫有，雅堂恐延平志節日淪，黃炎正脈由是而斬也，乃發憤著書，寓其宗邦之思；而以臺地割於清廷，則亦藉史筆少抒憤懣！顯相指斥，故不僅於一貴行事，點竄之，誇稱之，即林爽文、戴潮春、李石、林恭輩，前史概目為篝火狐鳴之亂賊，亦從而更張其說，其心蓋苦矣！然則雅堂之志行，豈維永式臺人，亦華胄子孫，所宜稱揚聲烈，同致欽慕者已。

當一貴謀起事時，有粵人名高永壽者，業負販，嘗於途間見一病人，困餓將死，憐而救之。後至南路，遇病者，語及前事，欷歔感泣，引入山中，置酒相待，且偕往謁一貴，兵仗羅列，為其言起兵事，囑留此剋日共舉，高佯許諾，而乘間告變，臺灣鎮總兵歐陽凱弗信，以為狂，與巡道梁文煊鞫問，坐妖言惑眾，免死遞回原籍，已而一貴果為亂。當時海疆宴安，文恬武嬉，初不以治亂為意也。

一貴少名「祖」，漳之長泰人，居安平羅漢內門。（按安平舊治轄四十三里，有羅漢內外門，皆里名）以養鴨致貲財，好結交，聚椎理陰蓄異志。會知府王珍兼攝鳳山縣篆，委政次子，貪黷結怨縣民。一貴乃與里人黃殿謀起兵誅貪吏。康熙六十年四月，群不逞就黃殿家奉一貴為主，椎牛饗士，應者千數百人，夜攻岡山，克之。粵人杜君英揭旗應，攻破下淡水汛，又別遣兵破鳳山，遂與一貴合，眾至數萬。五月朔，與臺灣鎮總兵歐陽凱會戰，鎮兵潰，殺凱，諸將多陣歿，餘各駕舟逃。一貴進駐道署，開赤嵌樓，獲延平郡王舊存軍器，勢益振。諸羅縣人賴池、張岳等起兵應，參將羅萬倉戰死，並克諸羅，於是全臺俱為一貴所得矣。杜君英自以功多驕蹇不法，大肆淫掠，一貴勒兵討其罪，乃率部數萬他去，一貴之勢始分。

全臺既陷，澎湖告危，居民洶懼，諸將議撤兵歸廈門，漳浦林亮字漢侯，為右營守備，力排眾議，按劍厲聲曰：「封疆尺寸不可棄，我等捐軀報國，正在今日，願決一死戰，戰不捷而亮死，公等去未遲。」乃捐家財贍軍，議進討，眾心始固。未幾福建水師提督施世驃，南澳總兵藍廷珍統兵至，以亮為前鋒。廷珍盛稱亮人品將略在軍前諸將上，閩浙總督滿保亦厚賞之，蓋慷慨慕節義之士也。

六月清軍抵鹿耳門，大戰於二鯤身，一貴軍不利，退保諸羅，安平、鹿耳要害全失，數日清軍復至，一貴自率諸將拒戰，自晨至暮，營壘盡失，乃北遁。閏八月至月眉潭，遂彼擒，檻送京師磔死。杜君英出降，亦斬於市，全臺復平。

清康熙二十二年秋八月，施琅、藍理克臺。至是施世驃、藍廷珍復討平一貴，世驃，琅之子，廷珍，則理之族孫也。

吳彭年與姜銘祺

餘姚吳彭年季籛，於清光緒乙未六月，率七星旗隊與日軍激戰於彰化八卦山麓，力竭死之。季籛，劉永福幕客耳，以覆氈草檄之才，無登陣守土之責，徒以激於義憤，橫草沙場，死為雄鬼，宜可為書生吐氣矣。前曾紀其死事大略，而未足以盡其烈也。今歲端陽，憩於八卦山之綠莊，見鳳凰木著花，萬點臙脂，吐豔幽谷，疑為季籛與諸烈士戰血所化，季籛往矣！又何可不紀其戰績，以為後來矜式耶？

季籛於乙未春，以縣丞需次台北，永福聞其才，辟為記室，軍書旁午，箋檄多出其手。台北既為日軍所據，永福議援台中，季籛慨然請行，領旗隊七百，副將李唯義為佐。臺灣府知府黎景嵩令唯義統新楚軍，季籛亦應苗栗人之請，率管帶袁錦清、林鴻貴提兵往，駐大甲，及戰，季籛策馬出，馬悲鳴不前，易騎大呼陷陣，錦清、鴻貴皆力戰死，季籛收兵退，旋還彰化。時景嵩軍譁，遂請季籛兼統之，曉譬大義，軍賴稍定。屢乞永福益兵，不應，再請則曰：「敵來禦之，死守毋怖」。所部多乏餉械不能戰，眾勸棄城走，季籛嘆曰：「台事本非吾責，今既有領兵名，當復何避，若棄此而去，何面目以見台人，劉帥諭我死守，誠知我也。」遂移營，負險面大肚溪而軍，鄉民具食以犒，敵軍結筏渡，擊卻之。數日台中破，敵攻彰化，八卦山當其東，山高俯瞰城中，山破則城危。是時季籛方大戰於大肚溪，遙望八卦山已樹日旗，急麾兵回救，至南壇手刃逃卒二人，率眾奮勇登山，中彈墜，遂死山下，後數年，台南義士陳鳳昌負忠骨，送歸其鄉葬焉。

新竹富民姜紹詛，年二十，散家財募軍五百，與林朝棟軍北進，戰於大湖，力盡被俘，日軍錄囚，問曰：「誰為姜紹祖者？」其家人猝應，立被殺，紹祖因得脫去，再集佃兵復戰死之。連橫氏《臺灣詩乘》稱：「紹祖字贊堂，居北埔。少年豪爽，亦頗能文，曾建茶亭於鹿寮坑，以息行人，自撰聯云：『雖非廣廈遮寒士，亦效環滁築醉翁。』聞紹祖就義後，日軍尚未知，命佐佐木照山索之，至家捕其妻，問紹祖所在？答曰：『我夫為國効命，想已戰死，余為紹祖妻，欲殺則殺。』一照山大驚，遂釋之」云云。是可並傳，何台地之多烈士也。

紀蕭瑞芳

清代兩廣總督葉名琛，與英人搆釁，於事機危迫之際，鎮靜如常，亦不修戰守之備。當時粵人為之語云：「不戰、不和、不守，不死、不降、不走。古之所無，今之所有。」卒被擄去，械送英倫，騰笑外邦，莫此為甚。聞葉至英，與其屬官十餘人，棲止一樓，大罵不食死，雖死已晚，尚與靦顏求生者異矣。

台南陳鳳昌著有《拾唾》四卷未刊，連橫氏曾採錄數則於《臺灣詩薈》，中有紀蕭瑞芳事，與葉有關，謂葉之為虜，乃瑞芳劫送英人，且稱「葉至敵艦，不屈，敵怒而囚之，葉忿氣填膺，勺水不入口，乘間嚼舌死。英人臘其尸，被以一品冠服，置玻璃盒中，遍遊各地，以示武功。」云云，所紀與傳聞皆不同。鳳昌去其時未遠，海外流播，或轄較官書為真。至蕭瑞芳為一魁桀之徒，領兵台地，又伏法於此。其行事良可鑑戒。因就鳳昌所書整齊之以傳，亦可為治稗史者之一助也。

有蘇阿成者，籍廣州，少剽悍無賴，素習水，以航渡為生，江干舟人奉以為長，遵約束焉。清道光間，鴉片案起，英人以事始粵垣，切齒於疆吏，時以戰船遊弋海上，懸重資募士人為導。阿成潛掉小舟入海，詣敵艦輸款，人無知者。葉名琛以樞臣出膺節鉞，矯情鎮物，陽示雅量，中實顢頇，雖海氛益逼，而雍容裘帶，若琴尊卻敵，成算在胸。節署後園，饒有池台花竹之勝，暇即偃臥其間，燕寢凝香，坦然不陳兵衛。阿成素與司閽相稔，一夜偵其醉眠，糾椎埋數輩，踰垣入，遂縛名琛，送敵艦。及通商議成，當道刺悉其事，名捕阿成，固已鴻飛冥冥，兩粵東西，絕無蹤跡矣。久之，臺灣戴萬生變作，率眾攻陷彰化縣城，旬日間，從者至十餘萬眾，全台大震。有頃各地援兵紛集，時南洋亦調撥操江小戰艇數艘，以都司蕭瑞芳統之來台，瑞芳非他；即曩歲之蘇阿成是也。既變易其姓名，又著籍戎麾，無知前事者。瑞芳至後，每戰有功，胆略技能，出諸員弁上，積勳授參將。大吏重其能，且以諳習海外軍情，寇亂敉平，仍為奏請留台效力，駸駸嚮用矣。

安平控海，地至衝要，副將江國珍官安平協，實總水師，瑞芳覬覦其位，已非一日。會英領事與台人齟齬，欲假兵威相挾制，由香港調兵輪至，發砲轟擊，彈丸飛落如斗，環海震驚！鎮軍劉明燈聞警，率師置陣東岸，將俟敵兵登陸擊之，瑞芳叩馬諫曰：「兵釁一開，勝負難必，聞英人砲艦，僅止兩艘，無欲戰之心，特以比相恫喝耳。請往諭令退兵，是不戰而屈人也。」明燈然之，遣詣敵師，隨與英使俱來，稱已棄嫌修好，更致使者意，共往晤江國珍，江開壁迎之，延款盡禮而退。瑞芳因勸江撤防兵歸營示信，江一如其言。涉夜又角巾訪江，對榻論心，宵深未去，忽海上傳烽，直凌霄漢，瑞芳佯驚起曰：「此號火也，豈敵軍已撤耶？我為公偵之。」即起辭出，俄而敵軍數十，乘三板猝然登岸，海防既弛，無可抵禦，遂焚火藥局，逼安平協將衙署索江，江踰垣匿民家，始悟為瑞芳所賣，仰藥死。敵軍聞之，遽於詰朝鼓輪他去。瑞芳以此陷江，計竟獲售，而人莫能知，方且以退敵錄功，繼江位統水軍矣。

瑞芳得志，威福自肆，遇部曲尤暴，鞭扑無虛日，有舊僕犯法當死，乞宥不許，伏階前呼曰：「公昔歲生縛疆臣，今茲計傾宿將，豈必欲殺小人滅口耶？」瑞芳聞言顏色驟變，自起解其縛，即日押解回籍。國珍之子，徵聞其事，訴諸大吏，以事無左證，不獲理。遂扶櫬渡海去，輾轉得識葉氏遺孤，共赴粵反覆推尋，知瑞芳果為蘇阿成，且悉廉得其劫擄名琛及嗾使英人迫殺國珍始末，檢證至京控之，比奉朝旨逮戮瑞芳，於茲蓋數歲矣。

時瑞芳猶在任所，一日於衙齊瞑坐，恍佛見紅纓小吏，匆匆自外入，賷一文書授之，接視，上書「臺灣安平協江啟」七字，方訝江死已久，何緣復有書函，復睹發文處所署，則赫然「兵部尚書兩廣總督葉」也，大駭！豁若夢醒。覺而門子侍側，持臺灣府名刺，請翌午赴宴，越日往，府門儀衛甚盛，台南觀察黎召棠已先至矣。及踐席，召棠令別以美醞犒協標隨行健兒於署側鴻趾園，實令甲士倍其數監視之。酒數行，召棠入內更朝衣冠復出，命撤筵，中立顧瑞芳曰：「有詔」。乃讀詔書，數其前罪，叱吏縛瑞芳，斬於門外。

紀謝琯樵

臺灣前代遊宦，不乏賢流，周凱仲禮以文，呂世宜西村以書，謝穎蘇琯樵以畫，皆為此邦人士欽慕，百餘年來，傳播不衰。仲禮浙江富陽人，清嘉慶十六年進士，官臺灣兵備道，有循聲，受古文義法於武進張皋文，亦能畫山水，墨法腴潤，藝林重之。西村籍同安金門（今為金門縣），道光間舉人，精篆隸，著有《古今文字通釋》等書。琯樵籍福建詔安，幼穎悟，九歲能繪事，初習花鳥，秀美有逸致。其家居南關外筍莊，饒有溪山之勝，修篁半畝，幽蘭滿山，月夕風晨，琯樵舒嘯其間，觀動靜諸態，放筆抒寫，遂擅畫蘭竹，名震一時。書法顏米，亦蒼勁絕俗。琯樵負俊才，不屑意科舉，戴遠遊冠，足跡遍大江南北，歷居福建巡撫徐宗幹、提督林文察幕府，以薦授廣東同知未赴官。嘗渡海至臺灣，主淡水林氏甚久，求書畫者踵接，故所傳墨蹟亦最多。

清同治初，太平軍在江南已垂潰敗，殘部由贛入閩，林文察方以署福建陸路提督赴台助平戴潮春之亂。三年十月，延平、漳州相繼陷，文察奉檄內渡，統軍由同安規復，十一月進屯萬松園。太平軍李世賢初揚言受降，誘文察進，圍之，遂力戰死，琯樵方食，聞報，投箸起，策馬陷陣亦死之。

據《龍溪新志》載文察及琯樵皆為李世賢所執，並敘死難情狀甚詳，其略云：「文察見執時，鎮定如平日，李勸之降，林怒叱之，且蹴其案，李試以毒刑，仍不屈。乃將文察及其幕友謝琯樵捲以棉絮，灌油其上而焚之，謂之點大燭，此南靖張鳳藻所親見，後以語人者」云云，琯樵以文士，死事慘烈，尤可憫也。

相傳琯樵於詩書畫外，並善雕刻，生時曾以檀木雕為人身，狀與己逼肖，軀體接續處，皆有關捩，能轉動自如。又刻數百字，紀其姓名生屬年月，與習畫始末於背，字如蟻腳，肉眼莫辨，當時傳為神工。刻畢復被以衣冠，置一木匣中藏之，拍手大笑曰：「吾事畢矣。」及死難，覓其屍不得，其友蘇姓即以木偶人置小棺葬焉。《福建通志》於此事亦略有紀述，書之以廣異聞。或言琯樵之死，類於兵解，又豫知身將夷滅，特作此為戲，以示其機，則又近乎誕妄不經矣。

琯樵畫以在台北者為多，乙未割地後，日人尤愛其書畫，太半搜取以去。現時台賢中，除魏清德、林熊祥、熊光、許丙諸人尚藏有精品外，佳者似已寥寥。余去冬曾見人攜琯樵〈墨竹〉一幅，筆墨荒率，神采黯然，蓋偽作也。

海澄邱菽園著《五百石洞天揮麈》，戴琯樵姊芸史事，並及其詩，雖不甚詳，要亦藝苑珍聞也。芸史名浣湘，絕敏慧，父聲鶴，以明經官仙遊縣學訓導，芸史垂髫侍父，見書卷必癡立不去，及長，邃工詩。嘗以〈梅花寄弟滕〉詩云：「茅屋蕭然近水居，寒梅種得兩三株，嫩寒昨夜生屏帳，可有斜枝竹外無。」「一枝冷艷出紅塵，巖徑蕭條澗水濱，積雪滿山天欲曉，數聲老鶴四無人。」二作皆清氣撲人，末二句尤有高韻，琯樵自嘆以為莫及。於作畫時，恆喜題姊詩，以是才名益播。

聲鶴愛女切，苛於擇配，年已長矣。有年家子佻達不文，慕芸史名，欲得之為婦，先倩人預為詩一卷，袖謁聲鶴，偽稱己作。聲鶴覽之，驚其不凡，又年少韶顏，佯為端重，相攸之議遂定。及芸史于歸，盡悉底蘊，婚未久，夫婿日事嬉遊，飲博無賴，薄產既罄，折賣奩資，所攜法書名畫，悉償逋負。芸史憤，盡焚所作詩稿，絕口不復言韻事，未幾婿死，至無片椽，乃大歸，授徒於家，侍父終身，此菽園所紀大略也。惟菽園敘芸史論婚時事云：「有年家子刺探而得，袖詩往質，父意其才……適齋壁新堊，命題庭中梅菊欅柏各五七言古近體，欣然命筆，斯須立就，抱負昂然，能見頭角，父大喜，決意婿之，媒議既成，微聞其偽……」等語，不甚合情理，芸史婿既目不知書，無援筆賦詩理，況當面命題，所撰非一體，即全出捉刀人所為，安有如此巧合，又況能一一熟記，揮灑自如耶？其緣飾過當，自可推斷。又見其邑人纂芸史軼事謂：「芸史八歲即字同邑岸上村沈氏子，沈故世家，所天為一庸流」云云，較可信。

近時傳琯樵芸史遺事者非一，多摭拾耳聞，轉相傳寫，半出虛誕，然其姊弟實負清才，薄植凶終，並堪憫悼！至芸史遺作，略見大凡，雖閨襜之作，固宜與琯樵藝事並傳矣。

記林長民

民初，當安福系主政時，有兩才士，並致通顯，一梁鴻志眾異，一林長民宗孟，皆閩人，又皆內熱。梁後淪為奸偽，論大辟死，不足惜。長民則早遘凶終，其致死，以貪慕功名，蓋近乎急不暇擇者，雖昧於進退存亡之義，固與梁之甘為倀虎，終蹈刑戮者不同，閱世重論，詎不當憐其才而悲其遇耶？

清光緒三十三年，有海輪自東京至滬途中，波靜風和，乘客多集舷際瞻眺。閩士陳不浮，方卒業歸國，亦在其間，忽攘臂告眾言：「國勢阽危，列強環侮，覆亡之慘，已迫眉睫！舉國冥昏，無肯為蹈海懷沙、捨身覺世之舉者，請自今始矣。」語畢大痛，躍入海死。同舟華人，皆感動泣下。時長民在東京，獨以不浮之死為非，於悼祭時撰聯云：「無所効而逃，名曰逋戶。忍自戕其命，罪浮殺人。」聯既出，咸謂語意過於激楚，長民不顧曰：「危時士當自奮，安能以一死卸責耶？吾寧觸忤死者，不忍見生者相尤效也。」其所論自有見地，然聯語下幅尤刻深，非忠厚之旨明矣。

長民既畢業日本早稻田大學，聲華籍甚，時當清季，疆臣多擬羅致之，卒應鄭錫光之請還閩，被推為諮議局書記長。錫光以在籍翰林任官立法政學堂監督，俟長民至，並屬兼為教務長。長民盛年意氣發抒，疏髯拂胸，議論侃侃，每登議壇，意之所發，必暢晰至盡乃止，或譏彈事物，鋒稜四射，雖老宿無所遜避，諸人陽歛手推服，心實忮甚。錫光舊學痼敝，褊衷不能容物，又諸忌者相與搆煽，以是齟齬益深。法政學堂故例，省會外，他府縣諸生入學，須人輸捐百金。長民議金不當取，令豁免，錫光執不可，爭數日不決，錫光憤！言於提學使姚文倬，免長民教務長職，物論甚譁，不直錫光所為。長民遂別立法政專門學校，自是官私學校之歧見以生，清運既終，猜嫌始泯。

當長民任司法總長時，有某以事下獄，私獻十萬金求釋，長民峻卻不受。凡在任三月而罷，嘗鐫一小印自佩，文曰「三月司寇」，熱衷功名可想，而其廉直自熹，固可於平昔行誼見之也。

聯省自治之說既倡，長民亦本敬恭之義，思戮力梓桑，歸主閩政，曾毓雋頗左右之，而遲遲不得當。閩人士故知長民賢，乃上記政府，求以長民為省長，以非執政意，未遽許也。會梁鴻志故與有宿憾，沮之甚力，遂罷。

郭松齡為奉軍第三軍副團長，實盡領精兵，符以戰功論賞，諸將皆裂地建牙，獨松齡不及，怏怏懷挾怨望，覬伺間擁少主，盡誅諸宿將，以成非常之功，欲得奇才自佐；念疇昔曾一接長民，風裁言論，朗朗在耳目，以為王景略之倫也。而長民方名高位尊，又非雅故，苦難自通，適幕客有蕭其煊、李景龢者，皆閩士，覘其意，進曰：「宗孟非凡，目營四海，公果開誠延接，請往說之，可致也。」松齡曰：「宗孟倘降意，願執贄為弟子，事成，悉以政務相屬，我但主軍可耳。」其煊等乃共謁長民致意，謂關兵精銳悉隸松齡，以公智略，善用其力，從容進退，以承天下之弊，微管之功，不難致也。長民心然其言，踟躕未決，松齡旋入京密謁長民，執禮甚恭，議遂定。

長民既入松齡軍，部署略定，遂於十四年一月，傳檄諸部。誘姜登選至軍斬之。立率勁軍由灤州急趨瀋陽，熱河都統闞朝璽舉兵應，進愈銳，瀋陽垂陷矣。日本駐屯軍忽阻諸途，不令前，用此延時，援軍徐集，決戰巨流河，黑督吳俊陞以騎兵衝其軍，遂潰，虜松齡。長民聞變，遣弟子吳粹出視，敵已及，不返報而逃。前鋒益逼，始惶遽走出，彈丸雨下，長民著狐裘伏地前行，擬脫裘急走，首微仰，彈中顛，碎顱死焉，松齡亦被戮。閩縣劉幼衡荔翁，曾為國會議員，與長民交最稔，著《政史拾遺》，於長民有所稱述，因摭其前後所錄，撮記之以傳，俾知才美之士，不幸摧折以死，雖久；猶繫人思也。

長民詞華雅贍，匆匆點筆皆可觀。工書；晚益茂美。其死也，梁任公輓以聯云：「不有廢，誰能興，十年罅漏補苴，與矢志移山等耳。均是死，庸奚擇，一朝感激意氣，遂捨身飼虎為之。」語最允愜，不失和平敦厚之旨，視長民前聯立論谿刻，蓋互見襟抱，宜並傳之。

書羅典事

昭潭推羅慎齋先生為理學名儒，慎齊名典，出古滄州羅氏。清嘉慶時以翰林仕至九卿，壯歲告歸講學，為湖南岳麓書院山長，重宴鹿鳴，壽至九十。

余幼時數見慎齋所書楹帖，筆勢雄偉，每字特長，如怪藤絡徑，而點畫奇絕，不似尋常鋒穎所書，或云乃團敗絮蘸墨為之，亦臆度之辭耳。慎齋性極方嚴，嫉惡如讐，蓋仗義死節之士，汲長孺之流亞也。觀其書法，令人懍然，猶想見其風概焉。主岳麓書院最久，湘士化之，以砥礪名節相尚，曾文正國藩、左文襄宗棠，皆承其流風餘澤，綿延日久勿衰。

方慎齋長岳麓時，遇湖南科場案起，所誅死甚眾，實慎齋發之。長沙彭峨、諸生，慎齋高第弟子，為文理境澄澈，以學行知名，顧數奇久困場屋。是歲，試秋闈出，錄場中文呈慎齋，慎齋覽之曰：「子文功候已至，今科必第一，吾衡文久矣，雖老，雙目固不盲也。」乃集同學遍告之，且預飭張賀筵以待，及榜發，解元乃善化傅某。

是科主司為慎齋詞館後輩，素相識，乃命駕往，語侵主司，譏為景才不公。主司固能文書者，略不遜讓，且曰：「掄才盛典，曷敢掉以輕心，即以本屆解元傅某文而言，功夫深至，必名下士所為，故擢冠多士，其文見在，乞一寓目何如。」言次，立命取傳卷至，慎齋展閱之，則赫然彭峨作也。

傅某者，家富，希一第為榮，其乳媪之子為試院擔水夫，彙緣以識主司之長隨，遂遍賄諸給事者為截卷之舉。清時鄉試所閱卷皆為謄本，僅編號，不具姓名。原卷存收掌官處，其卷首附粘一頁，為考生名及三代履歷，諸人既詗知傅卷黜落，彭峨中式，則於收掌處私取二卷，揭其首頁互易之，粘合如故，役人無識，自以為巧，而不知此事至易敗露，無可掩諱也。慎齋窮詰其事，盡得實，以曾官列卿，例得奏事，乃專摺上聞，奏未遞時，主司率諸簾官於慎齋前長跪，乞寢其事，傅某畏禍，亦往乞彭峨，許贈萬金，並為納捐道員，峨欲許諾，而慎齋執不可，奏竟上，主司以下皆革職，傅某腰斬，諸受賕者置大辟。峨後終不得第，亦以憂憤死！此一科場鉅案，湖湘老輩多能言其詳，似尚未見於其他紀載，然始末大致如此，不虛也。

羅典軼事補記

前紀羅典慎齋軼事，頃承朱玖瑩兄自台南貽書補告二則，並為筆之。

慎齋為嶽麓書院山長時，適袁枚子才南遊至湘，赴岳麓訪慎齋，慎齋方嚴，而子才放達，意趣極不倫，心弗善也。以同屬翰林，又遠客，不得已延款盡禮。及子才去，指所坐處，命門弟子取水再四濯之曰：「此釁舍深嚴地，不能令浪子污我坐榻。」

山中有亭，竹樹蒼秀，種楓尤多，秋氣深時，紅葉與明霞爭麗，舊名「楓葉亭」，取唐人「停車坐愛楓林晚，霜葉紅於二月花」句意也。子才自慎齋處辭出，意不怡，行過亭邊，愛其幽美，於霜楓下徘徊至日暮不去，仰首視亭榜，笑曰；「明說即無意味，倘改署『愛晚亭』則佳矣。」他日有以告慎齋者，頷首曰：「此固不可以人廢言。」遂撤舊題改署，人競傳之。岳麓為長沙勝地，知岳麓則無弗知「愛晚亭」矣。

就右所記而言，前者似覺頭巾氣太重，後者仍見慎齋服善之心，尚非壁立千仞者也。清初朝士喜言程朱學，砥礪名節，然亦養成一種迂疏之習，乃至矜嚴過甚，或微近怪誕而不自知，如慎齋殆即其人歟?昨以此意取證玖瑩，所見正合。

科場案起，株連甚眾，湘人士頗致憾慎齋，謂其處事沿於操切；咎傅某之愚，而尤哀彭峨。傅名進賢，聞亦肄業岳麓書院者，曾入邑庠，但文筆平庸，不為慎齋所喜耳。俗傳進賢被戮之歲，其家疊有災異，欲倖博一第以禳之，遂有截卷易名之舉。初意欲附名榜末，而不虞所竊卷竟為解首也。據老輩言，割截卷面，最為下策，舊例：中試者皆以闈墨（即場中作）發刊，遍送親友。即被黜落之卷，亦多自往試院領出，斷無竊文入彀，而不被察覺者，疑進賢雖愚不出此，然湖湘科場大案，固絕非虛構，蓋進賢所謀皆學院役夫，若輩罔識利害為之，或又出進賢意外耶？

兒時曾見邑先達歐陽匏叟所撰筆記，名《楫柮談屑》，中言衡陽彭剛直玉麟為彭峨後身。匏叟名賢，與曾文正國藩交誼甚篤，亦剛直友也，不知何所據而云然？事近怪異，其不足信明矣。

道州何氏

湖南道州何氏，以名德純孝，昌大其家。有何孝子者，幼失怙事母至孝，年三十餘尚鰥居，傭於邑中某富室為客作。富室有親喪，招地師卜葬，得吉壤，將殯；地師夢有人告之曰：「汝所獲佳城，乃何孝子母葬地，若輕予人，必有重譴。」地師懼，託言此塋細審未安，宜另覓他處，而未識何孝子為誰某也。一夕山行遇雨，避之農家，茅舍枳籬，才堪容膝，入其室，有白髮老媼病臥榻上，方擬展問，忽一男子入，泥污沒骭，似從田中歸，見客略頷首，即趨榻前呼母，扶持敬問，容色婉如。旋從廚中取肴饌羅母前甚豐，俟畢，己乃食，具齏鹽而已，地師詢知為何姓，私念殆即所謂何孝子歟？又問為誰人耕作，則正富室家也。遂與往還，察其果有醇行，極敬異之。時富室有女貌寢，難遣嫁，地師謂富室曰：「君家客作何某有至性，雖貧，後福無量，真快婿也，願為執柯。」富室許焉，乃論婚。母歿，地師又為指前穴，贈以葬母，女于歸後，未幾，生文安公。

文安公名凌漢字仙槎，起家翰林官閣學，生子即子貞編修，名紹基，晚號猿叟，以書法名天下。聞猿叟髫年頗酣嬉廢學。文安既入清華之選，久宦京師未歸。某歲還里展謁廬墓後，攜猿叟赴都，舟中考其學業，悉蕪廢，大怒，行至岳陽，逐之登岸，掉船逕去不顧。猿叟投岳陽姻家，文安旋有書至，囑留其讀書，且言學業不成，父子即不相見，猿叟乃發奮攻苦，及入翰林始謁文安，此事鄉先輩曾為余道之，未審確否？又傳清宣宗升遐，猿叟方官翰林，奉中旨書宣宗神主。書時，奉神主案上，不能稍傾側，長跪仰面，以恭楷書之，書就，已汗透裘服云云。以其時考之，道光在位三十年崩，猿叟與曾文正國藩均先後在詞館，當不誤。

湘潭郭軍門子美，為左文襄部將，盛有勛勤。猿叟曾為撰書一聯云：「古今雙子美，先後兩汾陽。」其家子孫寶之，余曾一見，墨瀋猶新，或言取況古人，稍嫌溢美，然一切其字，一切其姓，興到之筆，不為病也。猿叟兄弟皆以科第文學顯，累葉名家，湖湘之人，皆豔稱之。何君善垣，今官行政院參事，為文安裔孫，才美紹其家風。

泰和蕭氏

萬金之產，非一朝可具，營財至難，況求之不已，其心蓋甚苦矣。每見前人以刻嗇起家擁厚資者，子孫必以奢靡破之，天道往還，理無或爽。故多財厚亡，遺金滿籯，徒益愆累而已。友人曾君今可，往與共事漫江，家世清貧，而其子均甚賢。次子留學美邦，茂才異等，得全部獎學金，歲致珍饈於父母。嘗與今可從容話及，問賢子何以能岐嶷若此？今可遜謝，徐曰：「惟吾家貧，若輩無可恃，不得不奮勉耳。」今可為人誠厚，宜獲是報，心尤韙其言。

今可贛人，因憶泰和富室蕭氏，其事有可述者，為連類書之。清同光間，贛籍入以貿遷至湘潭，多赤手至鉅富。泰和縣蕭翁，字筱泉，少貧，從長老遊潭，為錢肆學徒，三歲屆滿，充肆友，謹愿無他長，會歲闌，主家使收債。時太平軍事未終，軍府發行鹽票，可至江淮引鹽，但事固不行，徒有其名，票價至賤，人皆不取。翁至債家，人欺其拙訥易與，債不完者，婉言以鹽票抵之，得數十紙，並現金以繳。主家怒罵曰：「比廢紙也，何所用。」然債已結，無如何，遂斥遣翁，而以所收鹽票盡予之曰：「以此作汝一歲工資。」翁無言，乃改作負販往來湘贛間，貯票於囊，藏之甚謹。後經年，江淮底平，票漸得值，賈人就求之，翁靳不予。又逾年，價益漲，利數倍。人告之曰：「汝今已為富人，盍不售票買田廬，何蹀躞為？」翁仍不應，有頃愈騰，利蓋數十倍矣。賣其半，自為鹽商設號，業大振。邑中某甲，善居奇，屯穀數十倉，適價落，又積久蟲生，憂惶無所出，走乞翁，指困盡購之，某甲欣欣自以為得計。明歲大旱，糧價涌貴，翁開倉以糶，視穀固無恙，所得復數倍。不十年間，資財踰百萬，富傾都邑。翁雖富，而樂善好施與，又賓禮儒士，二子皆中鄉榜，及歿，子弟雖頗有敗耗，尚不損其門風，且猶不乏賢者，則翁厚德所貽也。

又贛人周孚九，致富之由，多出意外，與蕭翁同，而勤苦過之。翁在滬，好觀劇，俟劇將終，門禁盡弛乃入，曰：「好戲正在此時也。」劇散，盡收戲單盈疊，歸以裹錢。傳聞某次翁觀劇歸，踽踽行，方苦夜暗，忽睹一輿從斜徑穿過其前，懸明燈如雪，急尾之，行里許，正其歸途所取徑，方暗訝以為幸矣，及抵其家門驟停，輿中人出，乃其子也。

記賀六橋

德清俞曲園嘗作詩有句云：「花落春猶在。」瀏陽賀六橋〈詠落花詩〉則曰：「一生低首拜春風。」求闕翁先後見之，均極嘆美，而以曲園句意深厚，後福方長為言。至評六橋，則僅稱為才人之作，恐一生薄命，厥後果並如其言。然以詩論，六橋固不當優於曲園耶？六橋才華艷發，點翰如飛，美風標，工琵琶，能為新聲，所過北里，鶯燕成圍。嘗客遊梁趙間，資斧乏絕，宵深坐月，取琵琶彈之為怨慕之音，逆邸中，旅人多夜起傾聽，有泣下者。曲罷，眾中一少年揖六橋請訂交，明日為六橋治裝，贈遺甚厚，蓋北道遊俠士也，六橋乃得歸。此事君孫婿劉紹誠仲和為余數數言之，仲和，余妻之兄也。

六橋早捷鄉闈，屢試禮部不中第，遂不復措意科名，益飲酒輕世自肆。其弟以諸生久困場屋，某歲將入闈，六橋忽謂弟曰：「汝戰不利，且容我為捉刀人，雪三敗恥。」及期剃鬚易服，冒弟名領卷入，榜發果獲雋。又曾為其友作替人，亦得中試，嘗戲曰：「吾三領鄉薦，功名拾芥，聊以此吐胸中不平耳。」

同邑歐陽藹丞少時頗負才名，六橋將以女妻之，召藹丞至，試以文。從論語「子曰驥不稱其力稱其德也」一句中，單取「子曰驥」三字為題，令作制藝文字，清時此種題謂之截搭，（可任割取四書語句中一字或數字為題）為免作者剿襲雷同計，主司多採之，實甚背經義，然行文勾挽綰合之間極不易，非精於此道者不能為也。藹丞略一凝思，即為破云：「驥滿天下而無驥，聖人所以深喟也。」以呈六橋，覽之稱善，且取筆批其卷上云：「他日可為一小名士。」擇婿之議遂定。此種文字，今世無能領會者，即作者亦對之茫然，昨就質張魯恂丈，丈最精清代制科文，號時文能手，曾以優貢膺鄉舉者也。聆余誦藹丞句，亦頻稱佳構不置，遂為錄之，以資戲笑。

藹丞舉優貢，以講學終，桃李滿門，弟子中以張其煌子午為最著。平生顯晦之跡，竟不踰丈人月旦之評，六橋冰鑑，不易及也。余婿於瀏陽劉氏，童年曾一謁藹丞，白鬒紅頰，道貌巍然，年垂八十，旋即下世，記其題瀏陽奎文閣聯云：「將眾壑推開；鄱陽在前，洞庭在後。」「讓一閣特立；清風有主，明月有家。」

記徐又錚

黃伯老安徽舒城世家，父祖皆以科第文學顯。伯老弱齡英秀，早立修名，平生於合肥段公有魚水之歡，段公謝世數十年，過其後人，拳拳加厚。又於雪樓許公，曾結恩知，歲晚綢繆，情禮周至，世論美之。伯老嘗為余言徐又錚，天下才也。智足以濟物，而不能自庇其身，其死，合肥尤痛惜之云。伯老少於又錚十齡，幕府中週旋最久，因道其行誼及納交始末甚悉，皆可紀也。民初段公任陸軍總長，簡授記室四人，又錚居首，其餘則張伯英勺圃、曾毓雋雲沛及伯度也。伯度最少，甫踰弱冠，才思飈發，趨府時，氣銳甚，初奉命撰一稿，草數千言。例先送又錚核定，又錚覽其文，自第一行起至末一字，取筆盡抹之，所謂「勒帛」是也。伯老大忿！翌日託疾不起，段公詢悉其故，乃謂又錚曰：「伯度我知其才，君宜弟畜之，增益所能，不宜令其難堪，使才士短氣。」又錚徐亦自悟其過，置酒酌伯度，且慰之曰：「官書與文章異，子所為，不中程式，為吏人笑耳！若以文論，我豈不謂佳耶？」伯老意解，後遂日相親厚，為莫逆交。

當又錚自歐美歸國，適孫傳芳倡五省聯防之議起。其年冬，又錚擬南下，段公忽在案頭得一書，緘封甚固，啟視，則「又錚萬不可南去，去必死。」寥寥十字而已。公急令伯老追及之，方俶裝待發，閱箋笑曰：「何人沮我，我豈信此讕言。」遂叱馭行。及至廊房果被害，當時盛傳為陸建章之子承武所為，或曰：「所謂仇者偽也」。又錚公子道鄰亦知名，茹恨近二十年，矢復父仇，事雖格不行，庶乎不忘其親者矣。

伯老又言段公於清末任標統，領兵居濟南，偶出遊，見一少年著單衣，於寒風中坐道旁為人作大字，體勢不凡。詢其姓名，則徐樹錚也。問何故至此？以投親不遇對。纖覽其所作詩文，大賞異之。贈銀二十兩並綿衣一襲，旋招置左右，使典書札。其契合蓋自此始。

又錚名樹錚，江蘇銅山人，方其盛時，才華位望照映一世，慷慨負經世之志，其說主籌邊而固國防，著有《建國銓真》一書，議論甚偉，至文詞亦復斐然。有傳其斷句云：「萬馬無聲秋塞月，一燈有味夜窗書。」為任西北籌邊督辦時所作，語意壯闊，陸龜堂〈出塞詩〉不能加也。

吳劭芝與所作聯

吾國聯語之製作，不知始於何時，相傳南唐蜀王孟昶歲首自撰門聯云：「新年納餘慶，佳節號長春。」為聯語之濫觴。其體制與時演變，而自成格調，要是一種優美文字，今世漸不重此，能者日稀矣。

湘潭吳劭芝工製聯，晚近推為作者，所著有《綺霞江館聯存》一卷，續集一卷。喪亂以來，圖籍散亡，此一久乖時好之作，宜不為人所重，然台港朋簪，嘗有訽求此卷者。此間無可覓處，惟楊無近曾攜置行篋，轉以貺余，故得就其所為，稍加論次。

劭芝名熙，晚號蒲跏老人。父棠字芝橋，以舉人官湖南耒陽教諭。太平軍起，敘守城功擢知縣，力辭，改署安仁訓導，未半歲而泰和土寇掠縣境，安仁令逃去，芝橋獨奮起率民兵守城，城破被執大罵，為賊叢刃死。劭芝以父蔭，襲雲騎尉世職。少有俊才，詞華豔發，弱冠補博士弟子員。學使觀風，試劉越石〈吹笳散胡羌賦〉，劭芝所作最工，有句云：「有客琵琶馬上，彈開塞草之烟，何人羌笛樓頭，叫破關山之月。」學使激賞之，拔置第一，由是知名。舉清同治己卯優貢，部選訓導，不赴。嘗與同邑王麓坡、楊漱腴客左文襄幕府，均以清才負時望。劭芝居府中，文襄尤器許之，稱為學人，以裴晉公用韓昌黎為比。居無何，他客有毀之者，遂見疏，因辭歸。劭芝後有輓文襄聯云：「公曾期我作韓昌黎，奈讒間陰行，雖有釋言難感寤」。「天不許人為岳武穆，縱威稜遠憺，終留遺恨與英雄」。聯不甚工，而首幅敘述當時情事如見。

民國初建，劭芝已年過七旬，平生所為聯語，多膾炙人口。每一聯出，爭相傳誦。邑人有喪，皆以得其聯為榮，弔客赴人喪次，輒先讀吳先生輓詞，有未見者，必詢吳聯云何？百里內外，一日傳之皆遍。鄉里小生，誦之琅琅上口，其為人所重如此。

劭芝與王湘綺同時，聲光遠不逮，而品植高亮，所見每多不合。湘綺歿，劭芝作聯輓之云：「文章不能與氣數相爭，時際末流，大名高壽皆為累」。「人物總看輕宋唐以下，學成別派，霸才雄筆固無倫」。著語甚有斷制，寓議論於組練之中，尤不易及也。

湘綺高才博學，冠絕輩流，至其天姿英邁亦非劭芝所及也。邑人相傳劭芝嘗為里中弟子講學，以劭芝樸實，多故舉奧義請益，實以難之。有弟子數人，於僻書中疏列數事，並偽造典故糝雜其間，呈乞釋疑，劭芝不能答，大為所苦，走告湘綺，湘綺曰：「此甚易處，我當為君解之。」翌日，湘綺逕至講堂，自言為吳先生代課，講授已，令前請釋疑諸弟子出，索所琉列逐條閱竟，先取僻左者開解甚悉，至偽造處指問曰：「昔人言執經問難，汝輩可取原書來。」諸生氣懾不敢對，湘綺大怒斥之曰：「為學主誠，況敢飾偽以慢師長耶？此風不可長，再犯必予夏楚。」自此庠序間行益加謹云。

先是湖湘間頗好為聯，蓋承楚些之遺風，託始大招，尤工哀輓。曾文正國藩雄文健筆，度越一世，出其餘勁，為聯亦復工絕。曾自言：「吾他日惟輓聯一卷行世耳。」當時左文襄、彭剛直均能之，稍後以湘綺為著。邵芝所作與諸人筆致不同，而就此道言，得名幾與為敵。其聯語比事屬辭，情文交茂，芊綿清麗，尤為所長。惟里閈微儒，見聞未廣，於大題不能以思力籠蓋，每以擒捉不住，衍為繁冗之詞，又喜將字句故意拉長，致成拖沓。有時頗類時文墨卷，如啖蔗渣，然其佳者，風致娟楚，搖曳生姿，得名之盛，非偶然也。記其撰洞庭君祠聯云：「烏有先生好大言，問誰能吞盡雲夢，想管領八百重湖，君其人矣。」「龍迎神女為良匹，請更聽空中玉笛，忽吹出三分明月，客亦仙乎。」輓皮鹿門孝廉云：「盛業許藏山，於今古文尚書；尤推絕學。」「清言妙霏玉，有魏晉人排調，不墮玄虛。」

友人某從軍寧夏，為左侯所薦，一夕作札未竟，自縊死，又先一月張君亦卒於軍。故輓，之云：「提三尺劍，走賀蘭山，有才為相國所知，奮九萬里風毛，薦表中特書一鶚。」「裂五色箋，棄生花筆，無放棄家人而死，僅二十餘日耳，寢門外兩哭良朋。」

又題陶文毅心遠樓聯云：「宸翰賜宗臣，仰隔江萬仞峰巔，寶氣奎光燭霄漢。」「山居稱宰相，約嘉客三層樓上，琴歌笙吹答松風。」

記陳沆

人之受性各殊，才美者不恆遇，間一有之，又不必見用於世，其摧折夭遏以死，蓋不知凡幾也；因記陳沆。

沆字皐蓀，晚途自稱「不可」，人問其姓名，曰：「忘之矣。」少有異才，籍湘潭，未冠補博士弟子員，以拔萃有聲庠序間。善詩，華藻艷發，曾賦〈秋海棠詩〉七律十首，盡用十三覃韻，巧思綺合，每出益奇。嘗有所愛女子，深情蘊結，終不克諧，本自矜狂，頓成痴絕。素喜曹雪芹所撰《紅樓夢》說部，遂妄以寶玉自況，而擬所愛為黛玉，自襞黃箋為大笠，中書日月，繫寶黛姓名，仍盡題大觀園諸女子名環列左右，細字密書工絕，日戴之掉臂行於市，人駭詫以為狂！民初客北京，日久無所遇，塊然自傷，都下盛傳其〈楊花詩〉，側艷處，以為黃景仁莫能過也。

沆既落拓不自聊，乃獨遊西湖，居退省庵，逆旅困窮，與庵中道人求食，諸黃冠厭苦之議逐客，適衡陽趙祉威過湖上，見沆，為言於孫馨遠，月餽二百金，賴以稍舒。馨遠敗；復困如昔。歷以策干東諸侯，無重沆者。數歲，重遊杭州，同邑楊无近憐其才，館於門下，使妹婿唐季涵時時飲以醇酒，就寫傳所作詩盈帙，喪亂以來，並淪失矣。季涵今能口誦其〈楊花〉四律云：

津陽門外酒旗風，吹盪塵心縷縷紅。
二月倡條花寄遠，一生離恨水流東。
驄蹄踏雪連長驛，鴉背翻雲逗故宮。
著破吳棉春又冷，高樓殘笛雨濛濛。

章臺一別怨流光，幾度春風似虎狂。
桃葉蕩波從此逝，柳枝結帶為誰長。
閒愁剪剪拋金縷，幻影匆匆下玉塘。
看取桑田都變了，白蘋洲暖覆鴛鴦。

春色撩人最可憐，黃金眼底翠眉顛。
斜窺禁苑傳宮燭，起蹴仙裙落舞筵。
糝徑細勻青竹粉，漫天輕播白榆錢。
新翻樂府雙紅豆，銷盡芳魂與暮烟。
沉醇東風掩畫屏，微烟微雨畫冥冥。
湖山十里仍千里，車馬長亭又短亭。

燕子乍銜粘野樹，魚兒爭�出波萍。
蘼蕪經過王孫晚，空見裙腰一道青。

沅後赴廬山息峰時為僧以終，詩之傳者，僅此而已。

張嗇庵

往歲識南通張君通武，時共往還，每北來即寓其從妹非武夫人處，非武適程君欲明，儀態端雅，見大家風。詢其家世；則嗇庵殿撰之女孫也。嗇庵名謇，字季直，江蘇南通州人，清光緒二十年甲午進士，殿試中一甲第一名，賜進士及第。

嗇庵既大魁天下，聲華籍甚。其在朝鮮居吳長慶幕府，曾為袁世凱師，及僭號日，尊列四友，以示不臣，嗇庵均視之蔑如，獨悉力以振興實業為務，殫精竭慮於紡紗、畜牧、屯墾諸事業，其襟抱識力有大過人者。通武言嗇庵於經始時，籌募款項，極盡屏營，黠者以其儒生，多致非笑，所請皆不應。即有許以合資，為人所沮，又復中道變計以去，及事垂成，忽橫被牽掣，歸於撓敗屢矣，卒以堅忍宏毅之力勝之。當其困阨未通，慮此則彼失，齟難拮据，困心瘏口以赴，群疑劫劫，若終不可為，往往獨赴海濱，徘徊對月，俯仰泣下成功之漸如此，固非倖致也。通武又言嗇庵領鄉薦後，舉大起，每屆會試，考官爭欲致之門下，物色之際，誤及他人，嗇奄反被黜落，年逾四十，漸已厭薄科名，及甲午恩科，奉父命仍往應試，匆匆至京，筆硯臨時假之於人，是科殿試閱卷大臣為常熟翁文恭同龢，得其卷，拔置第一，嗇庵於翁公認身拳拳，當時極重薦舉恩，翁公於嗇庵尤非尋常知遇也。相傳嗇庵官詞曹，一日暴雨，平地水深尺餘，適慈禧從頤和園輦還大內，群臣長跪雨中，冠服淋漓，無敢仰視，衰齡老臣，狀尤狼狽，輦既馳過，絕不顧視。嗇庵歸寓嘆曰：「為官若此，豈人所能堪耶？」自此乃決意引退。此皆通武所聞，當可信。

嗇庵家貧，生數歲，母夫人於寒夜擁絮教之識字，而嗇庵慧甚，年十三，在塾中讀，遇有騎白馬者經其門前，塾師以「人騎白馬門前過」七字令對，嗇庵應聲曰：「我踏金鰲海上來。」時其祖亦在，與塾師共奇之。嘗應州試，列名在一百外，師斥之云：「嚮令百人應試，僅錄九十九名，則一人向隅者即汝也。」嗇庵以為大恥，益奮志力學，州人范當世伯子少有美名，每試前列，後數年，嗇庵學大進，駸駸過伯子矣。

嗇庵之祖為吳氏贅婿，生三孫，以其一為吳氏後，即嗇庵也。故嗇庵幼時名吳起元。年十五，復令歸宗，以應縣試故，為人所紿，寄籍如皋張氏，改名張育才，屢試皆捷，補附學生員，遂被奸人挾持，揭其冒籍。如皋令至欲拘禁斥革之，夤夜走免，冒雨行泥淖中，困頓幾絕。弱冠後，始得陳情復籍，蓋少歲憂患紛乘，亦其奮志成學之所由也。

朝鮮事變，嗇庵參吳長慶幕府，駐軍漢城，頗贊畫前敵軍事，歷著勛勤，然此不足為嗇庵重，所較可稱述者，則與袁世凱一段因緣也，袁初以世家舊誼謁長慶，置營中，令師嗇庵，為點定其文，督之頗嚴，袁亦執弟子禮甚恭。後長慶歸，袁在朝鮮領兵，漸驕恣，嗇庵致函娓娓數千言勗之，至戊戌政變後，益痛惡袁之奸，遂與之絕。袁位望尊顯，官北洋大臣握重柄，清末立憲議起，群屬嗇庵棄嫌往諭袁，比晤見，已睽隔二十八年矣。民初，袁叛國之跡日著，嗇庵婉轉相規，辭甚切至，袁猶詭稱已並不願為帝，但共和政體不適於中國，此後或仍覓一明室後裔朱姓者為之，且言浙江朱瑞似可當此。嗇庵笑曰：「朱瑞可稱尊號，則今日之伶人朱素雲亦何不可為帝耶？」因其言誕，故以此為戲，亦知其終不寤也。其與袁淵源如此，而終一無所染，嗇庵高致，自可於此見之。

其頗致訾議者，則為沈壽事。壽吳縣人；美秀而文，尤工刺繡。有余覺者求為耦，意甚堅，壽曰：「待子成名」。覺旋舉孝廉，乃歸焉。壽曾以髮簪意大利后像，博盛譽，稱針神。嗇庵迎至南通，聘為女工傳習所所長，以所建博物苑謙亭居之，嗇庵〈謙亭楊柳〉二絕句云：

記取謙亭攝影時，柳枝宛轉綰楊枝，
不因著眼簾波影；東鰈西鶼那得知。

楊枝絲短柳枝長，旋綰旋開亦可傷，
要合一池煙水氣，長長短短護鴛鴦。

余覺以此致憾於嗇庵，字讁而句訾之，以為勾引其妻之證。今按嗇翁《自訂年譜》，言沈壽者凡數見，皆尋常語，未記壽卒於民國十年五月三日，遺命葬於南通，時嗇庵年已六十有九，前詩自為託物抒思而作，憐才惜藝，當不無傾慕之情，若執此歸罪嗇翁，謂為意圖非禮，未必可信也。

張沈韻事

前記張季直與沈壽軼事，未竟其義，張沈事甚韻，然皆發乎情而止乎禮，不為病也。頃得友人周棄子來函，因得暢論之。棄子原函如下：

漁叔先生左右：頃讀大著記張季直與沈壽事，似有為賢者諱之意，是不必也。此老豪傑之士，禮法豈為渠設，於沈情所獨鍾，幾於死生以之，作詩最多，不稍自隱飾，海內皆能誦之，《九錄》似係其子孝若編次，或有刪汰耳。弟昔年在靖江縣為小吏，嘗以暇日獨遊南通，訪此老遺蹟舊聞，頗有舉沈事相告者，言之歷歷，斷乎不虛。天生豪傑，必有一段真性情，方成就一番真事業，而英雄遲暮，合住柔鄉，定庵亦嘗言之矣。嗇庵蓋有志於經世者；遭時多故，靡所措手，乃僅以漁鹽紡績雄於一州，知其壘塊塞胸，假一婦人寫茲抑鬱，我輩生不並時，見聞差近，正當為之發明此義，而不必強納諸鄉愿偽道學一流也。溽暑即承康勝。弟藩。

棄子之見如此，因復致一箋云：

棄子先生左右：承教於張沈事有所論列，佩謝無既。弟響見沈壽之夫余覺，刊有所謂《夫婦痛史》，詆斥季子，淺人多信其言，謂為季子失德，弟前撰文，正為此而發也。壽工容雙絕，雖與余覺為配，然覺闒茸，非其耦也。其居謙亭，摧抑殊甚，芳華銷歇，殆乃幽怨而亡。季子重色憐才，通辭致慕，而年垂七十，自不足動其芳衷，當時佳人愛老，似亦遠不如今日。觀季子致壽箋，有「汝定不回」語，又東西顧影，遠隔簾櫳，凡其託意楊枝，心傷月色，不相凌逼，但有纏綿，季子於壽，如此而已。吾輩於今日，固不必納人兩廡，強嘗冷臠，然亦只能依其情事，毋過低昂，鄙意如比，不審棄子能別相饒益否？至余覺所撰，自署鷗口孤鶼，在壽卒之後，文中於季子楊柳詩「旋綰旋開」字，指為勾引其妻之證，可發大噱，時季子尚在，或有所挾而云然也。專復不次，弟漁。

右二札皆近日所書，為錄存之。其意正相發，而非有所諍論也。

書松陽葉高瓚

松陽葉夢麟芝生，讀書為學，黯然益章，廉靖之操，朋儔莫比，真守道宏學之君子也。數年來其事府中，晝省優閒，偶為言及先世，道其大父行誼甚悉。祖德深厚，食報方長，葉氏之大必矣。

芝生之大父曰高瓚，早喪父，家綦貧，母王改嫁連氏，攜高瓚與俱，遂育於連。時太平軍起陷浙，徇溫處各屬皆下之，駐軍松陽，擄其繼父去。母以貧故，又後所生諸子皆幼，號哭不食，高瓚慨然請於母，願往以身代，贖繼父歸。遂詣太平軍陳情，軍主許之，釋其繼父，令輸金贖高瓚，比出，竟不復至。太平軍錄囚，凡久質踰期未贖皆斬，一夜牽十人出隴畔行刑，高瓚居末，已斬九人矣，忽傳令止殺，解其縛，囚禁如故，若是者三，高瓚大呼曰：「欲殺則殺，何戲為。且太平軍志在得天下，今肆殺掠，行取敗亡耳。」罵未卒，被推墮路旁邱隴中，時寒冬，泥水成冰，滑脫丈許，方匍匐起立，忽一錦袍將自稱田天寶，言於眾曰：「此義烈士不可殺，我願出金贖之。」乃為請命軍主，納金如數，呼高瓚前曰：「聞汝以身代繼父，慷慨趨死，吾高汝行，頃納贖已獲請，汝行可歸矣。」高瓚頓首曰：「倖不死，此身皆公所賜，願永留侍公。」天寶愈義之，留置別帳，視之如弟，兵間常得盡其死力。後天寶敗死，高瓚乃歸。高瓚還後，兵事漸平，逮母卒，自立門戶，久經患難，不復仕進，爰隱於醫，娶妻生三子，皆早慧，其二先後入邑庠，家日起，成素封矣。嘗於家祭，別為位以祀天寶，夜見夢云：「我非君家人，阻中留不獲入，繼此幸於門外饗我。」嗣是葉氏有祭事，輒在門前立位，呼天寶名獻食，久益虔，凡數十年毋改云。

芝生嘗告余：其大父方嚴而具威儀，特立負介節，有烈丈夫之風。挺身赴質，至死容色無撓，誠非常人。然談者以其所代為母之後夫，不許以孝，願為論定傳之。余維高瓚之往以解母憂，且報連氏養育恩，及貸死又不肯苟免負人，其於孝義蓋兼之矣。鄉曲少年，具此奇行，抱質之美，所見殆希，書此以愧世之澒涊負恩者，且以播高義於無窮也。

耒陽令

內兄劉君紹諴字仲和，少聰慧，年三十餘歷任繁劇，有吏才，惜早卒，每愴念生平，輒為灑涕。憶兄宰湖南宜章時，余客署中，夜長剪燈對榻，曾告以耒陽令事，今一回憶，猶足令人發噱也。

耒陽令者，佚其姓名，清季以乙榜官耒陽，年才三十，性輕脫喜漁色。夫人美而賢，且工智計，令畏之，事多關白而行，然不矜細行如故也。同時縣丞某亦挈眷居署中，妻慧黠與縣君相類，令一見涎之，目授魂與有日矣。一日伺縣丞他出，黌夜往叩其門，丞妻從內詢之曰：「汝何人？深宵至比，意欲何為？」令逡巡曰：「我縣主也。慕卿顏色，請啟門容致繾綣如何？」丞妻曰：「汝自稱縣主，昏黑中誰證汝者，我家無壯男，恐宵小假名相凌，倘能攜縣印至此示我，則當開門相納，盡一夕歡也。」令果歸取銅符往，丞妻啟小窗以一手持印入，仍嚴扃之，謂令曰：「汝速歸，印暫留此，如再相迫，即呼闔署人起，汝身名掃地矣！」言已，下帷滅燭寢。前代縣令失印當獲重譴，令惶急歸，色如土，徬徨不寐，夫人嚴鞫之，令以實告；夫人唾其面責數既竟，沉思久之，乃曰：「君倘從此改行，當為索印還，否則任君敗檢喪身，床頭人誓不相顧也。」令泣言知悔。夫人晨起為令治嚴裝，傳呼縣主赴某地治盜，急召縣丞歸使護印，比至縣門，令已騶從在途，將出城矣。捧印盒授丞，匆匆諭令謹守印信，權宜處分政務，策騎麾眾逕去。丞還署啟盒親之，則紅綾密裹者乃一破硯也。大驚失措，疑令設計相陷，妻以實告，丞惟大罵堂翁非人而已。明日，令忽歸，排衙升座，促丞當堂繳印，親啟其盒，則赫然原物在焉。持入授夫人，夫人視之，掩口胡盧而笑曰：「趙璧已還，輕薄兒當知所戒矣。」令自是果改絃易轍，以功名終。此似略師戲劇中洛陽縣失印放火故事，而微不同，特以計出閨人，尤捷給可愛耳。

雪獅子

湘潭王明山，少飲博無賴，而白頎長大，勇健好鬥，人呼雪獅子，家貧事母甚孝，一日，母中暑卒，無以為殮，與其弟走赴舅家，涕泣告喪，舅某業葬師，馭明山兄弟素嚴，予錢十千，且命之曰：「汝等速歸，以錢買棺殮母，候我至，覓地葬之。」明山負錢還，行至中途見博徒數輩據地賭甚酣，明山技癢入局，數博盡罄其資，嗒然歸，見母屍在床，懊恨無計！又念舅將至，懼責，乃呼弟以榻上草薦裹母屍，瘞之屋後義山，甫負土成塋而舅至，明山迎告曰：「天方暑不敢久延，已以所賜錢買棺殯母矣。」舅令導往葬地視之，忽批明山頰大罵。明山疑事為舅知，惶恐伏地。舅復罵曰：「何不候我，竟葬乃母，比吉壤也，名『猪龍』無意中為汝所得。然法當藁葬，富貴可立待，今以棺附身，風水已破，不復驗矣！」明山口不敢言，而心竊喜。其明年，曾文正公以在籍侍郎倡辦團練，明山往投軍，曾公見其魁梧，拔充衛卒。靖港之役，曾公師敗，憤而投水，時風勁湍急，眾大愕，不知所為。明山故生長湘濱，狎濤淵如戲，即躍入水，踏波負曾公出登舟，俄而塔齊布軍自湘潭傳捷至，軍危復安，論功擢為小校，旋起偏裨領一軍，以驍勇善戰知名，屢官記名提督。金陵城破，明山與李成典先登，膺五等封，授福建提督，未幾即告歸，營第宅，並大治母塋，褒榮盡禮，始以前事告舅，舅命毋庸具棺改殯，故仍藁葬如初。

明山歸里後，時時與博徒遊，每飲酒罵座，脫略不重禮法，粗豪之氣，一與昔歲無殊。又二十餘年始歿。再娶無子，以其弟之子為後。同邑吳劭芝輓以聯云：「紫光有像，青史有名，叱咤變風雲，灌夫罵座皆奇氣」；「報國最先，還鄉最早，優游美田宅，王翦閒居到暮年」。此聯膾炙人口，頗足盡明山之生平。余兒時出遊，途人猶指其母塋相告，而王氏已式微矣。

李蠻牛

李君字仁山，清光緒初年間，以進士官湘潭縣知縣，有惠政。性豪健，發奸摘伏如神，民愛而畏之，私號「蠻牛」。其政積最為民間所傳。余少時猶聞父老嘖嘖稱君，邑人亦無不知有「李蠻牛」者。所傳軼事甚多，今猶能記其一二，皆可發笑也。

有鄉人清晨擔糞出城，遇一華服者岸然行，鄉人避不及，糞溢；略污其衣。華服者大怒，拳足交下，且責令償，鄉人哀懇不允，乃逕曳鄉人至縣衙。途人多不平，有好事數十人隨之往。君出坐堂上，知華服者為一武秀才，素恃勢魚肉人民，佯不識，詢其事，呼鄉人斥曰：「汝為何粗心污人華服，今應脫汝身上衣償相公。」華服者譁曰：「彼衣如此破爛，何能相抵。」君故蹙眉曰：「窮人無錢，只好令其當堂賠禮。」乃於堂下設座，使華服者坐其上，別飭兩吏挾鄉人向其長跪，令磕頭一百。當鄉人叩首時，君瞑坐屬吏報數，環觀者莫測其意，皆嗤嗤笑不已。叩至八十，張目向華服者曰：「忘問汝係文生抑武生？」（清代重文，文秀才身份較高，）華服者言是武生。君忽曰：「誤矣！照例武生減半，汝只能受禮五十，應回叩三十。」乃復令鄉人高坐，兩吏如前挾華服者轉向之叩首三十，俟畢，正色曰：「本縣向來斷事公正，汝兩邊皆不吃虧，今可去矣。」言已拂袖入，觀者咸大笑稱快。

君好為詩，某日將暮，獨遊近郊，過一小園，菜甲新抽，濃綠如蔚，徘徊覓句，吟哦有聲。

園丁以為盜菜者，暴起大呼捉賊，君出不意，惶駭走歸。明日坐堂皇，飭役立提園丁候訊，須臾拘至，君拍案大罵，園丁跪案前，見刑杖羅列，胥吏洶洶，大悸如失魂魄！君徐徐笑曰：「汝昨夕使我大受虛驚！今聊相報耳。」飭坐犒以酒肉，使醉飽而去。以前事言之，頗饒風趣，後則未免任性矣。

楊花岩

邑人楊花岩，少遊庠，家貧，躬滌器灌園，久而飯牛牧豕，皆自為之，年四十餘，舉業荒矣。歲除，忽夢其祖謂之曰：「汝命中宜得一第，毋自棄也。」花岩以夢幻無憑，漫不置意。元夜又夢其祖至，怒而言曰：「明明告汝當得第，胡不聽吾言？」花岩驚寤，乃重理故業，從塵霾中取兎園冊子出，朝夕誦之，荒蕪既久，多棘塞不能上口，為文亦鑿枘不中程矣。是歲勉入秋闈，鍛羽歸。抑鬱不自聊，恍彿中又夢其祖至云：「汝立志上進甚佳，然汝鄉試不利，宜赴北闈乃中耳。」及期，花岩稱貸於親友，納貲入監，摒擋北上，榜發又落第。困居遊旅，懊恨無計！偶憶同里周金紳軍門，方官山海關總兵，乃舊姻也，姑往依之。及謁見，周延款盡禮，居月餘，時時出遊近郊，以遣愁懷！某日將暮，過一文社門，社課已散，寂無一人，惟門前高揭時文六篇，視之皆四書題，蓋三題六藝，為社中兩高材生所作也。夕照銜林，餘輝掩映，審親首藝，才讀數行，覺丰神挺秀，詫為罕見，明旦攜紙筆復往，悉抄置行篋，暇則展讀，反復琅琅成誦。又月餘，辭歸，周厚贐之，抵家，益下帷攻苦。明年秋，再應鄉試，闈中三題，皆如文社所見，大喜，振筆直書三篇於卷。錄竟，復為詩，（按前代鄉試，計分三場，首場係四書題，作文三篇。五言八韻詩一首。餘二三場，為經策各五道，合為十三藝）搜索枯腸，一字不屬。忽聞隣號呻吟聲，往問故？隣號生以腹痛甚劇對。問文已屬稿否？曰：「尚未著筆，驟病恐將曳白矣。」花岩曰：「我有三藝贈君，但詩不成奈何？」生固名下士，詩文皆工，乃曰：「五言八韻何難，雖病，猶能勉効一揮也。」花岩乃書文社所見另三藝贈生，生讀之頻頷首曰：「君高手也，感君厚誼，敢不戮力相報！」因力疾為代草一詩。及二三場，復遇生，已病愈，經策十首，悉為花岩細心潤色，榜發，生及花岩皆獲雋。花岩後官教諭有年。

岑生

南昌某太史致仕家居，一日乘肩輿赴姻家答拜，途過一成衣店門，時方歲闌，市肆皆換桃符，店門亦書一聯，墨瀋猶新，詞筆俊美，書法亦勁挺。太史擅書，尤工聯語，心好之；因停輿令從者呼主人出，問係何人手筆？主人磬折對曰：「店中縫工岑姓所書也。」公大異之，遂入店。主人呼岑生拜於前，年弱冠，白頎長身，風儀秀整。公詢之曰：「子俊才也，奈何屈為縫工？」生對以原籍廣西，侍父遊幕至此，遂佔籍為南昌人。父歿家貧，不能自存，幼年曾戲習針黹，今途窮，不得已聊恃十指為活耳。公歸，立遣人召岑生，令居門下讀書，習舉業，生慧甚，明年以第一人入泮，公擬以女妻之，生自陳福薄，不堪東床之選。公斥曰：「子年少，當置身青雲，胡為此言！」生曰：「荷公再造恩，何敢固辭。然先世實精命相，趨庭時盡通其術，他日自知官不過七品，祿不過萬金，但命中有二子當繼公入翰苑，脫公必不棄，或恃此不辱外家門楣也。」公笑頷之，議遂定，擇日成婚，生屢舉不第，輒曰：「聊盡人事，勿令人笑秀才畏考而已。」夫人擬斥奩資為捐道員，生固卻不許，乃罷。旋以明經官知縣，不十年間，歷宰繁劇，置萬金產。告歸年才四十，二子岐嶷，已先後入學矣。岑春萱授兩廣總督，過南昌，以通家後輩謁太史公，見岑生，與語大悅，且知為近支宗親，堅邀入督幕，章奏皆出其手，春萱屢擬上奏特保，皆力辭。嘗從容謂春萱曰：「生平蹇薄，祿秩已定，不煩薦章，公幕中張君鳴岐，年少，法當大貴，他時名位不在公下，身所應得獎敘，乞悉以授張。」春萱重違生意，一如其言，鳴峻自是連膺顯擢，年四十餘，繼春萱為兩廣總督。生之二子，果相繼入翰林。

清風亭

湘潭陳鵬年字石村，清康熙時以進士官蘇州知府，受清聖祖特達之知，連擢河道總督，卒謚恪勤，賜祭葬。

恪勤既歿，公子樹萱家居，年十八，已入貲為國子監生。其家佃農與人搆訟，公子親赴縣關說。縣令衛君，性方嚴，拒不允，語侵公子，公子怒，以所持扇柄擊衛頭，中目血出。急走歸，閉閤臥不起。有恪勤客聞之，叩扉乞見，公子為強起，客曰：「公子以庶民撻辱縣尹，當奈何？」公子曰：「吾年少性暴，今事已至此，惟閉門俟嚴譴耳！」客曰：「今請以奇計脫公子。先公恪勤有健騾在廄中，日行可五百里，公子乘之星夜疾馳入京，計程不過十日。抵京後，立往國子監報名入學。（按舊例；國子生入監，如以金犒書史，於注冊時，可略提前數日）俟注冊已，即遍謁先公舊友之官京朝者證之，此間事，僕為公子隨宜肆應，不必慮也。」公子乃嚴裝即夕就道，果旬日而至都門，一切摒擋悉如客言。

衛令既被辱大恚，自撰詳文控公子，依例層轉大府，由巡撫具實奏聞，奉旨交部查辦，為時已二月餘矣。客為公子辯覆略謂：「幼受庭訓，讀書不問外事，自終養後，即入監肄業，何時入學，注冊可憑。計衛令被撻之時，距已到監前不過三四日，邑中與都門相隔二千餘里而遙，水驛山程，需經月乃達，斷無飛渡之理。且都中先世故交，於此時往還酬對，一一可詢。撻辱縣令，明係故鄉莠民冒名所為，乞詳察」等語。有司以其詞直，驗國學冊籍，亦符所言，朝官與恪勤有交者，又多左袒公子。乃由部奏復並咨行巡撫，轉令訪拿棍徒歸案，訟遂解。

衛君再控，終不獲伸，遂氣結自縊死。君有惠政，潭人思之，醵資於縣署小園後，建清風亭祀君。每當春和，園花盛開，有攜卮酒來奠者，歷十餘年始絕。余弱冠時，曾徘徊亭畔，聞老吏為瑣瑣言之如此云。

左文襄軼聞

湘陰左宗棠字季高，以戡定洪楊及西域功，官大學士封恪靖侯，卒謚文襄，為清代咸同中興名臣，與曾文正公國藩並稱，當世號為曾左。

文襄少時，在湘潭讀書，曾手書聯語榜其門云：「身無半畝，心憂天下」；「讀破萬卷，神交古人」。語意闊大，見其襟抱。邑中富室周氏，以女妻之。文襄入贅後，因貪故，不甚見禮於婢僕。歲暮，夫人促文襄治裝還湘陰故居。文襄曰：「我家故貧，卿富室女，恐不能共齏鹽歲月也。」夫人曰：「此身已屬君，艱苦當與共。且丈夫寧憂貧，安能鬱鬱寄人籬下耶？」文襄乃偕夫人歸，夫人布衣椎髻，操作如田家婦，文襄益發奮為學。

兄宗植長文襄二十餘，以名諸生屢試不第，課文襄如嚴師。某歲攜文襄赴長沙鄉試，試事畢在寓中候榜，兄弟共臥一榻，忽聞捷報至，叩扉甚急，則文襄中式矣。文襄喜甚，白足著一襪起，匆遽間遍尋另一襪不獲，旋於枕畔得之。宗植罵曰：「汝何量之小耶？一第安足榮，乃失措至此！」文襄赧然復眠。黎明捷報再傳，宗楠中解元，文襄起賀，宗植喜不自勝，亦足著一襪，大索勿得。擾嚷既定；乃見宗植一足著兩襪。文襄哂曰：「功名之際，豈真能令人顛倒耶？」宗植亦為軒渠不已。此事湘人多能言之。

先輩述及長沙某君曾與文襄乘舟入京會試，夜泊洞庭，月明如晝，某君坐舷際眺月，見文襄燃巨燭作書，運筆如飛，入觀之，已揮灑滿紙，乃家報也。書中大略言昨夜維舟小岸，突有巨盜數人入隣舟行劫，因挺劍與群盜博鬥，縱橫掃蕩，盡殪其眾，血染襟袍云云。某君駭問曰：「數日來與君坐臥不離，此何時事，胡乃未見耶？」文襄笑曰：「昆陽雷雨，屋瓦皆飛，盡出史家誇飾，前代所書豐功偉烈，大都文人欺謾之辭。，今夕舟中無事，聊作壯語，一抒胸中抑塞耳。」文襄貴後，某君每以此事語人，且謂：「英雄欺人，蓋信然云。」

唐人小說言書生柳毅，為龍女傳書，卒與龍女偕伉儷，遂為洞庭君。後人於君山建祠祀之，八百里洞庭烟景，皆收祠下。文襄有一聯云：「迢遙旅路三千，我原過客」；「管領重湖八百，君亦書生」。蓋文襄赴京會試時過此留題者也。有此佳聯，足為湖山生色。

駱文忠秉璋為湖南巡憮，文襄在其幕中，駱公虛己以聽，事無大小，皆文襄主之。清例最重章奏，外官督撫始得專摺奏事，以須上達帝聽，文臣多親自屬草，亦有委之幕府者，但皆審慎再三。每上疏；必發砲拜送，謂之「拜摺」。相傳駱公在衙齋，一日聞砲聲，問何事？吏人告曰：「左師爺拜摺也。」駱公默然，亦不復問，其專任如此。又傳文襄一夕為駱公具摺奏事，稿成已夜深，逕令人叩門，請駱公出，持稿細閱，句句讚之。文襄忽曰；「公如傀儡，我乃提線人，非我在，則公不能動矣。」言已大笑，駱公亦不以為忤，人謂駱公乃真長者，其德量蓋非常人所及云。文襄經略西陲，當兵事孔亟之際，忽上奏求准開缺，一體會試，時論莫測。樞府某公素知文襄者，笑曰：「左季高生平以不得翰林為耻，今為此請，乃預作他日入相，及得謚號計也。」（按清制文官非從翰林出身，不能入相，又凡大臣歿後，由朝廷予以謚號，如文正、文忠之類；然非翰林，則不得用「文」字。左公係由舉人賞四品京堂，以至顯貴，未中進士入翰林，故云然。）乃准免開缺會試，特賜進士出身。

文襄自許甚高，常自比諸葛，微時與郭意誠共相戲謔，稱老亮新亮。在西北剿辦捻匪，軍書旁午，指麾若定，猶時時聚幕中文士其飲，談笑風生。一日方其飲間，忽傳前軍捷報至，群起稱賀，文襄舉杯笑曰：「此諸葛之所以為亮也。」俄而又傳某路兵敗，復大笑曰：「此葛亮之所以為「諸」（猪諧音）也。」幕客皆為忍俊不禁。

文襄在陝甘總督任內時，值元旦，傳騶將出，至閣門，仰首見楣間有紅箋，大書「一品當朝」，忽縐眉曰：「俗不可耐。」及文襄出，幕府知其意，為改書「萬里封侯」，仍貼原處，文襄歸見其字，乃頷首笑曰：「庶乎近之。」文襄性傲兀，而待幕僚則優禮有加，長沙某孝廉在幕府主箋奏，一夕，文襄屬其撰擬奏稿，方據案凝思，已傳催數次，少頃，文襄又親至催之，某君以「未就」對，文襄甫褰簾出，某君慍曰：「我非『左師爺』，安得如許敏捷？」以文襄未遇時，曾在駱秉璋幕中，人皆稱左師爺也。文襄佯若不聞，但微笑而已。

文襄以舉人驟膺顯擢，由四品卿超授浙江巡撫，才一二年間事，宦路飛騰之速，無出其右。入仕之始，係因禍得福，殆非始料所及。先是文襄在駱幕，尊寵用事，頗以是獲罪於人，有言官羅織其罪，密疏劾幕左宗棠把持湘政，敗度撓法。朝命兩湖總督官文，訪拿歸案，並命會同曾國藩查明，如果屬實，著將該劣幕左宗棠就地正法。使其時無胡（林翼）曾（國藩）兩公，則文襄危矣。胡公方官湖北巡撫，曾公以在籍侍郎辦理團練，為言於官文、覆奏力為伸雪。旋由曾胡具疏特保，於是文襄始得自奮於功名之際矣。

曾左交甚篤，中間以事齟齬，文襄頗以盛氣相凌，傳文襄復曾公文，中有「貴部堂實屬調度乖方之至」一語，為文襄手稿。此等語句，見之官書，實亦僅見。時曾公官兩江總督，故稱之為「貴部堂」。曾公復函，但自引咎，語甚謙退，時議多之。曾公於文襄尤極推服，嘗集句手書報楹聯以贈，其辭為，「常欲黑無欲白」；「知其雄守其雌」。文襄得之甚喜曰：「滌帥解人也。」兩公皆命世英賢，所見雖時有不同，然於軍國之重，則和調無間，且亦不以此損其交情，真所謂「同心攻錯，不負生平」者也。

雜記左文襄軼事

相傳曾左頗相齟齬，曾嘗撰聯語示客云：「季子敢言高，與余意見太相左。」句中嵌「左季高」三字，文襄聞而續之云：「藩臣徒誤國，問他經濟有何曾。」亦隱括曾名為戲，此聯知之者頗多，實則非二公手筆，殆好事者嫁名為之耳。

曩時京師有戀奸他人婦者，攜之逃出古北口，時人為之語曰：「彼婦之走，可以出口。」久而無對。文襄領軍時，一余某往參其幕，頗不歡，而欲去不得，問計於友人劉克庵，克庵曰：「可零一小故與左帥反唇則去矣。」余某從之，文襄果大怒，叱之曰：「滾！」遂得去。時人亦為改古語曰：「一字之衮，榮於華袞。」丁心齋司使聞而笑曰：「十年一對，今始得矣。」蓋以「彼婦之走」八字作對也。此事見《湘綺樓日記》，以為絕對，且謂：「滾者，滿洲大人叱奴子走出之詞」云云，湘綺性好詼諧，然此係當時盛傳之故事，非揑造也。

湘綺並記：「左季高父養金魚一缸，以子多少卜門徒盛衰，一歲子多，其父數其門某某當入學而不及季高，左年九歲，甚慍，竟盡殺缸中魚。」又引文襄語云：「吾官雖擲升官圖亦不易得。」斥以為自比牧猪之戲，觀此則文襄小年桀黠及其以功名自熹，皆可概見。

文襄以監生中鄉舉，及後功名日盛，而仍以不得翰林為憾！以清制，非翰林不得入相也。督師西北，軍事未終，忽上疏自請卸職入京會試，朝廷知其意，乃特授東閣大學士。李慈銘《越縵堂日記》，載文襄入閣事云：「明代以東閣大學士為入相初授之地，國朝（指清代）殿閣之名，初有中和殿、保和殿，康熙後不復授人，而乾隆朝如劉文正等，皆以東閣居首揆，嘉慶朝則次輔多授東閣。道光以後，滿相授文華、文淵，漢相授武英、體仁，幾為故事，而潘文恭久居東閣，位在體仁之上。近年漢相初授，多得文淵，此次特授東閣，蓋僅事也。」其言殿閣體制其詳，文襄之邀異數，以平定西城功耳。當文襄初入閣時，援例至一處獨坐，其處舊栽一李樹，稱「李中堂」，甫坐定，忽顧吏人引六朝語云：「適從何來，遽集於此。」正躊躕滿志時也。

王湘綺散記

湘綺中年後，名益盛。自領鄉薦，屢試不中進士，遂絕意科名，而當時卿相，爭欲致之門下，每屆會試，使人授意，令赴試禮部，乃至暗示關節，希其必得。場中衡文者，從諸彌封卷中，摸索其文，遇文體奧衍或稍近典麗之作，輒疑湘綺所為，逕擢上第，然湘綺終不赴也。逮其晚歲，乃由清廷特賜進士出身，授翰林院檢討。清初如秀水朱彝尊、蕭山毛奇齡、長洲尤侗輩，均以文學負盛名，而皆召試鴻博，經簡拔後，始入翰林，尚不若湘綺之特開創例，可謂極文士之榮也已。湘綺姓王氏，名闓運，字壬秋。居湘潭雲湖橋，於湖頭築屋藏書，自署湘綺樓，學者尊之，皆稱王湘綺而不名。

湘綺中歲尚有功名之念，嘗自言於風雪中入都，行過齊河道上，大雪三尺，人馬瑟縮如蝟，嘆曰：「安能以有涯之生，應無涯之役耶？即日驅車還里」云云。按清咸豐十年會試，大學士周祖培為正總裁官，湘綺是科曾往應試，第二場試五經義，禮記題為「萍始生解」，此題須就萍始生三字敷陳其義，功令限作文，須在三百字外。湘綺謂數十字即可說盡，遂改作賦一篇。此時已視科名如戲，蓋闈中文有定式，違制則必被黜落也。今《湘綺樓文集》中，尚存此篇，題為「會試萍始生賦」自題其後，記之其詳。其文藻采華贍，起數句為：「有一佳人之當春兮，蘊遙心於層瀾，澹融融不自持兮，又東風之無端；何浮萍之娟娟兮，寫明漪而帶寒；隱文藻與冰苔兮，若攬秀之可餐。」篇中並有「信難進而易退，若將流而更停，挹芬藟而見遺，謂瑣細之無成，荷太液之餘潤，尚何歎乎浮生。」等語，實藉此以自喻，體物之工，起徐庾為之，不能過也。此次雖以違制被黜，其事其文，已盛傳於時。

自後似已不復赴試，相傳曾文正公在江南大營，湘綺數往干之，一日謁見，坐定，於時事有所獻納，方申言其意，睹文正據案傾聽，且取筆就紙上連書不已。辭未畢；外有白事者，文正匆匆起出，湘綺就案頭窺之，則文正適所書皆「謬」字也。自是遂不復言事。時胡文忠尚在位，左文襄亦漸顯，年輩在湘綺上，愛其才而未聞有所拂拭，固皆以文人目之也。

湘綺於攻克金陵後，撰《湘軍志》一書，敘湘勇始末及歷次戰役甚悉。書中於曾忠襄國荃，功不備述，且有「江南鎡貨盡入曾軍」語，忠襄見而病之。官兩江總督時，命其幕客王定安別撰《湘軍記》，文筆實遠不逮也。湘綺薄遊白門，至督署訪定安，談有頃，忠襄忽褰簾入，訝問曰：「壬秋何時至此，胡不來見我？」湘綺瞠目曰：「我自來訪定安耳。」因言及《湘軍志》事，湘綺辭鋒驟起，語涉譏訕，忠襄大怒曰：「汝文士筆利，豈謂乃公劍不利耶？今日必殺王壬秋！」拂袖起令材官傳呼升座，請王命旗牌，階下武夫暴諾如雷。（清代督撫權重，多有欽賜旗劍，可就地決人，每用大法則陳之，謂之王命旗牌。）定安大驚，自後牽忠襄衣長跪不起，湘綺亦變色！忠襄徐徐笑曰：「我以此試壬秋膽，豈真欲效嚴節度殺杜子美乎？」乃延湘綺及定安入，呼酒縱飲盡歡而罷。此事余兒時曾聞先輩言之。

曾文正公善為輓詞，雖於軍書旁午中，有戚友之喪，必自製聯語輓之。嘗有同年生之太夫人歿，文正撰聯得「十年五子四登科」句，沉思對語未就，適湘綺至，倩其屬對，湘綺應聲曰：「萬里孤雲一回首。」蓋母歿時，諸子皆官遠地，故云然也，語意切合，文正甚賞之。又故都有翰林數輩，在人家宴飲，席中某太史戲舉「牛則有皮」四字求對，均無以應。久之湘綺方至，群曰：「王秋遲到，應罰作對。」湘綺問故，乃笑曰：「何不云『焉哉乎也』。」諸人皆不解。張文襄香濤時方官京曹，亦在座，獨撫掌稱善。及湘綺去，群詢適間所對何意？文襄曰：「彼以字義作對，賣弄博學耳。公等豈不記『焉』字本義為『墨猴』，『也』字篆文象『女人陰』耶？」眾始閧然！其敏捷類此。

湘綺才辯捷給，極善諧謔。其友人高心夔字伯足，以翰林甚負才名，兩應大考，場中作詩，均以押十三元出韻，而被抑置四等。湘綺作二語嘲之云：「平生雙四等，該死十三元。」當時聞者，無不捧腹。

清季湖南各州縣志，莫善於湘潭，乃湘綺所纂也。今內政部尚有之，余至台後，曾假一觀。潭志以列傳為尤佳，郭金台、黃周星、羅典、陳鵬年、郭松林諸傳，似皆出湘綺手筆。聞羅提學順循以孝廉在籍襄其事，天文志則為縣學附生李紹蓮晉笙所作，提學以文章名世，晉笙精曆算，余從父，亦奇才也。故一邑之志乘，以茲編特為精絕。

湘綺詞賦箋札冠一世，而為古文辭亦極工，自言遠過陳壽，不在班固下。其文章信為雄健，然劇好詼嘲，湘潭盲人楊四之笛，道士李壽之琴，祥華齋之腦髓捲。（為一種食物，製特精。）皆為點染，列入邑乘，名均頓起。舊傳湘綺在志局，有一事足供笑噱者：潭諺有「打死胡椒客」語，相傳事出清初，由來久矣。湘綺為追溯其事，於縣志中敘巨室周姓，人勢豪強，疊閣重樓，犬猛如豹，誤入其內，往往迷惘不得出，或披毆死。贛人某以販胡椒為業，一日入周宅，論價不合，又出語椎魯，為周氏毆斃，瘗之馬廄下。積久事洩，賄客親屬重金，幾傾其產云云。問之裔孫某秀才知之大恚，謂厚誣其祖，屢函乞湘綺改竄其文，置不答。他日，湘綺乘肩輿過雨湖，遇秀才湖畔，強湘綺下輿，重申前請，湘綺傲然曰：「文已定，不可改也。」秀才怒，拉湘綺袖，躍入雨湖。且大呼曰：「汝誣我先人，予周氏子孫以沒世之辱，今與汝共命清波，一洗此恥。」輿夫及途人共救之乃免。

纂修《湘潭縣志》，與順循提學並稱者，有王瑛字麓波，湘綺猶子也。其人有俊才，頗輕俠自喜，少入縣學，弱冠遊秦淮歌榭，夜籠燈燃巨燭前導，燈面以朱墨大書「秀才王」三字，招搖過市，大府聞而惡之，奏革其秀才，麓波又於燈面改書「奏革秀才王」，行如故。明歲納貲為監生，應試中解元，未幾卒，湘綺為輓聯有「荷囊燒盡獨傷心」語。蓋用謝家紫荷囊事，於麓波昔歲清狂有所諷喻，亦哀之甚也。

湘綺次子名代豐字仲章，一字慶來，弱冠博通群籍。湘綺主成都尊經書院，從往肄業，精《公羊》《禮記》《莊子》，文譽翕然。嘗作《春秋經傳例表》，老師宿儒，歛手推服以為莫及。湘綺此時已以經師負重望，海內知名，有子傳書，尤為滿志，曾自撰一聯云：「春秋表僅傳，尚有佳兒學詩禮。」「縱橫志不就，空餘高詠滿江山。」語意高亮，平生志事，亦於此聯道出。惜慶來年僅二十三，遽以微疾殂謝。今《湘綺樓文集卷》第六，有王仲章碣，注為兒代功撰，末有「仲尼慟顏，延陵號命」語，實亦湘綺筆也。

在湘綺同輩中有漵浦嚴咸、武岡鄧輔綸。咸以文，輔綸以詩，均極為湘綺推服。咸文章傾動當世，稱為湖外奇才，其行事尤怪愇。

嚴咸受安，辰州漵浦人，本名家子，性介猛有奇志，面如削瓜，年十六，工騷賦文詞，試錦雞賦，文不加點，詞旨遒麗，學使張金鏞海門奇賞之，比之禰衡。三試皆第一，遂入縣學，旋中式舉人，左文襄宗棠亦亟稱其文，謂可大成。咸名愈盛，而忌之者亦益眾。咸豐九年至京會試，闈中得其文，考官傳觀，皆大驚怪！時尚書沈兆霖、大理少卿潘祖蔭為會試總裁，潘必欲置咸第一，沈則斥為不通，令置三等，兩人至以此相爭。潘遽錄其文出示人，於是京朝人人知嚴咸，咸遂輟試歸。

咸歸數年學益進，為文沈博雄肆，又喜論兵，願慷慨為烈士。湘綺言「漵浦人評咸有心疾，無知不知，盡指為巨怪，莫有稱其才者，俗人至羞與為伍，雖親戚頗厭恨焉。」又言「咸居家時，方設食，有流矢射咸中頸，其見疾如此！咸婦家豐於財，奴童數十人，咸往，則登屋遺矢而去。其言行大率任己意，蓋有所所激佯狂耳」云云。咸後客左文襄幕府，請領一軍為前鋒，文襄不許，遂發病不食，以頭觸壁，大呼求死，送歸里，一夕閉戶自經死，年才二十有五。湘綺為嚴咸傳，辭意激楚，光燄赫然。傳末稱「眾忌者叢伺環睨，以咸死終不能不解散，然則早死與老死等耳；孰與夫以一死謝流俗，愉快妒者之心志乎」，抑何言之痛耶？然有此文，咸不死矣。

武岡鄧輔綸彌之，以進士官郎中，後改道員，升按察使，著有《白香亭詩集》。規模漢魏，格調甚高。嘗登南嶽作五言詩一篇，中有「芝菌蔚霞氣，土石為天色。」二語，湘綺一見歎絕，以土石句為一字千金，至稱獨思三十年欲得奇句勝之，而卒不能過，後上泰山忽得二句云：「茲來聖皇遊，非余德敢升。」乃大喜自以為壓倒白香亭。前輩服善進德之猛，於茲可以概見。湘綺長女無非字娥芳，適彌之子幼彌，娥芳幼學篆法於獨山莫有芝子偲，通《詩》《禮經》《公羊》《爾雅》，極有才名，不獲姑歡，年二十九病卒。幼彌早歲讀書有成，後膺心疾，從人家乞食，民初猶有人見之長沙市上，名家之子，何以至是，固莫知其然也。

湘綺得賜翰林，年垂七十，頗以自憙。民國肇建，猶著翰林服色，翎頂貂褂，出赴宴會。曾有一西服少年共坐，嘲之曰：「公中華人，何乃著滿人服裝。」廂綺戲答曰：「我與君各著異族衣冠，姑各行其是，兩不相非可也。」一龍陽易順鼎哭庵在故京與湘綺共食，坐設醬甚美，哭庵舉箸笑謂湘綺云：「此可謂湘潭出將」。（將諧音為醬）湘綺應聲曰：「未若龍陽出相」。以舊時男妓稱相公，亦古之所謂龍陽君也。一坐大笑。湘綺詞鋒犀利，隨所答應之，無能敵者。洪憲竊號，請湘綺入都，將行，諸名士祖餞，湘潭孫蔚林農部執杯起曰：「公不記齊河道上，大雪三尺時耶？」（語見前）湘綺笑不答，或謂湘綺生平，屈於此問。

湘綺壽躋大耋，姬侍皆前卒。晚歲眷一女僕周姓，稱為周媽。每出必令著男裝相隨。嘗晤項城袁氏，周侍側，已久立，屢目袁，湘綺曰：「汝視袁總統，以為異人耶？然亦猶是耳。」袁驚問此何人，湘綺笑以侍妾周媽對，袁乃命坐待茶而出。有見周者相告云：周甚庸鈍，一尋常老媼也。

湘綺散記補

湘綺為文，自言凡為人傳記，須從其不得意處寫之，乃能曲傳心事，極唱嘆之致，其門弟子皆傳以為作文之法。觀其所撰胡文忠林翼祠碑及彭剛直玉麟墓志銘，悉本此意。如胡公碑云：「始踐其位，江漢淪鋪，而以一旅之眾，迫蹙數里之地，僚屬人吏，莫在左右，崎嶇危疑，旁求自輔，功敗而志不隕，機鈍而智彌淬，屈心忍尤，用宏茲賁。」彭公墓銘云：「常患咯血，乃維縱酒，孤行畸意，寓之詩畫，客或過其扁舟，窺其虛榻，蕭寥獨旦，終身羈旅而已。不知者羨其厚福，其知者傷其薄命。」敘胡、彭勳烈，言之若有餘憾焉，信乎與人異矣。至其為聯亦然，如輓曾文正國藩云：「平生以霍子孟張叔大自期，異代不同功，戡定僅傳方面略。」「經術在紀河間阮儀徵以上，致身何太早，龍蛇遺憾禮堂書。」又輓彭公聯云：「詩酒自名家，夏勳業爛然，長增畫苑梅花價。」「樓船欲橫海，嘆英雄老矣，忍說江南血戰功。」皆本此意。

湘綺聯語舊有刻本，今不可得，僅憑記憶錄之。又記舊刻本有關廟聯云：「匹馬斬顏良，河北英雄齊喪膽。」「單刀會魯肅，江南名士盡低頭。」全用《演義》事，詞調輭熟，不知為何人手筆，世俗傳播，均以為湘綺作，湘綺長子吉來，竟據以刊入，實誤。

輓湘綺聯，以前載吳劭芝作為佳，聞其家不喜也。吳作外，另有諧聯一首，尤為邑人盛傳，其辭云：「承亭林學為百世師，名士自風流，只怕周公來問禮。」「登湘綺樓望七里舖，佳人人應宛在，不隨王子去求仙。」首幅以湘綺晚歲有所眷名周媽，故以「周公問禮」刺之，頗為詼諧入妙。七里舖則周之所居也。

余少時曾見湘綺為人手書卷子，為紀夢作。大意言某月日之夜，在湘綺樓宿，夢一麗人至，自言來奉巾櫛，辭以衰老。麗人曰：「我來為君懺麗情耳，君其勿辭。」及醒，殘燈黯然，乃口占一詩云：「彈指人間七十春，芭蕉猶護雪中身，親勞玉女挼裙帶，白髮花陰話紫宸。」味其辭意，豈為周媼作耶？

湘綺夫人蔡氏，蔡進士雨循之姊也。蔡性修潔而湘綺殊草草，傳蔡官郎署時，有室廬在京，齋中硯几精嚴，牙籤羅列，一日湘綺自遠方至，塵土滿裾，污其坐榻，所攜箱篋雜陳，皆不潔，蔡下值歸，睹之不怡，一一擲諸門外。二人積不相能，至是搆怨漸深。蔡之封翁在籍病篤，湘綺以其旦夕將歿，遽電告喪。清例朝官有父母喪，必呈請開缺馳歸，謂之「丁艱」，後三年服闋始復官。蔡適積資將推升，得耗星夜返，及抵家，封翁已病癒。比再還官銷假，應補之缺已為他員遞授。由是益恨湘綺，至不相往還。湘緒嘗戲言蔡讀書只算半通，與吳劭芝合並成一通人，蔡於此尤切齒！余嘗見湘綺文稱：「於婦家有檳榔之恨。」係用《南史》劉穆之故事，則鄉里所傳，固非無據也。

紀張烏石

湖外承王湘綺之風，多以詩名世，或起孤童，抗顏英彥，不數年聲震海內，卓然成家，如昭潭張烏石其人也。余前撰《花延年室隨筆》曾紀其略，今稿已佚，而烏石終不可不傳，因泚筆重述之。

烏石薑畬張氏，名正暘，以居近烏石寨，故自稱烏石山人，少孤力學，因貧故，遂輟讀，傭於鐵肆為鍛工，嘗得孟東野詩殘帙，反覆讀之，歷數年，遂亦能時，每作苦，輒高吟，積稿漸多，即取主家陳年賬冊，反覆塗乙幾滿，窮鄉野店，識者無人，亦不自知其工拙也。邑人陳鼎字梅根，湘綺高第弟子，能文章工詩，盛負時望。以清明謁墓，偶經其肆，聞吟聲起於洪爐之側，晲之乃一少年把卷咿唔，呼使前，索閱其書，乃東野詩也。訝問：「唐人孟郊詩，今世無幾人能解，汝何以誦此？」曰：「素嗜之，讀數年矣。」又問頗亦解吟咏否？烏石乃捧素所書賬冊進，梅根覽數行，大驚改容，疾讀未半，起撫其背曰：「子詩乃與東野亂真，當代學此種體裁，無與子為敵者，後當為子介謁吾師湘綺先生，使親承教誨，他日成就，非吾輩所敢望也。」因贈金珍重而別。

是歲將殘，烏石竹笠芒鞋，挾所作詩冊，徒步風雪中，行百里至城，訪湘綺寓次，造門，閽者見其狀，不為通。烏石出冊授之曰：「汝主人約我至此，煩代呈此卷即知。」閽者呈卷，湘綺令呼入，謂之曰：「前已聞梅根言，近日事大忙，汝可就近覓旅店暫居，當別相召。」烏石辭出，居數日再至，聞湘綺在縣署宴飲，逕往請謁。湘綺方執杯上坐，遙睹烏石，即從座起，攬其袖遍介座客曰：「此當世詩人烏石先生也。」言已，令設箸，使並坐，勞苦之如平生歡，席散仍攜之歸。於是潭邑人士無不知「烏石先生」，爭欲一睹丰采，而烏石之名大噪。

居湘綺門下經年，親課其詩文，旋入縣學，捷鄉闈，成進士。後官西北某縣知縣，民初，任湖南岳陽縣縣長，所至有聲。烏石通經術博覽群籍，其詩湖湘間猶有刻本，余尚記其斷句，如〈病起〉之「下床支離行，步步驚地弱。」〈雜作〉之「墨子走存宋，義劍碧照天……夕陽秋風厲，曉樹秋星懸。」「眼老少新淚，路老無新途……夢空殘月色，寒破無風裾」等，筆致幽峭，不易及也。

紀湘潭械鬥案

湘潭居長沙上游，北控重湖，南連百粵，當昔全盛之際，萬燈搖郭，千櫓橫江，財賦之雄，甲於他縣，有小南京之號。估客雲集，以贛籍為多，贛人勤敏善貿遷，來時一肩行李，往往不十年間，致貲百萬。積久財力與潭人相敵，遂通婚媾，重姻永好，聚處如家人。然貨殖之際，攘利必先，逆計奇贏，動成釁隙，由是禍機伏焉，亦其勢然也。

清道光間，主客交益惡，特主事者持大體，相隱忍未發耳。贛人歲時報賽，每假寺廟或就曠地演劇祀神，潭民多聚觀。而贛人召菊部，必以本籍為主。所歌戲詞與湘劇差近，科諢則半操土音。嘗演《渭水河》一劇，有「八百八年」語，贛語「八百」同音，皆讀必壓切。三字連用，音調重濁。潭民大笑，繼以謾罵，脫足下芒履遙擲之，婦女則投以泥沙，伶人所服繡衣皆被污，大鬨欲鬥！以潭民甚眾，不敢較，如是者屢矣。贛人憤甚，相與聚謀復仇，積毒俱發。乃於社日演劇天妃宮，先期揚言有名優新至，縱人往觀不禁，潭民果傾巷赴。

劇初上演，即《渭水河》，至「八百八年」，潭民笑罵甫作，劇頓止，廟門驟闔下鍵，伏甲齊起，持利刃殺人。殿上數巨鑊煎油正沸，另使人執長柄杓伺，有向後殿逃竄者，酌沸油澆之，著體糜爛。潭民勇健者多鬥死，婦孺引頸就戮，哭聲震天！門外途人聞變欲入，廟門裏鐵葉，過堅不可破，又牆高數丈，梯攀無計，惟內外譁哭相應而已。時湘潭令白君，飛騎至，以一手挽廟前石獅撞門，門破，死傷已枕籍矣。白君有惠政，潭人奉之如神。聞老輩言，白以進士宰潭，有神力，武藝絕倫，先世本大俠也。

潭之丁壯咸靴刀帕首以千計，立途次，欲盡殲贛人，每遇行人過，令其道「六百十六」一句。以贛語讀六如溜，入耳即辨，音異立殺之，伏屍滿街，市門盡闔，死鬥經年不解！朝命大臣徹查肇釁始末，嚴懲禍首，並劾罷湘贛官吏有差，而積憾未釋。相傳事平後湘潭袁芳瑛編修，簡放江西提學，手書一聯榜學署云：「吾道南來，盡是濂溪正脈。」「大江東去，無非湘水餘波。」當時論者以聯雖工，而意氣尚未盡泯云。至光緒初，陳寶箴為湘撫，極力調和，乃棄嫌修好，復為主客婚媾如初。

湘劇雜拾

何芸樵主湘政時，有京朝大僚左顧，何設宴饗之，並召長沙菊部娛客，諸伶皆一時妙選，華燈初上，主人為客設軟榻觀劇，初猶垂聘睞，笑語交作，繼漸不耐，目餳欲寐，俄而大鼾，與台上絃鼓聲相應矣，急令草草終劇而罷。

地方戲各有其妙，湘劇亦然，未可輕視，非習觀之，固不易領略也。湘劇有南北路、四平調、高腔等之分，歌辭大致與平劇同，抑揚吞吐，高下應節，但變化不及耳。至台詞科諢皆為湘語，或參用地方俚諺俗話，床笫私暱之詞，聆者捧腹大噱，使他方人士乍聽之，多瞠目不解，未有不倦而思臥者矣。高腔初時入耳，尤滑突可笑，當伶人引吭高歌，眾樂皆停，獨檀板輕敲，以調其節簇。一段將終，聲音愈轉愈高，歌至最後一字，伶人焂爾停聲，此時台上諸樂工以至雜役等，即就停聲處，接續其字而曼聲合謳之，音震劇場，梁塵皆下，遠望諸人，皆口眼歪斜，至堪絕倒！

余少時，偶觀湘劇，久亦喜之。時擅高腔者，為老伶工梁榮盛，每一演出，全市傾動，梁年屆七旬，工為《胡廸罵閻》及《斬三妖》諸劇，演師尚父斬妲已，白鬚戎服，威儀甚盛。歌辭字字清晰入耳，有蒼莽沉雄之致。未幾潭人某組坤班，多以妙齡少女充之，亦有傳梁衣鉢者。

女伶胡福珍習花衫，貌不甚佳，而眼波流媚，頗負藝名。余方冠齡，乘車赴鄂，車甫行，有叩扉入者，則福珍也。後隨一女郎，年可十五六，容光照人，自言「福申甘姓，與胡姊同隸菊部」。

命坐啜茶，談言婉妙，誦「洛陽女兒對門居」等詩，略能上口，靈心慧質，婉曼無雙，回顧福珍，真同倚玉蒹葭，黯然無色矣。

既抵漢皐，福申歌梁伶所授高腔，顧者寥寥。旋復過余旅次，余戲謂之云：「卿風華絕世，當於紅氍毹上，還汝女兒身，萬人傾倒矣。梁伶俗調，不足學，宜別覓良師，遠遊京滬，以成美藝。」福申以為然。余旋赴日，聞其改名習平劇青衣，飲譽申江，復為人量珠聘去。

湘劇角色中，亦不乏出群之才。兒時曾聞人言，有某班在湖濱演劇，生旦均優，惟缺大面，業不甚振。適從省垣聘一名角至，以善飾張飛著稱，視其人，體幹魁梧，而左足微跛，意態傲慢，不多與人酬答。翌日令演《蘆花蕩》，將上，猶默坐不動，狀甚悠閒，同列頻催之，但微笑而已。及臨出場頃，其人忽從懷中出小鐵條二，伸左足縛置其上，即起立健步如常人，匆匆結束已，取粉墨縱橫塗面，戴笠持槳出，喑嗚叱咤，威武紛紜，台下彩聲暴起如雷，不半月，班主厚有所獲而歸。

長沙劇場，以湘春園最有名，劇團稱湘春班。清光緒中葉，名旦數福姣、鳳姣，稍後有彩鳳，妝成對鏡，宛若麗姝，其畫黛含顰，歌喉吐韻，花嫣玉潔，描繪難工。前人有見之者多云：「諸伶實皆曼妙，勝於好女，好女不能盡美，惟美男喬妝乃真美耳。」其時長沙王葵園祭酒、湘潭葉煥彬吏部，及湘陰郭十公子焯瑩皆顧曲無慮日，每至，二姣展笑承迎，或彩裳侑酒，葵園耆年老目，從霧裏看之，以為至樂。焯瑩為筠仙侍郎幼子，才華敏贍。舊日觀劇皆有茶座，焯瑩作文，必就座構思，低眉伸紙，點翰如飛，初時於台上諸劇，略不省視，俟所歡者出，乃輟筆仰面觀之。余嘗見焯瑩聽歌之作，係取戲單就反面作字，詩既諧美，書亦工緻，養知餘澤，不愧名孫。

煥彬名德輝，清光緒十八年進士，年才三十，即就長沙卜宅，奉母讀書，不求仕進。康有為創孔子託古改制之說起，傾靡一世，煥彬典葵園著論顯斥其非。為學務賅博，尤精目錄學，所校刻書凡數十百種，有《雙梅景闇叢書》，雜收〈御女術〉及〈交歡大樂賦〉、〈雜事祕辛〉等，時論病之！

煥彬年六十自撰壽文，刊贈知好，中有「天子不得而臣，國人皆曰可殺……之葉德輝今已六十矣」等語。尤為人所駭怪？踰年，湖南農民協會，捕煥彬殺之，湘人士之罹凶鋒者，蓋自煥彬始。聞煥彬曾撰聯以嘲農會，因此被害，其聯有「六畜成群」語，俚淺不似煥彬所為？未足信也。自煥彬誅死；湘之老伶，猶時有泣奠其墓下者。

書院與粵省人文

廣東舊有粵秀、越華、羊城三書院，所習為制科文字，久漸頹廢。阮文達芸臺督粵，創學海堂及菊坡精舍，始治樸學，人文蔚起。自陳蘭甫、朱九江兩先生出，學風因而大振。陳先生名澧，籍番禺，先為學海堂學長，晚歲主講菊坡精舍，經學湛深，所著有《東塾讀書記》等，最為學者推服。朱先生名次崎字子襄，南海九江鄉人，學者稱九江先生，以進士官襄陵縣知縣，告歸講學於鄉，鄉人化之。其地民性嗜博，終先生之世至歿後數十年，無敢犯者，為學務主平易，不高談性命之學，一以篤實踐履為歸。兩先生所為雖略有不同，其德與言，並皆不朽，醇風所扇，士被其化，歷百歲不衰。

順德簡朝亮竹居，南海康有為長素為兩先生高第弟子，亦最有名。此外尚有一陳樹鏞字慶笙，甚為蘭甫先生所賞，先生病亟時，親以所著書付之，惜慶笙高才不壽，年三十而歿。長素喜功名，竹居則講學授徒，品性高絕。梁節庵〈寄題簡竹居讀書草堂詩〉云：「腹中萬卷可支餓，世上黠塵不到門，至念陳（梅鏞）康（有為）天下士，一嗟無命一分源。」既以悼陳，而微致慨於康，殊可玩味。順德黃節晦聞，以詩名世，則竹居之弟子也。

學海堂教澤寖衰，代興者為廣雅書院，張文襄香濤官兩廣總督時所創建，督修者為王秉恩雪澄，王存善子展。規模宏偉，遠勝於前。院址在西郊外荔枝灣近處，佔地數十畝，前掘一壕，引水滿焉，有橋直通院門，內有池名湖舠，講堂榜曰無邪，冠冕樓則藏書之所也。齋舍凡十，分處兩粵生徒。每一齋舍又分十室，肄業其間者，每人得佔二室，前為書齋，後為臥處，室內凡必讀之書，如《十三經注疏》《通鑑》及《四史》《昭明文選》等皆備。食宿外，每歲尚得領膏火銀四兩，其餘文課獎金尚多，於國家課士之道，可謂備矣。學海堂原設經、史、文、禮四科，每科設一學長以領諸生，廣雅書院更於學長上設一山長（即院長）統之。首任山長為梁鼎芬節庵，後為朱一新侍御蓉生，朱著有《無邪堂答問》，號稱博洽。今世書院制度，已成陳跡，然儲才待士，尚足供後人借鏡也。

略談詩鐘

自來臺灣，每見人竟日為詩，深以為奇。亦曾至所謂「擊鉢吟會」，作壁上觀。大抵當場出題，限時繳卷，與會吟客，皆瞑目搖首，咿唔有聲，其所作以詩鐘為最多。

詩鐘蓋創始於閩人，台北先有「寄社」，八閩文學之士，多集其間。社中推劉幼蘅、施節宇、陳實驢、吳語亭諸人為翹楚。節宇年逾七十，吐語精鍊，實驢尚在盛年，句尤秀拔。語亭適林氏，詞鋒犀利，今世之李清照也。諸人招余入社時，以「金」「社」四唱相屬，記曾撰一聯云：「脫手揮金曾結客，攢眉入社恰逢僧。」又曾作「聚」「期」七唱二聯云：「已斷秋雲隨雁聚，乍生春水與鷗期。」「淺水偶容鳧雁聚，高花終與鳳鸞期。」匀為劉施諸老所賞。余於實驢語亭所作，能暗中模索得之。如語亭「開」「成」首唱之「成篇月露皆新語，開卷蟲魚亦古歡。」實驢「大」「同」七唱之「湖柳名因高士大，寺松壽與老僧同。」皆自運心機，有掉臂遊行之概。

陳定山爾時曾問余：「聞君日日敲鐘信否？」余戲云：「正所謂做一日和尚敲一日鐘耳。」定山亦戲曰：「究是和尚敲鐘，抑鐘敲和尚？」余笑而不答。定山博學多材藝，無所不能，獨於此道不甚措意，余猶間一為之，至觀諸人終日聚唱，聲嘶力竭，如自以頭納甕中，則聞風走避矣！

唐微卿中丞於清季觀察台南時，方歸自朝鮮，文采風流，為時所重。曾築斐亭，延三台名士，為詩鐘之會。自撰聯云：「鐵馬金戈，萬里歸來真臘棹；」「錦袍紅燭，千秋高會斐亭鐘。」出語高華。至今傳誦。社中如施澐舫、邱倉海諸君，極一時文學之選，信可左旗右鼓，睹健中原。

螺江陳太傅寶琛最工為詩鐘，所屬句深造獨詣，非尋常人所能及，其工妙處，尤在意境，每一聯出，海內傳之。余猶記其碧鷄二唱云：「殘碧殿秋如有戀，老鷄知曙奈無聲。」商土五唱云：「秋生雁柱商聲緊，春入鴉鋤土脈鬆。」皆晚年之作，神完韻足，寄意深微，真絕作也。詩鐘亦名詩畸，又稱折枝，有閩派、粵派之分。粵派好用典實，閩派則清空警鍊，五十年來，承螺江之風，猶相守而不失云。

鐘聯述要

閩縣王貢南毓菁孝廉，善為詩鐘，近日金門張作梅輯刊《詩鐘集粹》，載其佳句特多。昨曾履川兄從香港寄示貢南所著《說詩鐘》寫本，蓋未刊稿也。其稱說此藝，有極精當處，可見所詣之深，特先摘述一二，以供藝林參證。並屬作梅續謀梓行。

詩鐘盛於閩，貢南言，「往時福州學子，初習韻語，塾師即以鐘句課之，此法於學詩最易入門，故無人不可為詩鐘」云云，數語略見本源，亦非閩人不能道也。初撰鐘句，純恃依傍前人七言詩句，竄易聯綴，隸以己意，故多趨於運典用事之途，而典實一派尚焉。其後陳陳相因，滿紙堆砌，漸為人所厭棄，乃改用己意以寫景言情，遂有性靈派起代前者。

性靈派者，閩人謂之「白句」，其為法在言近旨遠，光景常新。屬句有四禁，一曰：淺，謂句中所陳為尋常景物。二曰：率，謂衝口而出，搖筆而來，皆人人意中所有，而不屑為者。三曰：陋，謂出語凡近，著想平庸。四曰：佻，謂體近香奩而流為猥褻。凡茲禁例，頗宜作尋常學詩者之軌範，不僅為鐘句言耳。

清之季世，閩中有林文忠則徐，沈文肅葆楨及陳太傅寶琛等出，皆特工鐘句，其文章聲烈，又能挾風氣而趨，一時才士，爭相慕效。貢南云：「曩年有以天馬二字嵌第六唱者，其首選聯為：『霜店無燈群馬齕，雪篷不岸四天垂。』自此句出，閩中英俊，遂務為戛戛獨造，而詩鐘革命，領異標新。」右聯，信稱精作，寥寥十四字，思力之深入，似足穿七札而有餘，不僅貌為奇警而已。味其筆致，大類弢庵太傅所為，抑或作者較早於茲，則亦此派之所從出也。

門起五唱之「孫子不叨門第陰，華夷常問起居安。」聞事五唱之「裘被聲名聞四海，鼎鐘顏色事雙親。」相傳二聯皆文肅作。文忠作詩鐘每有佳句，則常書為楹帖，以贈友朋。當遣戍西陲時，與友人偶拈然起二字作二唱云：「偶然風雨驚花落，再起樓台待月明。」清切似尤勝文肅僅作富貴晤也。

又文忠嘗作足清四唱句云：「郊原雨足雲歸岫，台閣風清月在天。」公歿後，其家即刊刻此聯，懸諸嗣廟，前輩鉅公藝事之精，於茲略見。貢南所述尚多，他日當另論之。

聯話五則

聯語於詩詞外，別樹一格，寥寥數語，涵意極深，且須著語高華，上下勻稱，殊不易為也。清代聯語稱盛，曾文正、左文襄、彭剛直皆能為佳聯，稍後之王湘綺、李篁仙、吳劭芝輩，亦推作手。王李皆高，吳為聯極負時名，下筆清麗，尤工輓詞，人家有喪事，必以得吳聯為榮，弔客至亦必詢吳聯到否？爭以一睹為快，每撰一首，頃刻傳誦，鄉里塾師，多搖首瞑目吟之，若有餘味焉。以故後生群起草效，流風餘韻，至今勿衰。

少時曾聞人言，有以聯語致訟者，其事甚趣，因為紀之，時與地則忘之矣。有潘氏子姓繁衍，財雄一鄉，斥資大營宗廟，將落成，擬為祠聯，而群從弟兄，皆目不識丁，聞某君工為聯，走重幣求之。某君知其家世，又素好諧謔，欣然為撰書二語云：「紫石街前綿世澤；翠屏山下衍宗風。」潘姓持之即伐石刻聯祠右，工甫竣，遇他方遊學者過其地，睹之大笑！祠人出問云何？因語以上聯言潘金蓮，下聯言潘巧雲，皆潘氏之穢德不堪告人者也。潘聞之大怒，立鎚碎其聯，率眾赴某君處問罪，遂致鬥毆，涉訟經年乃罷。

又聞李文忠鴻章七十生辰，時官爵相，功名赫奕！某中丞為其門生，思撰聯壽之，屬幕府代擬，凡十易稿皆不當，仍督催甚急。幕府同輩三五人計無所出，日暮其赴酒樓，呼樽遣悶，因共講論其事，皆稱技窮。忽旁坐一落拓儒士揖而前曰：「問諸君所言已悉，我適代撰一聯，煩持呈貴居停，倘獲用，則需送我五百金，以為潤筆，我方困甚，乞先署券見惠。如仍不當意，則一錢亦不索也。」眾以為奇，姑允其請，歸而繕稿呈中丞，其聯僅十二字云：「天生以為壯稷；人望之若神仙。」字字貼切，上聯用李晟事尤妙。中丞一見大喜，反復擊節讚賞，徐曰：「此為何人捉刀，非諸君所能也。」眾以實對，中丞自出金贈之如數，且招儒士入幕，優禮之。

侯官林文忠公則徐官兩廣總督，以焚燬鴉片忤英人獲譴，遣戍新疆，賜環後，歸過西安，見近郊有別墅，臨流面山，愛其風景幽美，欲假作臨時養疴地，詢為縣署所有，請於令，令以為難，答曰：「此地冠蓋絡繹，往來貴宦多假館焉，不敢聞命。」公一笑而罷。有頃公奉命開復原官，授陝甘總督，令往謁，拒不見，奉其地為行轅，亦不往，令憂之，縣幕中有某名士言於令曰：「第往治廬舍，我能使公入居，保無他慮也。」乃撰一聯懸其門云「鳴鶴在陰其子和；飛鴻遵渚我公歸。」時公子方捷南宮入翰林，故上聯云然。人有以告者，公意解，欣然就舍。

安化陶文毅公澍，以兩江總督假歸，過醴陵，時左文襄方以舉人為淥江書院山長。醴陵令為公具行轅，倩文襄為聯榜其門云「春殿語從容，十載家山，印心石在；」「大江流日夜，八州子弟，翹首公歸。」以公少時讀書處名印心石屋也。公見此聯，甚喜，亟問何人手筆，令以實告，因屬令促文襄來見，令往達意，文襄曰：「湘俗行客拜坐客，陶雲汀雖貴，禮不可廢。且我非其屬吏，亦不受呼喚也。」少頃公見令，亟問左山長何以不至？令囁嚅未對，公遽曰「我知之矣」，立命駕往淥江書院，與文襄訂交，後且締兒女姻。

民初湘省言新學者，倡破除迷信，某校全體師生往城隍廟搗毀神像，民大憤，群起遏之，澆以水龍，並擲火炬，皆不肯退，乃持刀棒之屬以相恫喝，遂至互毆，有兩生受創甚劇而死。省垣諸校皆不平，為兩生開會追悼，聲言將復仇。時姜詠洪為長沙令，勸令息爭，為聯輓二生，並親往弔唁，其聯云：「哀兩生備受金木水火諸傷，戚戚余心，事後事前皆有憾；」「拼一死以與怪力亂神相鬥，悠悠人口，公非公是總難明。」旋為逮囚首懲治之，事遂寢。姜素工聯語，湘民盛傳令尹能以聯弭禍云。

以上諸聯，各有佳處，而所得欣戚不同，特連類書之，以告世之好為此道者。

新春記聯

年光水逝，海角春回，偶過通衢，見人家舊歲春聯，半已剝落。臺灣曾盛行一種紅箋短聯，市肆多取懸門首，聯為五七字，盡屬達官所書，不外中興吉語，亦渡海以來創例也。因憶吾國往日春聯之盛，輒連類書之。

春聯傳播最廣，逼於域中，惟始於何時，尚無詳確之考證。大抵聯之製作，源出於詩，則無可致疑也。自唐初以至中葉，樂府日漸衰歇，五七言律詩體格已成，一篇之中，屬對工穩，除首尾外，分之則成兩聯，後人踵事增華，任意以五七言重疊為之，遂乃別具鑪錘，自成面目。

相傳南唐時，蜀王孟昶於新春欲作二語題門，召學士輩製詞以獻，皆不當意，乃援筆自撰句云：「新年納餘慶。」「佳節號長春。」後世謂此為製聯之始，亦春聯之始。

清世春聯盛行，自帝王貴宦之家，以至編氓蓬戶，於臘盡歲除，莫不門懸新製。當時盛傳二聯，處處書之，其一為：「皇恩春浩蕩，文治日光華。」其二為：「國恩家慶，人壽年豐。」第一聯多題於顯宦之門，第二聯則人人可用，流布尤遠。蓋「皇恩」指親承「天家雨露」，非微員末秩所敢當，前代等秩之判，自有分際，所從來久矣。清光緒時，常熟翁相國同龢，以帝師當軸，書法名天下，人競求不得，則百計圖之。翁相在京朝，每屆除夕，必以硃牋大書「皇恩」二語，榜於私第門首，翌日夜半，即為好事者揭去。其法令一褄工攜短梯及用具，預侯門外，及宅門已闔，立梯上瀼水於聯，以棕刷排之，少頃；從客揭取，完好一無所損。歲歲如比，翁相知之，置不問也。南通張殿撰謇居海門舊宅扶海垞，亦自撰書春聯，歲一更易，其舊聯輒為人爭索而去，以聯語甚佳，不僅書法工妙已耳。記其民國元年壬子聯云：「民時夏正月，國運漢元年。」殊有開國宏闊氣象。又「小兒可付巾箱業，大地先回草木春。」「人事尋常，翁年七十兒廿五。光陰分寸，黃金千兩璧一雙。」或係己作，或集句而成，要能自成一格。

藻墨之士，喜於歲闌，作聯語題門，以自抒其心意。如左文襄宗棠，少時在昭潭讀書作聯云：「身無半畝，心憂天下。讀破萬卷，神交古人。」黃興克強於清末革命時，曾作「大澤龍方蟄，中原鹿正肥。」十字，人見之以為狂，蓋英雄語也。並記方爾謙地山，素工製聯，民初客於袁氏，禮遇頗隆。值歲將盡，寒雲公子齎鉅金將命贈之，且問曰：「聞先生開歲，將南歸，信否？」地山笑曰：「翌日可視我春聯。」及履端日，見地山大書榜門云。「出有車，食有魚，當世孟嘗能客我。」「裘未弊，金未盡，今年季子不還鄉。」著筆如話，直出胸臆，而運用典實，恰到好處，似特以此為答辭，尤見風趣。

衡陽某太史，居錢局巷，民紀十餘年間，杜門謝客，年垂耄矣。所居巷前後左右皆娼家，太史新春戲題聯於門云：「老驥伏櫪。」「流鶯比隣。」見者無不失笑！文人好弄筆墨，隨地見之。

趙瀞園師書法秀勁，晚歲參以蘇黃，得者珍之。所居在湘潭十四都深山中，自署思古堂。余童年曾執簡問業，記吾師歲首集句榜門云：「穆穡為寶。山川出雲。」其前門正對「昌山」，當春雲氣變化，點點飛落几案，平疇千頃，良苗遠風，彌望無際，非至其地，不知其聯之工，書亦具飛動之勢，可寶也。師所為聯語，製作精妙，而深執謙退，嘗見語云：生平所作，愜意者少，惟過洞庭曾製一聯頗有意致，聯語為：「倚劍孤吟；有客如聞仙樂。」「俯天下親；何人敢鏟君山。」並告下聯「俯天下視」四字，為義寧陳散原先生所更置，乃成合作。前輩於小道，亦矜慎不苟如此；雖不屬春聯，宜並誌之。

余舊居名吐眉山莊，先祖蘭次公在日，先君遠宦未歸。新年，家人拈吐眉二字，作鶴頂格春聯，呈稿皆不當，公戲撰八字云：「吐屬名貴，眉宇飛揚。」亦可紀也。

胡文忠二三事

王闓運作丁銳義傳言「胡林翼之出貴州，領偏師徘徊湘岳間，意氣名譽頓減，所領軍最少弱，而塔齊布、羅澤南諸軍鋒銳氣盛，所向無前，常侮笑林翼軍」云。按胡文忠林翼於清咸豐四年以貴州候補道，應湖廣總督吳文鎔之調，帶練勇六百名由黔赴鄂，抵金口時，文鎔已陣亡，曾文正國藩奏留之。所謂軍最少弱，常被侮笑，正此時也。然文忠領兵力戰，所向有功，曾公規其大用，專摺奏保，有「胡林翼之才勝臣十倍」語。文忠旋以四川臬司，調任湖北，擢授布政使，遂署鄂撫，為時才一歲耳。

文忠受任湖北巡撫後，為政精勤，察吏保民，練兵籌餉，特著績效，尤於和調將帥，獨具藎懷，用能羽翼曾公，克成中興之局。塔羅早殞，江李隨凋，德望威儀，一時無出公右，異才間出，是啟鴻圖，然知人之明，又不能不歸美於曾公也。

文忠為安化陶文毅雲汀之婿，早入翰林。相傳陶公為兩江總督時，文忠客其署，頗怡情妓樂，脫手千金。金盡輒就婦翁任所索之，主計者以白陶公，令予之不禁，及歲暮耗公帑萬金，雲汀夫人不樂，有煩言。公語之曰「胡郎材器遠出我上，他日將憂勤國事，無片刻暇，此時任其行樂可耳。」乃自出金彌縫之。

又傳文忠撫鄂未幾，荊州將軍官文為湖廣總督。奉其太夫人在督署，有寵妾隨侍，蓋所謂「房老」也，又甚得母歡，尊禮如元室。一日遇妾生辰，官為之張筵，外傳夫人令誕，藩臬率僚屬往賀，入門，詢為如姬，藩司某素方鯁，怫然索還拜帖，拉臬司逕去，群僚趦趄相顧亦欲退。文忠適至，眾以告。文忠笑曰：「已知之矣，諸君宜與我共祝夫人壽。」即從袖中出紅刺，書「通家愚弟胡林翼頓首」，令傳入。妾於內已知兩司皆去，羞憤大哭，至是睹刺，始破涕為笑，而文忠已至，祝嘏畢，且登堂拜母，共座宴飲，一室大歡，妾尤戚之。席間文忠取卮酒為壽曰：「林翼少失恃，願奉太夫人為母。」太夫人喜甚，令妾起拜，呼文忠為大哥，遂來往如家人。是後遇鄂省大政，官或持異議，太夫人及妾尼之曰：「汝才豈及胡大哥，不如聽其主張為宜。」於是文忠乃得專其任。

段合肥與奕

民初故都善奕者，為汪芸峯，稍後有顧水如、劉棣槐輩；段宏業駿良亦稱能手，藝在初段上，惜晚途以體衰不能精思，遂不更進，駿良，合肥段公芝泉之長子也。

段公憂勤之餘，頗好奕，每召客對局，以公名德，皆略避讓。日人瀨越授公二子，勝負輒相當，實則未盡其技也。駿良侍奕尤屏營，常於局中逆計虧成，不敢過迫，而又須力掩巽順之跡，心蓋苦矣。然有時而勝，則公終日不怡，及敗復被呵斥，以是聞召趦趄，或竟託詞遁去，實則駿良技遠出乃翁上，今時奕人猶多知之。

余昔歲宦遊嚴陵，將赴莫干山，聞人言段公遺事：山中某寺有老僧奕藝甚精，公每至即居寺內，嘗與僧一枰相對，公遠非其敵也。而此僧藏鋒匿跡，佈算至巧，局終互計，一二目之差而已。某歲，公避暑重來，適此僧卓錫遠遊未返。公閒居不耐，求僧侶之能奕者，眾共推一小沙彌出，年才十二三，遂命布奕具，且詢其藝學高下？沙彌對曰：「向來侍吾師奕，受二子。」公云：「吾與汝師藝相等，亦受二字可耳。」既布石，意頗輕之，沙彌騃稚，悉銳相逼，局未半，公已大潰，方斂襟沉思，而沙彌力有餘，他顧嘻笑，公怒曰：「汝豈解奕耶？」乃推枰離坐，局遂不終，未幾命駕去。他日，老僧還，沙彌啟師云：「曩日與尊客對碁，我已勝，客乃謂我不解！」因就碁局講述其狀，縷縷甚悉，語有餘忿！老僧笑慰之。言者謂「爾時沙彌之奕，已與駿良雁行」云。

相傳國奕吳君清源，在弱齡時，尚未顯名，一日顧水如與公茗話，從容言：「童子吳某於奕藝有神悟，殆天授也。」公即倩顧迓吳，比對奕，吳亦未解退讓，公遂不支，怏怏而罷。後數年，吳藝已造精微，方遠遊歸國，盛譽騰播，公適在廬山，延吳至。當吳應召時，客為言：「合肥當世賢豪，子宜慎事長者。」吳頷之，及奕，議授公二子，終局吳負二目，公大悅，收奩笑曰：「老夫衰齡，乃能倖勝吾子，拜惠多矣。」初夏雨窗，與李君風雲論奕，為述一二，夜闌剪燈書之。

記劉建藩

衡山趙夷午丈與劉建藩崑濤，早歲馳驅戎馬，投分最深。嘗言：「崑濤才器英偉，其為人豁達似克強，精明似松坡，實兼有二公之長。」而纔踰壯歲，歿於亂軍，不竟其用，夷午丈年近八旬，每為垂涕而道，蓋深惜之也。

崑濤湘之醴陵人，留學日本士官學校，習騎兵。歸國後，隸夷午丈部。初在廣西混成協，繼在南京第八師任騎兵團長。民國六年夏，北洋軍欲以兵力混一全宇，派傅良佐督湘。時茶陵譚公憤其毀法擅權，領兵拒之，以崑濤為零陵鎮守使，傳檄遠近，率所部東下致討。夷午丈方守制禮廬，乃墨絰起赴前敵督師，與崑濤面萱洲河夾湘水禦敵，相持月餘，軍儲不繼，勢岌岌！崑濤遣部將黃岱冒死率銳卒百餘，躡敵後擾其軍，前鋒乘勢攻之，敵大潰，俘馘無算，遂復長沙，進規岳陽，再捷於西塘，敵師退，七年冬，湘境悉平。

明年春北軍集重兵反攻，張敬堯、張懷芝等部，分三路並進，夷午丈與崑濤布防臨湘平江之線，勢分力薄，苦戰彌月，其收兵退保衡山。張懷芝率施從濱等數師南下，欲逕襲郴州，以席捲西南，其鋒甚銳，崑濤定計首略攸縣，與葉開鑫、趙茂林部，急擊施從濱軍，直薄敵陣，從濱出不意，捲甲遁。前軍進克株州，崑濤行至白關舖，方棄騎行過一獨木小橋，倏聞鎗聲，軍譁，競趨小橋欲過，擠崑濤墮水死，年才三十四。崑濤負將略，智深勇沉，寬以得眾，湘軍宿將，皆自謂莫及，其儀容秀整，雖為將而雍容裘帶，自見風流。嘗眷一姬，為脫籍儲之金屋，及卒，姬大哭自言擬以身殉，且告人云：「我明日赴岳麓躍水死矣。」聞者笑曰：「世豈有覓死，而告人以死所者乎。」姬果不死別嫁。

夷午丈於崑濤之喪，為綢繆甚至，竟殯岳麓，與黃、蔡兩塋相望。

裴景福

均默先生於日昨在獅子會置酒，為詩人劉太希餞行。太希詞筆高亮，同輩中罕見其匹，聞聲相思者有年，甫挹清芬，即為遠別，何緣之慳也。太希之尊人，於清季曾官廣東番禺縣知縣，與同時南海令裴景福伯謙並有能名，伯謙曾著《河海崑崙錄》，亦工詩，有《閒齋詩集》行世。張丈魯恂為言伯謙宦路升沉甚悉。人生榮枯無定，高處多危！與其黃粱續夢，樂盡哀生，終不若達士茅檐，蘧然一覺之為愈也。

伯謙少有俊才，以進士官主事，意在詞翰，曹司冗散，非其志也。秩將遷，竟詿銷其官，與殿試，再落，仍歸原班，乃乞補外吏，發廣東。年少思以吏事自見，歷任繁劇，能聲大起，遂由潮陽令調補南海首邑。其父大中往歲曾官上海縣知縣，雖老矣，而精練如昔，伯謙自膺民社，即迎養署中。老人愛子，又體健，冀助其成名，於邑中大政，諏訪甚悉，每為批覽吏牘，判決明敏。復條舉要政，以別紙錄之，於每事首尾經過及處斷意見，摘要疏記，朗若列眉，按日一授伯謙。伯謙晨興上謁大府，坐輿中一讀輒了了，大府有詢應口對，動中款要，所舉措，皆立辦。自督撫司道以下，皆倚重之以為幹員。實則伯謙染烟癖甚深，皆秉庭訓仰成而已。岑春煊以名公子驟授粵藩，欲藉嚴刻樹威，銳意整刷吏治，伯謙以其紈袴意輕之。春煊賞伯謙之能，而以其烟癖為累，嘗諷令戒除所嗜，伯謙傲然應曰：「屬縣事無不舉，公餘偶一寄興烟霞，不為害也。」春煊以為恨，遽上彈文，伯謙方負盛譽，大府竟寢其事，官南海如故，春煊無如何也。有頃，春煊升授陝西巡撫，再擢兩廣總督，朝命甫下，即電粵令諸屬僚毋得擅自進退，及抵任，逮伯謙置南海獄中，械繫若重囚，修宿怨也。旋派員十輩理其獄，鈎稽至苦。伯謙父既於吏牘精能，又預為彌縫，一無罅漏。諸人希旨刻意羅織，摭其辦理盜案，以殺不辜論死。清廷親貴聞之以為言，乃減死戍新疆。獄成，時論寃之。繼伯謙令南海者為李鐵船，亦錚錚有聲，鐵船廣東水師提督李準之父也。

二陳湯

魯恂丈為言蔡金相及陳景華、陳仲賓事，金相與景華皆廣東番禺人，能文章取科第，並有吏才。仲賓籍梅縣，稍晚出，亦負材略為健吏。三子者頗獲時名，而均以橫死，景華、仲賓且同日駢首就戮。藥物中以陳皮、法夏為二陳湯，當景華、仲賓被禍後，粵人戲呼之為二陳湯云。

金相字伯浩，才思警敏，為文操筆立就，尤工制藝，早入邑庠。家貧，恆為應試生童捉刀，代領卷入場，俟賦畢獲雋，乃受人酬資。清時謂之「槍替」，亦稱「槍手」。禁例甚嚴，如為主司所覺，立逐出，枷示貢院門外。金相銳甚，利市欄衫，取秀才如拾芥，而亦常被懲罰。每事發，則賄吏胥，以金雇人代荷校，積久視為常。後易名乃鍠，中鄉舉，官京曹有年，以巧宦連擢至上海道。民國初元，任廣東禁煙督辦，龍濟光督粵，惡之，被狙死。

景華中光緒乙酉科亞元，六葵其字也，筮仕得廣西容縣知縣，治尚嚴酷，縣故多盜，景華蒞任未久，料量積案，錄因百餘人盡殺之，號為洗監，以是被控。大吏派員摘印逮問。時方中秋，受代者拘景華署中，命二卒邏守，將以明旦解省。至夜，景華沽酒痛飲，並犒邏卒，俟其醉，乃自割髮辮置枕畔，破後窗逸出，反折至海口取道廉州逃赴港。夜半邏卒醉醒，見景華髮垂至榻，衾被隆起，以尚酣臥，不疑有他。逮曉入視，乃知已破窗遁。比遣人至梧州下游追躡，則景華去已遠矣。

景華既以智免，至民初復起，官廣東警察廳長。時仲賓為南韶連督辦。仲賓字鴻初，清末以佐貳起家至州縣，善治盜，豪猾屏息。連擢轉武階，署廣西右江鎮總兵。至是與景華同官，還鄉衣錦矣。龍濟光至，謀並誅二人。歲中秋，治具召景華，兼約仲賓並至。濟光出，酒數行，託辭離席。俄而幕府出京畿電令，數二入罪，就地行法。景華浮白盡醉，慨然就死。仲賓求全屍，乃縊殺之。魯恂丈曾為仲賓幕客，及死，客畏禍奔散，丈從容辦理交代畢始退，曰：「受人一顧之情，雖甚暫，不可負也。」

馬弔

麻將亦稱馬弔，又名魔降，昔人考定，謂始於宋宣和時。清光緒十年後，始盛行於世，又久之，而規模大備，蓋歷時千有餘歲，踵事增益而成，可謂悠遠。然此戲荒時廢事，倘溺志於此，則為害滋甚矣。

民初，舊京權貴，承晚清豪靡浮濫之風，一夕手談，勝負以數十萬計，營謀際合，多出此間，上則挾貴勢以凌轢斂財，下則貌為愚騃，仰承意志，傾囊獻納，冀博眄睞，黠者以此致貴顯，稍拂意，或褫革隨之，於是積驗責效，為之日工，視公行賄賂無異，而政風益敗壞不可復問。素庵居士，早歲久客故都，為言數事，荒亡之跡，猶可一二睹也。

張作霖為大元帥日，邸中竹戲，達旦不休。其第五如姬典牙籌，狎客至，納金就姬易籌始入坐，及終局，負者固倒囊去，勝者亦不復再取金，作霖以此媚如姬，置不問也。段芝貴嘗招降作霖，故作霖事段甚恭，及入關至京，以段囑，官其弟為鹽務署長。一夕侍竹戰，忤作霖，怒罷局，明日褫其職。張弧、梁士詒賭尤豪，弧字代杉，清季以舉人官福建，落拓不得志，及官財政總長，以豪侈聞。有舊時同僚某先頗拂拭弧，至是聞弧貴，間關千里至，入謁頃，適弧在局中，歛手尼曰：「君來甚善，吾方有他約，而局未終，君可代為。」言已，捺某坐己位，匆匆去。某為理殘局，勢頗順，局罷，贏大籌二枝，弧已歸，舉二籌納某袋中曰：「以贈君，勞君遠來。」某以為戲也，姑置之。明日，弧復謂某曰：「君可持籌赴銀行某部易款，但言吾家客，彼自知之。」某至行，猶蜘蹰，比出籌示，主者曰：「客需付現金抑紙幣？」某以需現金對。主者曰：「金多！客一人來，負之殊不易。」問其數，則每籌一枝，金二萬也。某遂以己名存儲，數日攜歸，作富家翁矣。弧勢敗，產垂竭，思夤緣作霖再起，質天津大第得十萬金，遂為作霖坐客，始小勝，就如姬以籌易金，作霖惡之。又數夕，連敗，資悉罄，尚欠三千元。作霖命侍弁數人，以華轂送弧還，且曰：「張總長餘款，以犒汝輩。」弧歸寓，侍弁索金甚急，無以應，典質而付之。弧垂暮，侘傺死。

王九

素庵居士見過，為言王九事，甚詼詭可笑！定庵詩云：「終勝秋燐亡姓字，」頗慨乎言之。人之賦形宇內，生無奇行，死化寒燐，擾擾芸芸，與草木同其腐朽，古今來雖聚恆沙之數，莫之能喻也，倘或已從物化，猶有一二遺事，供人半夕譚諧，不猶較勝曠野燐花，隨風澌滅歟？因記王九。

王九，永冰其名，莫詳其里乘，浮沉舊京市井間，無以為生，學皮匠，聊以糊口，人呼王皮。合肥段氏小站練兵時，王九荷担營門，兵弁有破履，就縫之，遂止不去。平市有所謂雞毛店者，價最賤，以鷄毛籍地上，任人棲宿，一夜取數錢，王九日營生，夜即蜷臥於此。久之，營中上下皆與狎，以其謹愿，寖聞於段公，稱其勤。公益顯，部曲亦多騰達，王九業如故。有憐之者，議共予小資令設肆，王九理之甚井井，期年頗獲利。眾乃白段公佽助之，使掌購軍中所需皮革，遂自營皮革廠，不數歲間，王九大富矣。

王九既富，勤儉不改其常，夏一葛衣，隆冬則買猞猁裘著其上，入夜仍赴雞毛店和衣眠，終歲不浣沐，襟懷間蟣蝨盈把，穢惡溢鼻，明歲天暖，脫裘棄之，寒則再購製。其所愛珠寶，及地產契據，皆以大帶束諸腰間，久益纍纍，腹如鼓，蹣跚行，狀至可噱。性好漁色，每出入妓家，宴飲甚樂，而終無所染。妓或厭棄風塵，就其泣訴，即以千金脫籍，別置大宅居之，重門下鍵，令一年長者掌鎖鑰。諸所為脫籍妓十餘輩，列室而居，供膳食服御，令戲樂無所禁，但不使出門耳。而王九間一顧視諸姬，或立談即去，宿鶏宅店如初。

段公為執政時，王九益富，忽欲為官，就段公求之，公笑斥其妄，嬲不已，終予以副都統職銜，居然仕宦矣。後在東北，為人狙擊以死，諸姬星散。

傖夫

姜濟寰詠洪為長沙縣長，政通人和，歷數任未去。張敬堯督湘，詠洪堅辭不允，姑亦安之。值歲除，例作春聯，詠洪取陳語「愛民如赤子，頭上有青天」十字榜於門。有譖於敬堯云：「姜令明明係大帥栽培，乃云頭上有青天，是目中無大帥也。」敬堯怒，命撤之，材官承命率勇健十餘，馳赴縣署，勢洶洶，揭其聯去。詠洪大駭，急投劾告歸。

敬堯在湘，為政橫暴，意之所欲，輒悍然行之。於文字亦粗識之無，其同鄉某，微時友也，遠來求職，未獲見，敬堯睹其刺，批「派往軍法處」五字，而誤書「派」為「抓」。某方在逆旅坐候，忽有武夫數輩入，飛鐵索縶其頸，牽赴獄囚之，械問甚苦。敬堯忽憶其人，召軍法處長詢曰：「前派某人職事勤惰若何？」對曰：「奉大帥命已收繫久矣。」敬堯怒云：「我令派用，何言拘禁耶？」主者始悟，即破械出某，予以一職，已被囚數月矣。

前代武員不識字，每為笑柄。清季姜桂題官古北口提督，僅識本名，然亦祇能得其彷彿，於簽奏署名，可辨其位置，移於他處，則又糢糊矣。相傳北洋大臣楊士驤與桂題共語，手書「要掛麵」三字示之，且戲問云：「君識此否？」桂題反覆視，啟曰：「此職本名，大帥乃以此見戲。」士驤為大笑。

民初，軍閥專橫，其中流品至冗雜，或起綠林至方鎮，椎埋屠狗之輩，隨處充斥。有所謂「長腿」及「基督將軍」等名號，長腿至愚劣，惟以貪財漁色為務，於世事懵然無所知，嘗聞其出鉅查辦一中等學校，適舉行球賽，校長迎長腿往觀，比終場，呼校長斥之曰：「我以多金交汝辦學校，汝何不多買數球，與學生玩弄，乃以一球令許多人往來搶奪，成何體統。」其騃稚或不至此！然言者固鑿鑿也。「基督將軍」尤險刻，雖目不知書，而喜舞文弄墨，並好作白話詩，生前到處留題，見者噴飯。曾見所作有：「到處死巴巴，冷冰冰，爸死娘嫁人」等語，其陰賊險狠，隨處表露，抑又非尋常傖夫可比矣。

刑幕

清代有所謂紹興師爺，大抵盛於康乾時，遍佈各省縣幕府，司刑名錢穀者，皆若輩為之，至晚清徒眾愈多，流品亦愈冗濫矣。

習幕者，蓋亦不乏俊彥之士，以浙江紹興籍為多，故總稱之為紹興師爺。或自童年習之，或讀書不得志於場屋，乃改業此，習刑名尤貴，刑與名，仍九流之學也。當時律例——所謂《大清律例》——及《洗寃錄》等，為彼輩所必讀之書，研習至精詳，貫串鉤稽，從而變通融會，以期其曲當事理，略無罅漏。自疆圻以至令長，皆傾心倚任之。各省掌刑名錢穀，以藩臬兩司幕為最重，為之者多積歲老吏，年輩較高，令長筮仕履任，必就求其推介幕友相助。論薦時，視地方政事繁簡而定其人，大縣則派老於吏事者往，偏州小邑，不過以三四等人才充之，皆其徒黨也。刑讞報銷，上呈大府核奪，如出彼輩之手，縱有掛漏，必為曲意彌縫；使另易其人，則索瘢求垢，事事駁詰矣，其根株固結如此。往時縣令廉俸，每歲不過五百金，而尋常一刑幕，月致修金八十，一歲計千金，過於牧令。所居在衙廨中別一院落，遇朔望，主家必具衣冠往候，但不得與外界交通耳。民初，清律既革，此業亦廢。

刑幕中律熟而智生，常能決疑定計，以應無窮之變。相傳鄂中某令染阿芙蓉癖甚深，方在烟榻臥，適外送公文至，令啟視，乃釘封也。（清例，處決人犯之部批，以小銅釘封口，謂之釘封。）

此蓋偏遠某縣呈部獲准決囚之回文，由驛遞過此者。閱畢置燈畔，矇矓睡去，燈花落紙，及醒已燬其半，大驚！恐獲咎戾，急延刑幕問計，幕曰：「此易耳，但乞賜百金即為了之。」令奉金，幕遽取燼餘就燈燒之盡，令愈驚曰：「此當奈何？」幕取原封釘口，令仍交驛遞送發，且曰：「以此下遞，他縣令見其空緘，事不干己，誰執其咎，不過仍封交驛站，比輾轉達本縣時，亦只有據情呈部，另予批覆，何處失誤，無人能知。若稍一情怯，而致張皇為人所覺，則無從推卻責任矣。」後果一如所言。

迂儒

少時聞人談迂儒事，每為大笑絕倒！爾時士人以讀書取科等為貴，終歲咿唔，了不知世務，亦有性本愚暗，兼之癖耽書史，遂至狀類痴騃，終身淪為棄物。如下所記，今則絕無其人矣。

吾鄉某，以舉人得知縣，需次省垣，性魯鈍，號書痴。嘗與同僚謁藩司，在廳事坐候，壁間懸王石谷畫山水，真蹟也。眾環視，交讚之。某素短視，睹之茫然，排眾前，脫靴登几上以觀，眾尼之曰：「方伯行且出，足下不畏失儀耶？」某不聽，逕上逼觀題識，又搖首吟哦不已，俄而藩司果至，某惶懼墜地，冠履皆失，狼狽不起，眾匿笑，藩司亦為破顏，命人掖之出，遂改教職，數月罷歸。

衡山曠魯祖學博而乖，舉進士，家人以其迂僻，禁不使入宦途，遂以著述自娛。生平惡食肥肉，又恨著屐。有偷兒入其室，眾其執之，擬予撻楚，曠曰：「我自有法處置。」乃令偷兒著高腳屐立階下，出肥肉一器令啖，食畢，逐之去，且斥曰：「鼠賊，汝再敢來，吾仍以此法懲汝。」觀者大笑。里有秀才某，四十始娶，酒闌客散，紅燭將殘，新人脫繡履，易著紅睡鞋，下帷臥。某不識睡鞋，以為著履入眠，大詫！，乃趨榻長揖，請新婦脫履，三請不應，乃曰：「汝既不肯脫鞋，我亦只得穿靴陪汝。」遂兩足著靴入被，新人不得已為略解說之，某猶連聲云：「禮不可失。」明日，舉以告人，眾為鬨堂。

鄉人周某，家富習儒，性方多忘，蓄一肩輿，恆以二人舁之行，某在輿中酣眠以為常，至人家始呼之醒。一日晨興命駕將出，入輿即大鼾。輿人以其慣赴親串某家也，荷輿走三十餘里將至矣，某忽張目欠伸曰：「何為至此，我所欲赴者某友家耳。」某友處輿人亦素知之，乃啟曰：「幸無大誤，從此處取捷徑斜行十里許即至。」某怒曰：「路豈可斜行，速舁我還家，再從新取正道前往可也。」輿人如其教，舁還家，不入復行，比至友處，已夜半矣。

憶某筆記載有儒士途中遇雨，仍從客徐行，人笑之，答曰：「前途豈無雨耶？」緩步如故。又一日，天雨，人從僻處見儒士以袖蒙頭疾趨，自後呼之曰：「秀才今日何匆遽如此。」儒士面赬不答，此則其人本黠，而故貌為方嚴者也。

走私

當抗戰時，敵屯軍湘北，以窺省垣，兵氛遠佈南服，而後路尚安。湘桂滇黔，車徒絡繹不絕於道，商旅競趨之，往往得暴利。長途來往，駕駛遲速，權屬御者，且得抑揚控縱其間，兼以販運私物，善逃稅吏耳目，故獲利尤豐，歷久而奸偽潛生，走私之風益盛。

走私以販毒為禍最烈，計亦最工。某次有彩輿行過關津，鼓吹前導，忽輿槓中斷，停道旁，一小兒自簾隙竊窺新婦，則其中無人，群兒從而喧呼，稅警聞聲集，輿夫及徒眾皆遁。檢視輿中滿貯鴉片及海洛英諸毒物。又某關卡連日有喪家扶櫬過，訝其多。忽得密報謂喪事皆偽，毒品實在柩中。偵其復至，立截留發棺驗視，屍體新殮，了無他異，喪家反怒罵以去。他日另得報，言阿芙蓉貯死人腹。比再獲果剖腹得之，擒主者置諸法。訊其屍體何來，則云係從他處誘生人入彀，剖腹納毒密縫，置柩內。詢羽黨及窟穴所在，至死終不肯言。

有夫婦某中年結褵，生一子已周歲，甚珍愛之。母為兒製帽，以蜀錦作蛺蝶張兩翅，綴小珠為蝶目，置帽上栩栩如生。數日行經冷水灘，忽從母抱中失兒，痛哭報案追捕不得。月餘夫婦乘火車赴桂林，途經一小站，已在夜間，乘客蜂湧入，一老嫗抱嬰兒亦登，兒似熟睡，面目不可見，而帽上蝶翅宛然，婦欲起呼，夫急止之。旋睹嫗坐暗隅，車復前行，夫婦躡奔嫗處，揭帽視果所失兒也。嫗大驚急棄兒跳窗走，為乘客拉止。婦奪兒諦視，則兒已死，捫其腹甚堅，察為刀剖後以線縫合者。共縶嫗送案究治，發兒腹皆瑪琲。嫗伏法，亦前黨也。又湘籍少年某性佻達，於赴渝途中，遇一女子，目聽眉語，談笑甚愜。將至筑垣，女謂某曰：「我在此有小勾留，君赴渝能為我作寄書郵否？」某銳任之，女臨去出函付某，封甚固，且約後晤，鄭重叮嚀而別。某至渝居友人寓，急欲投書，邀友同行，至郊外，按址尚須捨車徒步數里。時已黃昏，友素幹練，為至近處延一素識探目往，到門，聞室內人語喧闐，有稚子自門間小竇外窺，俄而燈火驟滅，立破扉入，人影俱杳，蓋皆從地道遁去，惟見二屍體橫陳，已破腹注防腐劑矣。及展某所持函閱之，僅書「送到肥猪一頭乞收」寥寥八字而已。

幼聰

人之才智，大抵相距不甚懸殊，天挺之才不多見，其或以材藝過絕人者，則由學力經驗累積而成，不盡關姿稟也。然幼齡聰慧，特見穎異，固恆有之。

湘潭張九鉞。字度西，著有《陶園詩集》，早歲詩學太白，同時袁隨園亟稱之，湖外之卓然名家者也。相傳度西年十歲時，其封翁挈之至南嶽某寺，僧侶以其慧黠，多就之問訊。須臾，寺中方丈出，見度西狀貌非凡，因謂封翁曰：「貧僧有一聯，欲求公子屬對，不審能見允否？」封翁曰：「兒雖幼，已解韻言，惟吾師所命。」方丈遂書「心通白藕」四字示度西，度西立應曰：「舌湧青蓮。」方丈大驚，亟鳴鐘集全寺僧俗百人，置度西高坐，頂禮膜拜之。先是寺中老僧年九十餘，示疾將寂，召首座謂曰：「吾乘願復至人間，十年後，當與汝輩再一相見。」乃索筆書「心通白藕舌湧青蓮」八字授首座，且曰：「他日有童子至，能舉此聯者，即再來人也。」言訖而逝，首座既傳衣鉢為寺主，謹誌之，以老僧所書藏諸篋，至是度西遂應其言，事見《陶園全集》。記少時侍坐先君，曾語及此事，並檢集中所紀以示，雖近虛誕，然安知非度西對語偶合耶？度西後以進士官知州，有政聲。年八十餘卒，臨歿端坐書二十八字云：「擔柴運米百無能，自讀楞嚴自剪燈，夜半萬緣鐘打盡，前身南嶽一枯僧。」臨命之際，猶復拳拳前事，豈真所謂生有自來者歟？若衡以今世章嘉呼圖克圖轉世事，似又不盡妄也。

里中袁潄六太史，幼極警敏，其家延一宿儒至塾，課其文，師詢所業，則五經已畢，又問曾讀《爾雅》否？太史亦漫應曰：「熟讀久矣。」師知其夸，乃命次晨背誦，太史本宿塾中，入夜，師息燈早眠，默察之，見太史抽架上《爾雅》一卷置枕畔，取故紙作巨捻，夜半，於帳中燃火疾讀，約炊許時，滅火酣寢，明旦，掩卷誦之無少誤。又長沙童子周某秀異逾恆，人以神童目之，方讀《易經》，適有父執過，戲出聯令對云：「周神童，讀周易，易。」周應聲曰：「左丘明，作左傳，傳。」此聯頗為時人所稱，而周之名則不甚顯，於張袁為遠不逮矣。

妬婦

造端之際，始繫人倫，然燕婉之求，每乖宿望，或情投膠漆，才美無雙，乃至鏡掩離鸞，恨埋黃壤；其有嫁才人於廝養，侶嫫母於宋朝，弔影憎聲，翻多老壽。至於恩分蘋藻，怨結蘼蕪，曉共衾裯，暮成陌路，禿毫挦口，悉數難窮。因知房闥之間，大抵蹙額之時多，展眉之日少，又不自近世然也。趙松雪、管仲姬白頭相愛，談者艷稱，吾湘李石梧、蔡漁笙夫婦，差與為比，文采貴壽，並紹前徽，有《梧笙館唱和集》行世，其琴瑟之樂，魚水之歡，累數十百年間，不易一二見也。

淄川蒲松齡撰《聊齋志異》，屢書妬婦，如「江城」之類，每出益奇，疑其於戚里中，必親見奇悍之女，大肆頑凶，且或所覯非一，於其淫威狠態，肆毒閨闈，窮極刻畫，要非全出虛構，特從而誇飾之焉耳。篇中藉辭託意，含忿莫伸，則假手靈狐，予之奇創，聊復快意，反合人情。舊時坊間有《醒世姻緣》說部，署「西周生」撰，西周生不知為何許人，其文字多用齊東土語，描繪悍妻，視松齡尤甚。中述薛素姐最為猛惡，至捶夫八百，氣息僅存。胡適博士以素姐略似「江城」，又為東魯故實，且以松齡他所著書，與此相校，其用俚詞土諺，分別銓次，或相類似，或悉數雷同，又謂摹寫中閨，半多妬虐，以此推斷《醒世姻緣》說部，必蒲氏所為，西周生乃其假名也。此一假定，縱不足盡饜談者之意，要自新奇可喜，況博士以科學治小說者耶？

少時行經滬濱，聞人言一高樓少婦，其夫遠出，有前妻弱女，才七八齡，婦遇之甚酷，撻楚無完膚。嘗於雪夜褫女綿衣，逐至陽台露立，已則鍵扉臥。幸此女體健，忍凍至明，攀屋椽而下，適遇一西籍船長過此，見而怪之，頗能華言，詢知其故，女殊依依不去，遂收置舟次，教養如其所生，後此女學成歸國，頗立名業云。自餘於戚串間，曾睹一老翁跪捋白鬚，親承大杖；亦有何郎粉面，歷具爪痕，但聞見之奇，不惟遠謝西周，抑亦不逮蒲翁一二。蓋時世已異，教化日新，淑女賢媛，比肩輩出，鳳麟之化，梟獍已稀矣。

佛說因緣，毋踰前業，所謂「怨憎會」、「愛別離」者，則固仍在尋常伉儷間也。

周氏子

佛家言業識，所謂「業」，即指人與人間相互發生之種種因緣，凡所有恩仇憎愛皆屬焉。一念之微，蘊藏識性，往往相為攀纏，歷無數生死而不可解。人負負人，責無他貸。六道眾生一切有情眷屬，胥由是而生。父子兄弟夫婦之間，情愈切而業愈深，相取相償，莫能踰越，乃至人羊遞食，報盡乃窮，此其說之大略也。

吾鄉有周姓者，年四十餘，性謹厚，負販遠方，識一河南吳姓，與共貿易，甚相得也。吳曾寄鉅金於周；久而不至，以相識未久，不詳其邑里，乃遍託所識豫籍賈人查問，終無耗。又久之，始出此金經營，年餘獲利甚豐，歸設肆，業益振，遂買田廬為富人。仍念吳不置，乃別析其金，並子母列冊紀之甚詳，以待吳，而終渺然。周妻久不育，至是忽產一兒，夫婦極珍護之。兒慧黠甚，襁褓中方在嬉笑，倏睹父至，立變色怒目視。稍長，益視父如寇仇。年十六，游蕩廢學，與群兒博，一擲百金，每背父舉債纍纍，周隱忍償之，逋負如故。一日兒方博，周操大杖撻兒，兒奪杖擲地，瞋目裂眦視，周審其神情，則儼然吳也！大駭而罷。逾數日，治筵徧延姻家長老至，親揖兒居上坐，嗚咽言曰；「某年力就衰，自今始，將歇業析產閒居；以終餘年。」座中一長老云：「君業方盛，且子幼，胡出此言。」周因詳告昔年與吳結交及寄金始末，立轉面謂兒曰：「老友毋憒憒！自汝去後，遍訪無耗，曾留金待汝，汝金子母均有冊籍可稽，二十年來迄未妄動。今計此肆及田廬，皆汝金營運所得，應悉予汝。另薄田三十畝，乃我舊物，留為我二老暮歲饘粥之需，毋以我為昧義背友，存心乾沒也。」兒本昂然高坐，聆此言竟，顏色驟變。忽長跽父前請曰：「父所言，兒一字不解。適思素日所為，誠不肖，今當立誓改悔，願父重營生理，俟兒年長再承父業可耳。」諸長老從而勸解之乃罷。兒果自此改行，侍父甚恭。人有問兒者曰：「若於尊翁，何前後判若兩人？」兒答曰：「嚮於吾父，聞聲憎恨，自爾日宴客後，轉恨為憐，亦不自知其然也。」是豈果符釋氏之說耶？抑心意之動而良知隨發，因而改過遷善耶？其事固確然可信，非臆造也。

周二勺

清咸同時，吾邑有良醫周君，佚其名，潭人呼之為「周二勺」。湘俗謂人戇直曰，「勺」，諺語亦暱稱也。君富而精醫理，能療奇疾，應手癒。為人診治，皆不取資，富室延候不恆往，貧者有請則立至，或贈藥留治，俟癒乃去。性好食鼈，病家探其意，為烹鼈盡美，輒欣然赴之。嘗於六七月間乘肩輿出詣病家，行經陂塘，見鼈浮首水面，即暴起，從輿中躍赴水，俟捉鼈已，遍體淋漓，仍復入輿行，或拍浮半日不得。人爭傳以為笑！潭之人無少長皆知君，言其目能洞視肝膈，實則醫術不至此，特其學驗精到，又警敏過人，故能卓樹名業耳。

有孕婦當產，一日夜胎不下，君至，適階前梧桐一葉飄然墮，拾起令煎水與婦服之，俄聞兒啼，人以為神！君曰：「醫之為言意也。今日方立秋，井梧適落，凡物以應候得氣為驗，餘日不爾耳。」同時醫者楚姓，亦負盛名。有富戶兒年十六七，病瘵，療千金不瘥。楚診之曰：「肝已半爛而蟲生，疾不可為矣。周君術出我上，盍往求之。」富戶就君乞治，並告楚意。君審視兒久之曰：「楚君所言病象良是，吾術亦窮，然尚有神藥可以活兒。」乃令於凌晨從其家徒步至，又預囑必於日出時飲藥始効。兒家相距里許，翌晨至，日出已高，君曰：「時已晚矣，可俟來日。」詰朝兒辨色即行，抵君寓次，喘息稍定，君持藥盈甌，令兒飲之盡，少待送歸，自是兒果日有起色。旋為立方服藥，遂癒。人後問君何處得神方濟人？君笑曰：「嚮日所見兒病肺已深，吾思藥中惟枯礬可以療之，然不易驟達，故令兒遠來，趁其肺葉全舒，令立飲一甌，藥牲行矣，然後另以方劑收功。惟譽價至賤，恐其家不信，故託言神藥以示莫測，令再至以堅其心，皆權宜為之耳。」

邑名士歐陽匏叟與君善，嘗為其母稱觴，曾文正公國藩方在籍辦團練，與湘撫及藩臬等皆至。有相士某，術甚精，匏叟令遍相座上諸人，所言多驗。及君；亦云格法甚貴，當為二三品官，闔坐皆笑。相士復請君揚聲行數步，遽曰：「步輕音濁，應是江湖布衣，然當以一藝成名。」里閭間至今猶傳其言。

醉鬼張三

謝文凱久居平津，多識燕趙奇人，言有醉鬼張三，清季劇盜也。後改行為良民，謹愿若無所能，恆遨遊市間，日在醉鄉，故群以醉鬼呼之。有知其前事者曰：「張往為盜，橫行京畿，為順天府尹某所獲，愛其材武，置左右，使主緝捕，盜案一室。卒遇他盜，藝遠出其上，受創幾死，傷癒乃折節深自斂抑，口不復言技擊云。」文凱固未識張，嘗過其友，友曰：「今日君來大佳，稍待當使君覿一異人。」須臾張至，友介見已，相對飲，酒酣，從容乞張一顯身手，固辭。及出，至前廳，聞承塵鼠嚙聲，張略聳身，見其一手各持一巨鼠，擲之門外，驚竄而去。事出轉瞬，承塵高丈許，亦未見張騰身上躍，而取鼠如探囊，其矯捷如此。文凱後與相狎，屢乞學藝，張曰：「君欲習此，惜不遇董海公一輩人，若僕者，藝實未精，不足為人師也。」

張言董公名海川，為肅王內侍，久之無所表見，惟給事勤慎而已。王習花槍，以雄武稱，一日方在後圃習藝，海川以金盤貯香茗至，旁睨久之，忽微哂。王問曰：「汝何笑，毋亦解此耶？」海川不答，王怒舉槍柄擊之，海川走避，王愈怒，追抵牆壁，至一角，已無可避，驟舉刃猛刺海川，牆高數仞，海川本循牆立，刃方下，其身忽驟升二丈餘，仍背貼牆壁，雙足踏空下視，王大驚釋槍下拜，遂禮之為師。海川有高第弟子二，一陳姓，在京師設眼鏡肆，稱眼鏡陳。一馬姓，業賣煤，稱煤馬。馬性僻鬥狠，屢殺人撓法，戒之不悛，後與一黃冠鬥，不敵，被傷中要害，將死，詢敵姓名，黃冠曰：「汝母問，我代師行誅清門戶耳。」陳於庚子之亂，憤聯軍無禮，徒手格殺十餘人，方躍登屋，為短鎗掃射死。

文凱晤張時，在民紀二十三四年之交，已七十餘，貌如常人，惟步履輕健耳。嘗語文凱謂：「吾輩習技擊，下苦功數十年，往昔號萬人敵，縱橫一世者；自世有鎗砲，一尋常人攜械，制之有餘，故後來皆相率斂手，此道漸衰云。」

談技擊

說部侈言神異，飛行絕跡，劍氣如虹，十九皆妄言也。然吾國武術精湛，超群絕倫之士，實所在有之。近三十年還，南方以杜君心五為最著，朋好中列弟子籍者，今猶不乏其人，技擊之精，罕與為匹。

曩余為李將軍掌書記，將軍新自重慶歸，為言一日延杜君午飲，坐客偶話及近人小說《啼笑姻緣》，中有所謂關壽峯者，能於席間，以箸挾飛蠅，一一置盤中，恐無是事？杜曰：「此不難，今試為之，博諸君一笑。」一時當孟秋，渝中餘暑未銷，青蠅三五，猶接翅飛繞鼻端，驅之復至。杜即以所持象箸憑空挾之，應手撮置碟內，無一免，皆蠕蠕動，但不能飛耳。又言杜在渝時，侮夜歸寓，須經一山坡拾級下，山路險仄，左叢莽而右懸崖。有好事少年數輩，思挫杜，潛伏路隅，伺杜下及半，一人自後暴起、騰一足蹴之。杜忽迴身疾如風，出二指挾其脛，叱曰：「我一彈指，汝墮懸崖下折項死矣！姑念年少無知，且釋汝，後勿復爾。」自此無敢犯者。另傳杜在筑垣過市，見一少婦負兒至屠肆購肉，屠橫暴相淩，杜前勸之不服，屠方據肉案喧呶，杜以一手託其頷下，遙擲過街，數丈外飄然墮，亦竟無苦，一市譁笑，徐乃知為杜君也。友人胡君偉克言，杜在滬上，有某君藝甚高，極自負，屢蹤跡杜欲與較，杜避不見。某次邂逅於一巨宅，甫覿面，即以角藝為請，不俟答，遽舉拳搏杜，杜笑而走，又躡其後追之，漸逐至牆隅，地仄僅容身，無可避，乃舉足猛蹴，眾客環視皆驚呼以為無幸矣！忽聞巨聲，則當足蹴處，牆裂數尺，且洞穿，視杜則拱立他處，笑容未斂也。某君乃服。

杜身如綿，頭足皆能反折，嘗寓居一旅社，方背戶據案作書，侍役欲白事，自後呼之，答以未暇，仍刺刺不已，杜忽反面至背與應答，頸以下皆不動。侍役大駭！以為遇鬼，昏絕仆地，良久乃甦，後常以此告人云。

紀王顯齋

北平故都三十年前，曾盛傳王顯齋，無少長皆知其為異人，或曰：「此真所謂有道之士也。」友人謝君，曾親見之，閒宵瀹茗，為細話其事，非盡出耳聞也。

故都有四大凶宅，近南城者尤著，積歲荒涼，無人敢入。一夕附近居人，忽見其宅有炊煙縷縷出，怪之，趨往視，則庭除淨掃，簾幕低垂，不知何時，已有人僑寓於此矣。里老二三，聞其異，升堂問訊，主人出肅客，年五十餘，衣冠樸雅，自言顯齋姓王，適從南荒薄遊至此，見大宅荒廢無人，權假館焉。言已取茶具出，螺碧芳甘，飲之清涼滿頰。主人復從容言：「行腳萬里，隨身無三尺之童，今寓此待友，行且去矣。」眾辭出後，窺其門鎮日嚴扃，亦不見人出入，惟客獨身，深居大宅，竟無薪水之需為可異耳。又半月，寂然如故。有好事者乘夜踰垣窺之，惟遙見其讀書獨酌而已。

漸久，鄰右時叩扉請謁，每到門，三叩即開，入其室，茶酒常溫。談至款洽時，顯齋往往啟櫥取肴饌為供，熱氣蒸膽，亦不知何由至也。遠近傳以為神，來益眾，有執贄請為弟子者，亦不甚拒，由是顯齋之名益著。

謝君曾數詣顯齋，不問何時，指三彈，顯齋必親啟闔迎入，無或爽。謝一日偕其友鮑姓同赴，將及門，囑鮑伏暗隅，俟已入，闔扉後，再突起叩門，以覘其異。既約定，謝彈指，顯齋果及時至，復閉關導謝進，將升階，忽顧謝而笑，疾反身走啟門，正飽扣扉時也。前後無累黍差，謝詰其故？曰：「偶然耳。」

謝既頻至漸相稔，叩其學輒亂以他語。又嘗於一夕訪顯齋，忽為具酒食，出酒罌予謝，罌細頸便腹，計所儲不過數杯，而連酌十觥不盡。謝笑請曰：「公平日固言無異人處，今乃見之！」顯齋愕然問故？謝曰：「涓滴之酒，何乃浥之不竭？」顯齋曰：「酒適盡，君醉甚可歸矣。」謝再酌則罌亦罄。

顯齋好飲，各地佳醞皆有之。惟須視為嘉客，始命酌。尋常但啜茗，茗亦上選，紅芽碧蕊，視客所好，各稱其意。座間喜供螺貝，大小雜陳，客嘗問何愛此？曰：「素處蠻陬，不見海物，野人以此為奇耳。」

時蓬萊吳將軍方閒居，有舊僚某老矣，僅一子年十六七，頗慧，忽得瘋癇疾，每病發，狂走市廛，數健者不能制。某百計求治無效，聞顯齋名，長跪求之，顯齋怫然曰：「吾生平不知醫，奈何以此相浼！」某遂乞將軍親往懇，數請，始勉為一行，及見此兒，正跳踉呼叫不休，顯齋遥前連批其頰大罵曰：「汝乃狂易至此，令汝父暮年寢饋不寧，今日乞吾至，見汝狀甚恨，吾何術治汝，惟知痛加撻楚耳。」言已又覓杖逐之，此兒忽反走閉扉臥，顯齋微哂曰：「狂子知懼矣。」兒臥一日夜，疾頓癒，後遂如常人。

吳將軍極敬事顯齋，嘗乘飆輪至寓所，約共遊西山。顯齋曰：「公可先往，適有小事須略區處，後當踵至也。」將軍謂「君不偕行，路遠另覓車不易。」顯齋固言不妨。將軍乃留一人伺之，自驅車往。平市赴西山，車行從公路逕赴，無他道可循。將軍坐車中疾馳，時時迴顧，抵山下，須另雇騾登山，又候少頃，渺不見顯齋至，始乘騾登。及達山頂茶寮憩息時，則顯齋已在，將軍大驚詰之！答曰：「公甫行，即乘友人車躡公後，公偶未見耳。」將軍返，先留顯齋寓所者，亦歸復命，詳詢其狀，其人云：「去已久，王先生尚無行意，屢促之，但言尚早，旋起入內，即不見出，未料其果赴西山也！」

抗戰將起，敵屢迫將軍，欲使領華北軍事，不屈，聞顯齋時在左右，以身翼蔽之。未幾將軍歿，顯齋一日忽謂弟子曰：「此地不可復居，吾其逝乎！」明旦，挑二巨桶赴近處井邊汲水，歸至門前，釋擔端坐，有數弟子趨至側撫之，已氣絕矣。詩人陳蒼虬先生曾與顯齋往還，有老友為黔人，年已七十餘，嘗告先生：「兒時數見顯齋，其容顏服飾，一如今日。」先生以質顯齋？答曰：「世間安有是事，彼所見當另是一人耳。」

榮某

文凱曩居大連，方盛夏偶出至公園，憩綠陰下。忽一人呼坐相近，類市井賈人，文凱意輕之。其人坐定，回面展笑，操南音，自言「張姓，家吳會，遠遊流落此邦，為牙入，亦無奈也。」文凱覺其吐屬溫雅，不似尋常牙儈，厭鄙之念頓減。明夕重見於此，偶論休咎，談言微中，不覺促膝。又數日，與其友夫婦來遊，復遇張，置酒共坐。文凱笑謂張曰：「吾友伉儷方歸自英倫，將赴滬有所圖，公通玄理，曷為論之何如？」友素不信此，微哂，意色殊不屬。張正色曰：「吾國所傳易數，理極精微，惜為淺人所壞，吾所學誠未逮，然人世平常微細之事，尚能逆料一二。」因道其夫婦近狀，間涉隱微，如目見。友驚起握手謝。適一英人行過，素與友稔，因介文凱遜坐，此英人略通華言，問適間何事喧笑，友言頃偶談中國玄理，且述張之奇，英人本習哲學者，欣然向張，乞賜教，友請任舌人，張曰：「毋須；我自與言可也。」乃逕操英語為闡述象數，極盡玄微。又隨所問作答，剖析至當，辯舌瀾翻，英人駭服！友與文凱在傍，惟瞠目直視而已。

自是文凱與張過從甚密，一日忽來訣別曰：「邂逅以來，荷相愛，今宜實告，吾非張姓，乃無錫榮氏，世所稱榮宗敬以棉紗起家者，即吾叔父也。吾父好道，素有心疾，語類狂易，家人皆遠之。吾以叔父助，弱冠留學倫敦，將卒業，吾父以電促歸，言旦夕且死，速還一訣。比吾抵家，視父強健如昔，默無一言，逾數日婉叩其意，命略待，少頃持一巨札及書三卷相授，皆緘封甚固，曰：『俟我去後，汝可開緘讀之。』問去何地，不答。但令具湯入浴，浴竟端坐逝。吾先發緘視，乃遺書也。書中言吾近歲在倫敦事了了如繪，書末命輟學細讀所授書，今才畢上卷耳。」文凱問何故至此？曰：「天涯海角，覓人參證。」又問當何往，曰：「難言之矣！」後遂不復見。別歲餘，文凱南歸於滬濱遇一榮姓，詢為宗敬子，偶與話及前事，榮氏子驚曰：「君所遇果吾兄也，家君覓之良苦，今當白堂上遣人赴大連等地尋之。」就質所聞授書事，皆不妄。

平江不肖生

平江向愷然昔歲在日本東京，撰說部《留東外史》，自署不肖生，稿初成，擬易數十金，書賈無應者。後在上海印行，傾動一時，不肖生之名大噪。《留東外史》為舊小說章回體，敘述人物，均頗生動，文筆亦有可觀；尤於諸敗行事，窮極刻畫，易名影射，如勞山牛皮、成連生等，大半實有其人。其寫勞山牛皮行徑尤不堪。篇中言勞山於東京逆旅窮困甚，一日麻冠縗絰，遍叩同學之門，一見即伏地稽顙，泣稱頃接凶問，其父已病歿原籍。同學均往唁，勞山設靈受弔，哀痛逾恆，及賻金已集，立往神戶、橫濱等地狎妓，數日而盡。實則其父尚存，所稱病歿者偽也；愷然文字刻薄類此。勞山牛皮即周鰲山，後在湘頗得勢，矢欲得愷然而甘心，愷然常戒備之。愷然歸國未久，在長沙某鄉辦團練，剿匪頗力，嘗以誤殺人被控。時張敬堯為湖南督軍，稱張大帥，下令拘愷然甚急，遂變姓名匿跡友朋處。會有湘潭黃雁九者，與敬堯有舊，聞其事，強拉愷然入謁敬堯，愷然亦貿然往，比入內，則敬堯他出，因坐廳事以待，少頃傳呼大帥歸，雁九起迎，敬堯隨進，臥榻上，持煙槍搏弄曰：「憊極矣！」雁九指愷然為介曰：「此吾友向君敬謁大帥。」敬堯略頷首，亦不復問。愷然即於臥榻取煙膏，就燈燒之以奉，敬堯漸與言，隨所問應聲答，辭理簡妙，動中窾要，敬堯大悅。乃問曰「君何人，來此見我何事？」愷然曰：「愷然奉大帥令逮問，今來此投案耳。」敬堯大詫曰：「我方名捕君，乃敢來見。適與君接，得識襟懷器識非凡，真豪傑士也。」遽呼侍弁設香案，與愷然約為兄弟。並設盛宴召客飲，就煙榻共愷然縱談至天明，命備輿從送「二大人」歸。蓋締盟時，愷然齒少為弟也。

愷然既入署久不出，雁九為人又不中繩檢，素無信，友朋皆慮愷然得禍，頗懸懸。詰朝，有故交數輩方在愷然所親處，聚言其事，忽見一四人肩輿遙遙至，四弁目前導，輿後復有數人疾趨以隨，皆挾快鎗，行如風，路人辟易，至門首驟停，眾方疑怪！及輿中人出，則愷然也。問之不答，直入內笑曰：「我身無一文，乞速借我四十金犒輿從。」眾共集資予之如數，聞門外喧呼謝「二大人」賞。愷然俟其去，方為諸友詳言之。

愷然於當時仕宦，既多宿憾，鬱鬱不得志，遂以小說鳴。《留東外史》譏彈當世穢惡，有時雖不免過分，而前後貫串，筆致亦復楚楚。至民國十餘年間，又有所謂《江湖奇俠傳》者問世；則荒誕不經，縱筆所如，一無結搆，遂至愈衍愈長，了難休止，而不肖生之名益震。滬上書賈射利者，竟假名續貂，愷然亦不禁，其書更鄙冗不可復問矣。

《奇俠傳》之作，大抵取湖湘間里巷市井所傳荒唐無稽之說，從而附會誇張之，新奇怪偉，惶駭勿聽，而文筆流走，閱之忘倦。衰翁閒漢，屠沽負販，一篇在手，如慰饑渴，甚至彈詞戲劇均於是取材，其影響社會人心至重，小兒輩因此酷慕飛仙劍俠，或相率背家走窮山求之，往往迷失致死，其禍之烈，又豈愷然始料所及耶?

愷然所稱呂宣良、笑道人、柳遲之倫，皆子虛烏有，尤誇述湘潭周二公子，語特妄誕。周實行八，為余里人，余少時猶及見其姪孫某，為巫能劾鬼，自稱得自祖傳，亦不足信也。父老傳言周之父官滇中太守，獄有重囚，太守脫之，囚本大俠，遂以藝授公子。周還里後時時以小術弄人，嘗於夏日負手隴畝間，視二田父插秧，一人仰首見周，忽笑云：「聞公子有神術知未來事，且視我二人今日能竣工否？」時斜日尚高，工且畢事，周聞言踟躕少頃，隨取二落葉擲隴中，戲曰：「今夕工定不完。」言已別去，二田父相顧大笑，工益急，忽見兩鯽躍於前，急掩之，應手滑脫，顯視在數尺外。鯽甚肥；念此可佐晚餐，因共踏泥捉取，隨所逐處，揚鰭奮迅，略無少停，縱横半畝，泥爛秧倒矣。日漸落，魚終不獲，而周復還，見狀撫掌笑，田父始悟為周所戲。此事故鄉老農多樂道之。

柳遲或云為柳惕怡，亦有謂乃指柳森嚴者，惕怡余曾見其人，居長沙市廛為商，了無他異。森嚴好武，而性佻達，好狎妓，每於夜半踰重垣至妓內寢。天明復躍去，妓愛其雄健，多暱就之。聞匪陷省垣，森嚴鬥死甚壯，果爾，亦可少掩其遺行矣。

記柳惕怡

平江不肖生之生平及所撰《留東外史》說部，前曾略記之。《留東外史》所紀諸人，率皆貪鄙淫穢，徒污筆墨，其中矯然特立，異於庸眾者，有「黃文漢」「楊長子」二人，文漢蓋不肖生藉以自託，楊則影射長沙楊宣誠樸園也。樸園美丰儀，少年時長身玉立，平生性行高亮，有不撓之節，卓樹名業，為海軍宿將。留學日本時，深為同學敬憚，不肖生歷毀諸人，獨於樸園盛加讚譽，其所歷敘諸事，大抵有之，非盡虛搆也。以是樸園歸國後，儕輩戲呼為「長公」而不名，逮及晚途，湘人士無少長皆稱「樸老」，今在臺員，雖年垂七十，而儀容秀偉，猶想見張緒當年。

不肖生另一說部《江湖奇俠傳》，全篇以柳遲為主，柳遲即惕怡，余曩在長沙，曾親見其人，時方創辦淥江玻璃公司，體貌秀整，唇間微有小髭，與之言，辭氣簡澹，終莫測其所蘊也。樸老與結契多年，頃為言惕怡數事，多親見，姑為記之。惕怡初僑居長沙接貴街一旅社，樸老遠遊歸往訪之，談倦興辭，與惕怡聯步出，一旅客取長榻當門坐，正呼待詔為櫛髮，惕怡引樸老側身過，行數十步，回睨之曰：「頭權寄項間數日耳，何髮之櫛耶？」樸老驚詢其故，則笑而不言，後二三日再往，則諠傳此客以製偽鈔被逮伏法矣。

未幾，有友數輩，共樸老偕詣惕怡，留飲，肴饌甚豐，及出，諸人在途間共戲言惕怡頗涉怪異，以此暴得大名。因聚謀擬擇地囚之，以覘其異。樸老獨斥諸人曰：「惕怡吾輩友也，彼言行無不謹處，且從不以術炫人，諸君奈何欲困侮之，豈友道耶？」他日復同過惕怡，惕怡罵曰：「君等饜我酒肉，甫出而謀我，行與君等絕矣，吾覺儕輩中，惟樸園長者耳。」爾日諸人所言，距惕怡已遠，正不知何自而得聞私語也。

又一夕，雨雪天寒，群在惕怡處，茗話至夜深，皆苦饑，坐中一客云：「此時若得徐長興烤鴨下酒，豈不甚佳，獨惕怡能以術得之，但恐其不肯盡力耳。」惕怡怒曰：「夜闌肆門早閉，何從得食，若輩真惡客也，然以『長公』故，我豈能令其枵腹耶？」少頃竟出烤鴨醇酒，其飲至明。

秋宵偶與樸老共酒杯，筆其所述於此，聊用破睡而已。

紀歐陽樾庵

世人喜言怪異，儒者摒不置信，今世科學昌明，尤證其妄，然談者尚多，有目擊身丁，闢之甚，或反唇相譏，又何不可留為酒邊茗畔之助乎？樾庵名植一，少習舉業，未冠，在南嶽半山亭一蕭寺中讀書，與同學袁姓者偕，袁與余故居為鄰，髫齡樂就之，袁已白髮盈顛，每話樾庵舊時事，娓娓不倦，聽者亦惟恐其盡。

當袁與之共讀時，一老丐入寺，頹然臥階下，寺僧不甚顧省，將暮，袁與樾庵讀倦，擬出寺閒行，始見。樾庵瞿然撫問，丐腿畔患巨瘡，臭惡不可近，為取水滌患處，裂布裹瘡，予湯及飯，袁但掩鼻遙睇而已。明日，丐稍瘥，索食，數日疾大癒，索浴及舊衣，樾庵皆予之。至夜丐又請曰：「階下臥不便，乞於君榻分半席，再將息數日，行且去矣。」袁頗不堪，而樾庵略無慍色，袁本別室居，夜聞樾庵與丐語刺刺不休，或竟夜出不歸，問何往？曰：「與長者峯頭眺月耳。」居月餘，丐始別去。

樾庵自此常閉目靜坐，頻出遊，袁請偕輒辭，窺其體貌益充，而言行日與前異。樾庵素攻苦，工制藝，又能詩，遠過袁；至是皆棄不為，睹袁習帖括，恆勸止之曰：「八股如蔗渣，數百年來，坐困吾輩，今行歸淪廢，天地間將永不再見此物，何復措意為？且科舉必廢，清社隨淪，吾輩當另覓安心立命處，子宜早歸，吾亦逝矣。」袁以為狂，漫應之。

是歲將闌，樾庵遊未返，寒雨彌空，袁在寺內擁爐坐，忽見二客闖關入，勁裝佩劍，狀貌類江糊豪士，詢歐陽君在否，袁惶惑未答，樾庵已從門外歸，揖客坐，客遽以角藝請，樾庵拱立座隅，一客疾上，不及五步躓地不起。另一客挺劍復前，樾庵取案上旱煙管格之，聞有聲鏗然而劍落矣。二客匆匆離去，袁始神定詢樾庵，何時乃精技擊？答為前時丐者所教。問丐者何人，曰：「彼柳州孝廉，喜遊戲人間，今為吾師。」又問何為患惡瘡？笑曰：「亦偽作，聊相戲耳。」

先是樾庵已論婚於同邑胡氏，其婦翁為粵督署巡捕官，全家僑寓廣州。貽書令樾庵赴粵入贅，摒擋將往。一日，樾庵私謂其母曰：「昨來視新婦，貌殊不甚都，兩頰且有痘痕。」母詫曰：「胡氏宦粵垣十餘年，又地隔千里，汝何從見新婦，乃白日夢囈耶？」樾庵曰：「兒昨夕隔窗見新婦燃燭製嫁衣，繡並蒂蘭半瓣未就，針黹精絕。又聞彼與家人言，辭氣婉順，其工與德，似勝於容。」因並婦翁家門闑何向；及室內几案書畫羅列方位，歷歷述之。母以為奇，告其父，乃作書寄胡，就樾庵所言者，一一詳詢令答，及得復，果皆不爽。

樾庵在粵年餘，為粵督所賞，擬特疏論薦，倩婦翁堅辭乃罷。越南釁起，樾庵自請往佐馮子才軍，諒山之役，功頗多，其事甚祕，莫可得而聞也。

民初樾庵倦遊歸，家居近花石戍，距昭潭百里，猶時時至城市存問故人。相傳樾庵戚某少日曾同硯席相得，以有田與人接壤，涉訟。官示期傳兩造面質，戚知樾庵還，因約乘肩輿同行，行一日半抵城，始記忘攜契據。其田畝經界，四方所至，均恃此以為佐證。翌晨須詣公庭對簿，離家既遠，計往還二百餘里，惟恃徒步，即令急足星夜疾馳，亦已無及，戚憂惶無計！樾庵徐問曰：「契據在君家何處？」曰：「在內室第幾櫥中。」又問：「曾下鑰否？」曰：「素日扃之甚嚴，鑰常佩之，今尚在身畔也。」樾庵因就索其鑰。問何用？不答。是夜就旅次共榻抵足臥，戚假寐以覘其異，惟聞樾庵咍然大軒。明旦；樾庵肘戚起，持一紙並鑰授之，取視；正所需契據也。喜過望！樾庵戒之曰：「此小術，不得已用之，慎勿告人。」戚後於酒次洩其事，遂為潭人所傳。

樾庵晚自號痴仙，益自韜斂，每佯作痴騃，以掩其跡。余曾迎至家，事以師禮。請學，教以靜坐。請益，曰：「讀書養氣，他非所知也。」余嘗在湘濱築小樓習靜，擬闢窗迎西山爽氣，樾庵親為測定之，攀簷至閣頂四望，久乃下，輕捷如狸奴，時年近七十矣。

周仲平

春波展縠，柳絮搓綿，正湘濱三月暮也。長沙瀕臨大江，隔岸麓山飛秀，有雲麓宮、愛晚亭諸勝，湘士踏春，恆喜覓醉其間，舟檝往來如織。有平江凌君伉儷，與某翁買舟偕遊，方解纜間，一人從柳陰中飛步出，呼稍待，凌視之欣然，請其登舟，介翁相見曰：「此同鄉周君仲平，當世異人，公識之否？」翁注視周，目睒睒動，周忽摘其所御眼鏡，擲江中。翁本近視，去鏡，則五步內不辨黑白，以周弄己，意色殊不平！周笑曰：「邂逅相見，不宜使公不愉！」乃信手扣舷撮之，鏡固在掌上，江水猶滴滴也。再三拂拭，鞠躬還翁。及渡江，留之不顧，大笑而別。

長沙處處爭稱周仲平，訪其寓，則榜門謝客，或稱遠遊未歸，然恆有人於博場遇之。周賭甚豪，有時負千金，倖倖去，踰數日，債家各得其資，或由別一人送至，或逕在案頭無意得之，均悉符其數，益相譁以為神。

余戚劉君任長沙縣長，一日設宴延周至，乞觀其藝，周令取青磚二疊，每疊凡十二枚置地上，先立近一疊旁，舉掌斜劈之，磚角碎裂，劃然如中利刃。另劈他疊，則上下磚皆斷，惟中一磚完好如故。又令人於十步外懸銅鑼，駢二指遙擊之，隨所擊處鏗然鳴。

凌君與周相稔，偶亦往還，凌在城北築新居落成，賀客畢集，周亦至，座客強周獻技，周問主人需何物？凌以時鐘對。又問擬以款若干向何處購取？凌答以寸陰金為佳，價在十金內即可。寸陰金者鐘錶肆也，在南市相距頗遙。乃向凌索十元幣一紙，取緘密封之，置盤內，另以帕覆其上，即與諸客入座其飲。酒闌，周忽曰：「幸不辱命，物已至矣！」趨至屋隅，應手從暗處取一物出，包裹甚固，發視乃一小檯鐘，附五角輔幣一，寸陰金發票一，所購時日及鐘值九元五角均詳列。凌立遣僕持此向市肆詢之，稱有人適間購此鐘去，約炊許時矣。又驗盤內所貯者，則空函在焉。

余歸自東京，因凌而識周，周貌椎魯，與之言，鄙俗如市井中人，疑其故作是態，嘗與老友沈君醉七言之。醉七宅在明月街，余賃居前楹，晨夕相見。其兒婦有金條脫貯奩中，忽失所在。適周過，偶與言及，周曰：「此易耳，當為覓還。」因就詢所失條脫輕重形式及製處甚悉，約俟七日後再告。屆期，周匆匆至，就門前一曠處立，囑醉七公子取囊，滿貯沙其中，覆以巾，置地上，須臾周自起揭巾，傾囊去沙，有物燦然躍出，正所失條脫也，公子夫婦皆大歡，是日觀者如堵，爭駭詫相告語，周名益播。後數日，醉七私告余曰：「曩周所覓得者，非原物也。吾兒言，其婦條脫有二，乃嫁時物，御之已數年。今所得者輕重製作雖相似，但新舊一見即辨。獨未審周作是狡獪，意果安在耳？」因相與論漢世欒大新垣平故事，疑其嚮日所為類是，皆詐也。又數年，遂有戴某盜金案，而周被誅死。

戴某，湘潭龍淵漢侯之妹婿，以漢侯薦，為湖南省銀行司出納，頗好冶遊，所耗纏頭，常從金櫃中私取之，久日多，負累達數千金，無可償，引為深憂！素識周，陰求為計，周曰：「我有異術，名為飛蚨，咒母則子集。如有萬金為母，則十萬可立致。汝司省行鎖鑰，何患無資。今可以萬金畀我，作法不過數日，十倍其數，除償原金及汝所負外，餘款兩分之，汝與我皆富矣。」戴震其名，又貪金多，乃盜萬金與周，浹旬無耗，往問故？周曰：「前金為我一博而盡，可再以萬金來。」戴又予之。後再索，欲不予，則愓以危詞，計前後竊金二十餘萬。戴懼罪，周遂挾之逃，數日即被捕歸案。

湘大吏某惡周以妖妄惑人，必欲殺之，遂戮於市。戴判徒刑十年。漢侯方為亞細亞洋油公司買辦，盡出金償戴所負。後與余瀝述其事，猶欷歔不置！其為人誠厚，與余交甚篤，竟以此傾其家。

蛇異

生平畏蛇，見則驚避，台地最多此物，幸僑居八歲，迄未遇之。聞市人有以殺蛇為業者，蛇羹一器，取值甚廉，或生割其膽，瀝入酒杯，云飲之眼明，北市西門町圓環兩處均有蛇肆，曾不敢一過其門也。

劉緝光君讀書未就，先君歸田後，曾使司錢穀，其為人歷練多聞，為余言少時就讀鄉塾，有同學某年未冠，頗慧，然平居若有重憂！所為詩文，時作鬼語。詢其故？自云：「每覺悲來橫集，亦莫知其然也。」未幾齋居臥病，日漸萎頓，一夕索筆為詩云：「殘魂歸向空帷畔，定有委蛇示化身。」同舍生均不解。逾日舁還其家，即氣絕。是夜某齋中所臥榻，忽有一小赤練蛇據其上，驅之不去。一生戲言曰：「此所謂委蛇示化者非歟？」方喧攘間，旋失所在。明旦緝光偕同學數輩往弔，至則甫入殮，靈櫬在堂，諸人酹醴於前，猝聞窸窣聲，倏又一蛇蜿蜒直上，至棺頂盤伏不動，昂首吐信，若受祭然。諸人審視此蛇，恍佛前夕所見。因具告其家，遂不逐蛇。及歸窆，蛇乃去。

鎮江范震雨辰之妹，年十四五，偶過溪濱，見草間有一黑蛇，粗纔如指，奄奄將斃，戲以石擊之立殞，歸發譫語，數日寒熱大作，狂呼跳擲，數壯夫不能制。棟宇高數丈，一躍即上，騎屋角長號，鄰右譁噪逐之，即起履屋瓦如飛，所踏瓦無一碎者。女所臥室，有玻璃窗，疾少間，則坐窗前，信手取物遙擲，物一一逕穿玻璃過，隨物體大小，四面如劃。或取豆擲之，亦皆洞穿，積久玻璃纍纍皆豆孔。如是近一歲，雨辰百計治之不癒。忽一道士款門自言能療奇疾，遂館其家。初時與女喃喃，不解其作何語，似往復辯難。女狂易如昔，道士令械繫而已。積數月、道士呼雨辰告曰：「祟若妹者乃一黑蟒，自言為所斃，故來索命，已勸諭數四不聽，今當行法矣。」因令疊七案為壇，並設互甕於左，道士披髮上坐，以兩手作勢環轉不休，女先在室大鬨，至是忽哀呼乞罷，道士瞋目不應，環轉愈急，旋起右掌，從環轉處中劈之，聞女長號一聲而絕。道士下取甕，似有物投入，另取符封甕口，令乘夜埋路旁。女頓蘇，後遂如常，雨辰今在台，曾親與余言之。

談狐

淄川蒲留仙善談狐，著《聊齋誌異》，最為膾炙人口，奇情麗采，藻墨留芬，寫妖異之事，而於兒女燕私，以至恩仇離合，一揆諸人情之正，故能感人至深。然按其事實，多出虛構，可斷言也。

狐盛產於北地，湖湘間亦數見不鮮，其為妖幻，固常有之。余故居湘江之東，兒時曾聞先君言，距家二三里，有村女未嫁，為狐所憑。時先君與孫蔚林農部先後領鄉薦歸，鄉俗以新貴能辟邪祟，強延一往，辭不獲已，勉與農部共赴之，方登其堂，聞女在室內言曰：「真大可笑，無故請兩孝廉來鎮壓我，我不犯彼，彼將奈我何？」其語音類平津男子，絕非鄉村弱女口吻。先君與農部相視默然，為少留辭歸，數日女病瘵死。

舊識辰谿文生，為張弧代杉婿，弧長財部，居故京一大第，生一夕宿其樓上小齋，夜起敲火燃捲菸，忽聞頭上有人語乞火，仰視則一老翁翹足坐屋樑，持竹製煙管，狀甚幽閒。生知為狐，即亦不懼，立案上以火遙遞，翁取火裝淡巴菰吸之，頃刻煙霧紛騰，遂失所在。生還湘為余言，曾屢與相見，不為害也。

劉緝光君言清光緒十年間，湘潭有天后宮，香火甚盛，天后為海神，潭人稱「聖母」，即臺灣所謂「媽祖」是也。廟中女冠四五，茹素清修，一日有老嫗至，御玄色單衣，似粵產之香芸紗，甚修潔，時深秋涼飆颯然，而媼容膚光潤，薄袂臨風，無瑟縮態。入門少休，即趺坐廡下，不語不食數日，狀類入定，諸女冠以為奇，焚香膜拜之，事傳於外，婦女爭往伏謁，有以病求治者，訴於前，媼輒張目視，令取水以掌略按其上，俾持去飲患者，多獲痊，於是來益眾，遠縣聞風，絡繹相屬於道。然廟祝不斂錢，媼亦無所需，地方官不加禁制，但於肩摩轂擊時，飭吏役稍予彈壓而已。其明年春，有獵者一行，過廟前，擬排眾入視，突所攜數獵犬狺狺據地狂嗥，一犬直前咋媼，媼立仆地，化為黑狐，衣如蟬蛻，毛血殷然。眾急逐犬救視，已氣絕矣。緝光時在童年，於人叢中親見之。且云：曾數見媼，衣飾形貌，猶歷歷在眼中云。

雞點穴

長沙王德薰少讀書從軍，兼通形家言，嘗以暇日，芒鞋竹笠，踏遍近郭諸山，言人家休咎，多不爽，歲丁亥、戊子之交，蹙然私告其友曰：「近年來觀吾鄉新妥諸塋，以葬法言，多主敗亡，或甚凶戾至招奇禍！地氣如此，世其亂乎？」其明年，中共渡江，長江屠戮至慘，往往一門灰滅。所言乃驗。

德薰言長沙塘衝園周氏，奕世科第仕宦不絕。其先世有諱沖元者，家頗饒裕，有田在湘濱之施家湖，年穀既登，必親往按視，運租返。佃農胡姓，歲飼一鷄甚肥，俟其至，烹以獻，久乃著為例。某歲大熟，收獲甚豐，素所畜鷄，忽為狼攫去，一家譁噪逐之，狼棄鷄遁，涉夜不辨落何處，詰旦又遍覓鷄不獲，歷數日，遂亦置之。胡家近處有小廟，祀社公，胡幼子戲廟前，見小穴有浮土掩其上，掘視則鷄在穴中，蓋狼被追急，匆遽置此者，因攜歸，胡與妻審視，鷄死已久，而毛羽完好，割之血肉如新，適沖元又至，鼎烹而薦，沖元啖而美之，讚譽過於平時。食畢，胡妻自中廚出拜，又盛稱其烹飪之精。妻喜甚！顧素性樸拙，因道此雞幾膏狼口，及攜歸烹食始末，胡大慙，急止之已不及，乃謝罪，沖元甚以為奇，私怪秋暑未銷，鷄死穴中數日不壞，或為吉壤。沖元故諳堪輿，即令胡導往，立廟門見沙水迴環，峯巒朝拱，真佳城也。惟其地雖屬己業，而社廟則為一鄉所共有，廟不遷即終不能易為葬地，籌思久之得策，私告胡，謂事果辦，當除明歲田租之半，並約永不退耕以報。議定；沖元逕歸。

社廟香火甚盛，胡夜半起，取爐中斷香殘燭，插置數十武外，仍周地也。經月餘風雨無間，鄉人睹其異，訛言社公欲他還，胡從而張之，久益盛。眾議醵貲，就其處營新廟，費鉅無所出。商之胡，胡曰：「容我白主家周君。」竟延沖元至，眾以請；沖完慨然曰：「社廟新遷，既仍在我處，所需不勞諸君，我一人任之可耳。」新廟已建，舊址夷為平地，沖元報胡悉如約。後數年，沖元長子病卒，乃殯其所，又久之，沖元歿，遂父子合葬焉。故世傳「鷄點穴」。陰陽家稱其墓地為「玉筆投池」云。

陶八牛

余前紀周氏子事，似為再世覓釁而來，以其父數言獲解。惟其父本無惡念，又據理剖陳，遂得化乖戾為祥和，正符釋氏從根解結之義，故賅理與情言之，聖凡莫之能越也。王君德薰偶過茗話，從容言凡積孽如蘊毒，不問久暫，蓋無不發者。因為述陶氏子，與周正相類，而始末事例不同，其足警世則一也。

長沙沙坪陶氏，清咸同時以武功顯，子姓同時官至提督凡五人，鄉里榮之。陶茂林即五提督中之一也。少時體格壯健，以行八，人呼之為陶八牛。及長，投左侯麾下，積功為提軍。官新疆時，有何定根者，家鉅富，為教匪誣攀，陶奉命理其獄，不為申雪，一門坐斬，家被籍沒，財物大半為陶有，陶後罷歸，年六十尚無嗣，妾忽有娠，將產；陶具衣冠禱於神，冀得子。方坐廳事候傳報，倏見一黑犬直入內室，連叱之，若無所懼，頃刻遂渺。家素不畜犬，不審何自而至，立命僕婦闔內室窮搜，終不獲，而兒啼聲大作，妾已舉一男矣。洗兒罷裹以文繡拜陶，陶瞥見變色咤曰：「孽子孽子！」立命斃兒。時親友來賀者盈門，大驚尼之曰：「公晚途幸獲麟兒，奈何出此言！」因令乳媼抱還謹視之。陶此後悒悒不樂，背人告所親曰：「吾昔歲理何定根案，內疚神明，今睹此兒，神情胡乃與何酷似？」所親設辭譬解，陶終鬱鬱，數年卒。兒稍長，狀如痴，生十齡不解言語，與之食即食，坐起皆需人扶持。及冠為之娶婦，婦頗艷，而淫蕩特甚，以夫騃稚，蓄面首數人，日縱酒豪博為歡。鄉黨恥與往還，不十年，產垂罄矣。兒年三十餘，大病將死，一日氣絕復甦，張目四視，令召姻親數輩至榻前，大言曰：「我非陶八牛兒，乃何定根也。茂林使我陷大戮，又奪我貲財，茹恨泉台，再生以報。計所取假手吾婦耗敗，已略相抵。惟茂林曾攫我三玉杯，乃何氏傳家之物，今尚在樓上第幾箱中，煩為取至我前碎之，我目瞑矣。」語音爽朗，大異平時。眾如言登樓檢視，果得杯予兒，兒摩挲有頃，一一碎裂，嗚咽數聲而歿。陶有少妾，至抗戰時尚在，貧如洗，年九十矣。鄉人戲稱為八座夫人，及死，眾醵資殮之。

記龍錫慶

友人安化蔣君劫餘，宣勤法曹，鬚鬢如銀，有道之士也。頃為言其同邑龍錫慶事，可資談助。錫慶字寅階，清咸同間以舉人筮仕西北，為健吏知名，連擢至甘涼道，調升湖北按察使，轉任浙江布政使以疾卒。當錫慶官甘涼時，夢室一處，海碧四圍，遠望無際，蘼蕪引屐，花徑飛香，眼前倏見精藍，窮極壯麗，方擬舉步入內；一道士稽首出迎，宛如舊識，遂共把袂前行。殿閣玲瓏，重重金碧，穠桃千樹，鶴唳數聲，耳目所經，似非人間所有，道士肅坐奉茶，略致寒暄，便導往內院，別有松軒數楹，室中一人羽衣星冠，據榻而臥，道士遙指謂錫慶曰：「此君前身，方在定中，不宜驚擾，黃粱夢薄，一寤而回，願勿昧夙根，致淪塵劫。記取二十年後，重至此間，舊日同參，待君上座矣。」錫慶詢此何地，道士云：「路近普陀，世人所謂靈虛島也。」又究前身事？微笑不答。正擬趨至榻前，一視臥者，道士舉臂猛推之，豁然遂醒。

錫慶客有陳景梅者，同里積學士，鄉榜中亞元，屢試禮闈不第，遂參幕府為賓僚。錫慶寤後，以語景梅，景梅故能文工詩，乃為張之畫圖，增飾其事，遍徵賢流題詠。及後由鄂擢轉浙藩，命下，景梅入賀且微諷之云：「力伯開藩兩浙，適邇名山，屈指廿年，夢境驗矣。今雖老健，日近懸車，曷若歸釣湘濱，以詩酒娛暮歲耶？」錫慶宦路騰驤，迄無退志，掀髯笑曰：「廿載之約，刻刻未忘，行踐夢痕，藉償夙諾。」遂飭治裝，抵任後，忽遘微疾，一夕而逝。

錫慶既歿，旅櫬隨還，二子中年，並皆摧謝。民紀十餘閏，其孫亦歿，兩世孀居，猶擁厚貲，共於近文擇兒，立為錫慶曾孫，以延孤祚。兒垂髫頗慧，聘名師課讀塾中，至十三四齡，忽發狂疾，跳踉不休，衣物應手碎裂，數人不能制，如有物憑依，譫語喃喃，無人能解，經年如是，百計治之勿痊。

劫餘與龍氏舊屬姻親，時方長邑中團防，少年氣銳，人有以龍氏子「鬼病」相告者，劫餘叱以為妄。所居相距數十里，因親往視此兒。

初抵兒家，門內喧呶，巫醫雜進。劫餘方展問病狀，此兒逕從臥室奔出，於儔人中跪劫餘前泣曰：「我藍玉東也，昔為龍錫慶所戮，數十年來，茹恨重泉，今龍氏祚衰，必斬其嗣以報。」劫餘掖之起令坐，從容詢昔年被戮事，因言顛末：先是錫慶官甘涼時，正遇回亂，時以偏師作戰。藍玉東籍益陽，安化之鄰邑也。生而父歿，其母矢節撫孤，至數歲亦歿，玉東伶仃孤苦，育於義父某。某以微員投効錫慶麾下，為掌旗官，挈玉東自隨，萬里相依，視之如子。久之玉東漸長，年十六矣。某每入戎行，或稍疲，即令玉東卓旗自代，己或尾其後以行。一日錫慶列隊出，與敵交綏，戰少休，據一高山偃息。某緣他故赴別帳，以旗授玉東，舊制，軍中皆紅旗，書主將姓氏其上，字大逾斗，為三軍瞻仰所繫，敗則捲之而趨。玉東既受旗，適山雨驟至，旗為綢質，製作頗精，玉東童年，心惜旗，則捲而懷之，俄而敵至，前鋒將士，舉目不見戰旗，以為己軍已潰，遂大奔敗績。錫慶收餘軍還，召掌旗官至，訊知原委，立斬之。又縛玉東將誅，景梅憐其幼，力諫以為稚子罔識利害，既誅主者，宜可貸其一死，錫慶不聽，卒殺玉東。鬼既瀝瀝自陳，聲淚交迸，劫餘因慰之曰：「汝被枉殺良苦，然龍公久逝，後嗣何辜，與其為厲索命，何如早圖超拔，解此寃讐，倘汝有求，吾皆力辦。」鬼沉思久之始應曰：「吾家桃花江畔，煩令人覓吾族子弟一人，為我後，令龍氏送三千金予之。且擇地招我魂樹碣而葬，捐墓田百畝並置守者，則吾捨龍家兒矣。」劫餘一一諾之，兒仆地，少頃復甦，遂如常人。時龍氏族中有老人曾隨錫慶甘涼者，年七十餘尚在，遺問其事云：「當日曾以戰事，斬掌旗官，所殺者為二人，歲久，不復憶其詳矣。」眾聞此言，始益信。

兒漸癒，龍氏立為藍玉東營葬地，兼齎金詣桃花江詢藍玉東，無知者，環江畔百里內外亦無藍姓宗族，事遂擱置。又數月，兒復癲癇如初，旋逃去，不知所終。

餘言：當與藍玉東相向問答，幾歷半日。所言被殺時之人地情景，如在目前，聽者皆傾耳忘倦。然其言藍氏竟不實，亦終不捨龍家兒，所謂「鬼神之事」，蓋難言之矣。

敗子

舊時人家子弟，有以遊蕩破家者，謂之敗子，今世稱太保，蓋兼言其剽悍也。亦有釋敗為稗者，謂其雜於嘉穀中，終為棄物，義亦通。

記昔歲隨軍過山西趙城，聞其地有張姓農父，與其長子耕於野，方揮鋤隴畔，忽土崩，有物下如雨，視之皆朱提也。大率為明末寇亂時，不知何人藏金於此；因以土覆之。父子於暗夜以牛車運歸，累數十往還不絕。稍久，長子輟農營票號，所業遍及山左郡縣，北逮燕雲，遂稱鉅富。初獲藏鏹時，仲子生七八齡，季猶在襁褓。此後廿餘年，仲值咸同軍興，以戰功建旗鼓為將，季讀書入翰林，一門富貴，聲勢赫奕！三傳至曾孫某，盡傾其產，圖史珍玩，斥賣略盡，文衡山法書及鄭板橋所畫竹石，雜破紙中論斤賣之。余曾至其家，主人肅客入，周旋揖讓，尚有故家風。惟軀幹短小，似染烟霞癖甚深，自言乃太史孫，清季官縣丞云。

又祁陽唐觀察所居名山川塘，余從軍過其地，假館居焉。其孫某，少時亦以豪奢破家，身歿久矣，里人猶傳其生前故事云：某常鮮衣怒馬，遨遊北里，或經月博奕不返。某次乍歸，呼肩輿出釣蝦蟆，持竿端坐輿中，令二人舁之，徐行隴畝，至稻苗深處，投竿下，抵暮無所得，明日復往，忽獲一蛙。大喜！開閣門召梨園演劇三日以慶。某喜聞人食麵聲，以為至佳，時時召客具麵令食，聞聲為樂，殊不饜意。一日至市，召乞兒數百，分作數處，每次率數十人入麵店，俟麵齊至，始令同時舉箸，已復至他處聽之，日耗數十金，始大笑稱快，其荒誕類此。某至暮歲，產已蕩然，所居乃祖遺命不許轉售他姓，遂拆門窗售於人，除臥室一榻外，至無坐處。某卒，其子稍稍復其業，屋廬破損處，修葺過半矣。

紀夢

莊生云：「古之至人，其寢無夢，其覺無憂。」又云：「當其夢也不知為夢，覺而後知。」吾儕恒人，方值亂離，百憂煎心，夜夜苦為夢擾，涼宵闔目，夢片如烟，顛倒迷離，悲歡間作，覺來自省，未嘗不輾然笑也。

六朝人謂夢依於想，今世稱為半意識狀態，析義大率相同。《大般若經》言：「人說夢境，自性總無所有，」且釋「夢境無自性可說」。蓋釋氏大覺，指證一切幻體本虛，皆無自性，不僅夢為然，則其所見又超出百氏矣。人生皆在夢中，吾亦睡鄉人，而每喜尋人說夢，朋儔中言之至再者，莫若棄子，非其夢境之足奇，而夢之頻數，以至於爛熟為奇耳。

棄子曩歲在睢寧縣署任警察科長，有小吏名張敘武者，職事敏給，棄子愛其人，甚倚任之，敘武亦感奮自効，別垂十餘年不見矣。棄子一夜忽夢為人械繫，鋃鐺滿身，一吏堂皇高坐，簽訊數語，遽命行刑。即有人為破械易縛，插標置首，復以巨觥酌酒令飲，斯時棄子自覺意氣如山，浮白既盡，慷溉赴死。聞哀角數聲，小隊前導，臨刑，見劊人持刀如雪，則張敘武也。意躊躕不肯下刃，棄子嗔目叱之，敘武舉刀一揮，首已墮地，恍怫回視敘武，猶有不忍之色，豁然遂醒。

此後頻年入夢，或連宵屢月，皆此一境，自始至終，情景歷歷，無毫髮誤，初猶驚懼，中夜攬衣起坐，告其夫人，相與詫怪！歷久益厭苦之，每於夢醒，推枕告語，夫人但莞爾曰：「吾已知，君當又為張敘武斷頭一次矣。」棄子憶敘武湘人，疑為宿孽，百計覓其人不得，亦姑置之，今在臺員，夢影參差，譸張為幻如故。嘗遍訪善知識參究，友人張劍芬兄有慧解，以為是棄子過去生中一重幻影，猶落識田，離念觀心，自然泯滅。

棄子詩才警敏，而落筆淒哀，嘗作詩有「看天同有淚難量」之句，以為情意俱至，似從未為人道過。又有「心上是誰影，花前非我春」二語，尤為工絕，每低徊往復誦之，茫茫古愁，重重夢幻，斯才斯世，兩不相須，宜其孑然擺落事物，輕舉自肆矣。因其說夢，特為志之，以質世之能覃思幽微者。

撮記虛雲禪師

《雲門山志》所記虛雲法師事蹟最詳，虛老今尚在人間，以世壽計之，已一百一十餘歲矣。數年前，雲門寺近處宵人覬覦廟產，縛虛老痛毆，斷肋骨數根，已氣絕矣，棄諸野，一日夜復甦。昏絕中，夢遊兜率夫，彌勒虛前席待之，醒而作偈以紀其事。當大陸將淪，人勸他適，應曰：「老衲方以身試修羅，乞腦剜身，了無怖畏！且塵劫未盡，去將何往。」遂留不去，而及於難。臺灣僧侶傳其耗，余曾作詩紀之云：「不從赤棒懾餘威，歷劫休嗟願力微。僧臘過長翻自累，世緣難了欲何歸。神遊兜率香花座，血染雲門壞色衣。剜腦祇同飄瓦墮，還憑無念洽禪機。」素與師不相識，一時偶作寄意而已。旋聞傷癒，朗健如常。以百歲老僧，一念如如，視刀叢如戲，固大智慧人也。近時朋儕中有言及虛老軼事者，為撮志一二於左。

企止先生言：抗戰受降後，政府某部曾派數員于役桂林，中一人暴卒，旅途無可為計，匆匆殮畢，擬權寄殯雲門寺，群往謁方丈言之，至則虛老方竹笠芒鞋，在寺後山中督工建一草棚，眾述來意，虛老指棚曰：「此即為逝者設也。」眾相視駭然！以事出倉卒，又相距甚遠，不審何由知之耳。

胡君佛為虛老皈依弟子，囊在行間，將被命領一軍矣，忽郵亭有急遞至，則雲門寺函也。頗怪虛老別久，素未通問，何忽有書，拆視果其手筆，草草數語，略言「別來甚念，邇日如有新命，宜堅辭之」云云，胡君素崇信本師，乃託故力辭，並舉他將自代。未幾，一軍戰沒，軍主死之。此胡君親為余言。

相傳虛老中歲樸訥無所開解，居某寺日，奉長老命乘舟赴別鎮購物，舟覆，為洪流漂沒數十里，被救再生，還寺委頓不起。以覆舟時有所耗失，又誉辦愆期，依寺規宜受大杖，杖重；氣垂絕矣，臥僧寮中，滴水不入口者數日，稍癒，拄杖蹣跚行，忽一沙彌持銅瓶過，墮地迸裂，劃然而驚，通體汗下，遂得開悟。開悟云者，在本身體會，若忽自得之，比自禪家一境耳。

軍閥餘話

民初軍閥專橫，當時領兵諸人，率多里閭惡少，目不知書，或竟混跡綠林，乘亂崛起，擁兵據地，以自奮於風雲之際，及至志得意滿，威福自肆，積惡如山，雖蘊孽之身，終歸敗死，然國家人類，受其毒害，蓋已無可數計矣。數十年來，目睹耳聞，及得之近人隨筆紀述者，不知凡幾，而尤以張宗昌出身遭際行事為最奇。閩縣劉幼蘅荔翁撰《民國政史拾遺》，志之頗詳。荔翁曾為國會議員，聞見極多，所傳宗昌事，云出自其記室某君，較可信也。

宗昌山東掖縣人，父某學鼓吹，人家有婚喪，僦往給事，貧甚嘗不獲飽，居破屋中，某日薄暮外歸，自為炊不熟，一貧婦過，見之戲曰：「此非男子所習為，吾為若權主中饋若何？」炊熟對食，遂相調笑為夫婦，生宗昌。某業微，所入不能贍家，益以覓食為苦。婦恒苦飢，一夕餒甚，素壯健，乃執搗衣杵伏諸途，擬俟行人過，突起掠食。會日就昏，一人持餅十餘踽踽行，婦倉卒不辨誰某，驟以杵擊其顱，立踣，攫餅歸，食未半而某返，入門體搖搖若不自持曰：「頃受雇於人，以半日所得，買餅餉汝，忽遇劫賊悉奪去，掊吾頭，幾令人腦裂！」婦大驚！始知適所擊者正其夫，因以實告。某怒曰：「即餓死奈何作賊耶？」責逐婦令去，婦亦怒，遂去不復返。

宗昌既壯，長大有力，充某衙署門衛，其地商會會長有女，見宗昌悅之，私相繾綣。父以辱門戶，禁不許通，女逕奔就宗昌，父怒控於官，拘宗昌及女。女殊坦然，靚妝抱琵琶至堂下款款言曰：「我離家與父絕，今已入北里為娼，且樂此不歸矣。一切悉出本願，與張某無關。」語畢復曼聲度曲，鼓琵琶一再行，以證所言，示與父絕。父果恚絕女，宗昌亦獲釋歸，未幾，竟諧伉儷。

女既與宗昌居數年，甚相得，忽自言欲去，宗昌怪問之，女曰：「世方亂，君勇健宜致身青雲，徒以我在，遂無遠圖。今我去，冀君遠遊，俟他日富貴再相見也。」遂絕裾行。宗昌感其言，離掖縣他去，輾轉至東北，掘金沙營生，漸積貲娶婦矣。

旋囊金挈婦入關，為馮國璋侍從武官。馮卒後，領兵戍湘西，隸吳佩孚部，吳軍由衡州北上，宗昌以孤軍入贛，被解散。乃謁曹錕求職，曹諾之而未用也，遂走關東投奉軍，被派充旅長。直奉戰事初起，奉軍戰不利，吉林督軍孟恩遠與敵相策應，乘勢率兵踵其後，奉軍主將患之，問諸將誰可遏恩遠者，宗昌毅然請行，以兵車八乘予之。然所部才四五百人，途中招編土匪，僅能成軍。及與恩遠遇，驟擊之，恩遠所部悉潰，遂大奔，追至俄境乃止。宗昌部最號龐雜，華夷混合，匪盜潛滋，而均久歷戰陣，宗昌能戰，又恤士能得眾心，故屢立勳功。既為山東督軍，迎養其父，父已別娶。所生母亦得相見，更為另營第宅以居，事之尤謹。

先是宗昌之前婦辭去，每深故劍之思，至是忽自至，宗昌大喜，謀所以處之，婦辭曰：「聞君貴顯，夙望已償，偶相憶，故一臨存耳。君自有妻，後房又多佳麗，與其留此，日久為君薄，何若留不盡之情，長相慕念耶？君致富貴非難，保之為難，崇法愛民，勿驕勿縱，勉記此言，即所以報我也。」竟去終身不復見。

荔翁紀宗昌家世，大率如此，其言果信，則此婦亦奇女子也。又言宗昌母於「九一八」事變將起時，宗昌尚在日本，東北方上下酣嬉，母獨往告其主將，謂日方將有大舉，宜嚴邊備，不聽，未幾遂發難。韓復榘招宗昌赴魯時，母力誡勿行，謂動必有奇禍，至以死阻之，宗昌佯奉命，俟母不備，急脫身往，卒被狙擊殞命云，其能見微知著，亦不可及也。相傳宗昌事母至孝，平居於母前，承歡若嬰兒，小拂意，叱令跪，即長跽母前，俟怒解，令起乃敢起。開府東魯時，一日方被譴，伏地良久，母無霽容，適宴外賓，時且至，宗昌仰首啟母曰：「兒昨學得滾地虎法，懇一觀可乎？」言已，以身臥地，復騰起，母為破顏，乃拜而出。

余曩歲由日本還國，舟中見一偉丈夫，有友人私指顧謂余曰：「此即張宗昌。」時在「九一八」前，蓋宗昌自日微服歸，將有所圖，旋即被狙死矣。當其旅食東京，日百計餌之，終不為所用，此則較為可取者也。

民初軍閥專橫，其行事，極盡淫昏暴虐之能，令人駭笑不已。趙榮華為長江上游鎮守使，兼督戰官，殺人如草，侍衛露刃環立，刀光勝雪，見者凜然！嘗於重慶眷一妓，妓忽逃，趙大怒，召警察廳長某至責之曰：「汝所司何事，某妓失蹤，而汝不知，今勒限二日，覓之還，遲則立斬。」某出輾轉覓得妓，妓罵曰：「老賊非人，我寧死不復往。」某泣涕言，卿不去，則吾頭明日懸渝市矣。強而後可，及見，趙意色猶不平，妓捋其髭媚之，乃大歡。在宜昌時，曾召一富紳共博，忤其意，俟散，令列名盜案中，拘至命縛，將斬，富紳呼曰：「鎮帥幸釋我，此後侍竹戰，一切惟命。」趙笑令釋縛，立呼入復博，使人立其後指使之，視已所需而發，富紳但備位而已。終夕，負萬金。

馮玉祥性險狠，馭部屬至嚴，所部有至將帥膺方面者，猶役使之如奴，偶觸怒，則叱令伏地褫衣受杖責。或道遠以電話對談，語不合，逕斥使跪電話旁，不命起不敢起也。然貌為刻苦，實貪黷好貨，曾下令軍中，禁以眷屬自隨，忽報其夫人乘舟至，馮大怒罵曰：「即吾婦安敢犯令？」命左右止勿登岸，己亦不往。繼而曰：「此間有贅物數箱，留之無用，可送來舟攜歸。」隨令人舁數巨簏予其妻，揚帆去。有知之者曰：「巨簏中所儲皆鴉片，其妻實馮招之使來，故為此以掩人耳目也。」其狡譎多類此。此事閩縣劉荔翁曾記之，當有所據。

韓復榘在馮部折辱如僕隸，及任山東督軍，則擅作威福。素於說部中慕包龍圖、彭朋諸斷獄事，自設大堂親理訟案，生殺予奪，高下在心，縱人觀之不禁。一日方升堂鞫盜，他處一齎公文者至，亦立堂下駐足觀。韓於諸囚中，以意分別良莠令左右立，凡左立者皆擬斬，訊問畢事，左顧命悉牽出行刑，齎文者適左列，韓未察也，至是大呼曰：「我非盜，乃送信人。」韓拍案曰：「汝為盜遞信，固當斬。」竟殺之。又韓微服出巡，至某縣，方黎明，逕入縣署，諸人皆未起，惟一小吏在，呼問姓名，且獎其勤，吏固識韓，但唯唯而已。韓即手諭撤縣長職，以此吏繼任。實則此吏在署側賭通宵，以家稍遠，局散在此小坐，候曉乃歸也。事聞，爭傳以為笑。

張宗昌微時與一茶肆役人交厚，及為山東督軍，此役人往見，潭潭率府，心怯不敢自通。一日遇宗昌於途，擁騶從甚盛，此人固甚戇，大呼「老張」，弁卒執之，鞭暴下如雨，競罵曰：「蠢奴，安敢無禮。」宗昌遙見，呼至釋縛自隨，還署，笑謂之曰：「我今已為大帥，老張豈汝所能呼者！然不汝罪，汝遠來，必有事，且試言所求。」對曰：「願為官」。宗昌又大笑曰：「汝意中欲何官？」其人思有頃曰：「前曾見一人持大旗行，甚有威，願為此。」宗昌曰：「此掌旗官，汝狀貌猥瑣，不相宜，可另候差委。」踰日派為副官，其人著戎服，昂然出入，意得甚，稍久忽曰：「冠服著身，令人不自在，不如仍覓舊日生涯為樂。」辭欲去，宗昌復笑罵曰：「我固知汝為下流胚也。」竟贈以千金，令歸自設茶寮。又宗昌一侍弁，竊其姬人而逃，追回觳觫候命，宗昌忽曰：「汝二人偕眷屬甚佳，適思匆匆離去，無資營生，故喚回欲有所贈予耳。」亦賜以鉅金。其行徑鶻突如此！然平日奉母孝，拒受敵偽利用，又篤念故舊，馭部曲有恩，尚不失為有人心者。

一四川軍將，夜眠多驚，忽下令盡殺城中犬，頃刻逐處搜捕，群犬就屠，無敢諫者。有下僚獨入見言之，謂犬無辜，不宜濫殺。軍帥怒，命縛階下，笞臀五十。此下僚急呼曰：「我乃讀書人，乞免杖責。」軍將笑睨之曰：「此無關，笞汝五十，汝還是讀書人。」卒笞之如數。

川省自民初以還，軍人勒兵相攻，禍亂侵尋，迄無寧日，橫征暴斂，民困益深。勒徵田賦，竟預索至二十年以後。抗戰時，惟楊子惠將軍獨勵忠誠，毅然領軍出川殺敵，盛為時論推重外，餘多擁兵自恣，日日空言出師而已。成都有一士人，讀書未就，而警悟能文，以諸軍閥肆虐不悛，乃獨力創刊小報一紙，自編撰以至繕校，皆自為之。其著論以諷刺時政為主，微言譎諫，機趣橫生。嘗於報端說一故事云：「有學徒習薙髮，三年藝成。主人曰：『汝業就可出師，當置酒告眾。』徒執不肯，人問之答曰：『我今為人剃頭，技雖差，人以學徒諒我，若一出師，即不能亂刮矣。』」其寓意頗刻深，蓋東方曼倩之流也。成都拓建馬路，拆除民房甚多，及路基築成，候至數年，路面尚未鋪設。此士戲為一聯榜之通衢云：「馬路已修成；問督辦幾時才滾。」「民房都拆盡；請省長早日開車。」「開車」為四川俗諺，與「滾」字同義，又雙關之詞也。友人周棄子兄，曾為言之。

譚畏公別記

茶陵譚畏公延闓，字祖安，晚號無畏。德量淵醇，窺之無際，湘之人無識與不識，皆稱為畏公而不名。公以名公子，早歲中會元入翰林，在籍被選為湖南諮議局議長，入民國後督湘，北伐時任第二軍軍長，湘軍總司令，行政院院長，代國民政府主席，湘人位望之隆，無與倫比。

公事親至孝，母李太夫人，譚文勤公鍾麟之側室也。籍河北宛平，故儒家女，文勤以河南按察使擢陝西藩司，入京途中，見其婉淑，遂聘焉。往時宦家嫡庶之別甚嚴，聞畏公貴後，太夫人猶深執謙退，及卒，靈櫬例不能從中門出，畏公大哭，以身伏臥柩上，叱輿人啟殯，且曰：「此門我當可行。」遂得出。

昨歲聞友人轉述畏公母夫人軼事，謂係得自香港某報所傳，大略言文勤官某省臬司，甫蒞任，一日，在署中理文書，聞地底窸窣有聲，初以為鼠囓，不甚措意，少頃其聲愈厲，乃命人揭地板察視之，則其下窈然深邃，暗室中有二女子，見人驚駭走避！旋引出，泣拜於文勤前，自陳姊妹同生，為前任臬司女，父以受賕被法，家並藉沒，僮僕星散，倉卒無處奔命，此地原有密室，權宜潛伏其間，冀得間他逃，已不食二日矣云云，文勤憐之，命祕其事，留諸任所，未幾，長者物故，幼者委身以事文勤，是為畏公之母夫人。右所言，大類小說傳奇，而極荒誕不經。前代官吏以贓污被察，亦須逮訊定讞，斷無驟加抄斬之理，況罪人不孥，已有明例，儘可從容早自為計，縱令一門灰滅，則覆巢之下，弱齡姊妹，何容避人耳目，匿跡官衙，揆諸理事，皆不可通，斷為烏有。作者昨曾別撰一文，略加指斥，而未暇詳加剖析也。頃畏公之公子譚伯羽先生，自華盛頓寄遞長箋，於此事頗有論述，以有關掌故，特節錄於左：

漁叔我兄鄉先生惠鑒……今春在臺北麗門兄家，始得把晤，無任快慰！早慕文名，欣馳久矣，承索書敢不如命，祇以返美後，公私紛雜，又以不欲隨便亂寫，遂致遲遲，至以為歉。茲者於《暢流》雜誌，拜讀尊著〈先君軼聞與詩〉一篇，欣佩之至。其中所記關於先祖母李太夫人故事一節，兄固亦已知為荒誕不經之談矣。然近來大有愈傳愈怪之勢，敢為兄縷述之，以證其荒謬，幸不憚煩一卒讀之。先是民國四十四年十月，弟將返臺時，羅志希兄曾以此事相詢，弟未之前聞，極為驚訝，當告以絕無其事，一笑置之矣。今年二月，再回臺北，於舍弟季甫處，讀香港所編《譚氏志》上中兩冊，而此神祕離奇之故事，竟赫然登載其中，所記與兄所聞大致相同，然更詳實，如某省為甘肅，官則盜台，地窖爬出，祇一女子耳。此事荒謬，原不足辯，祇以載之所謂《譚氏志》中，羽未便緘默，當即取先祖文勤公行狀翻閱，同治十年辛未，由河南按察使升陝西布政使，非甘肅藩司也，然恐人或曰此省名之誤，是陝西矣。因欲再查陝西布政前任為何人，是否李姓，是否被革，詎以離臺未果。返美京後，乃託袁守和先生同禮，於美京國會圖書館所藏《續陝西通志》第十一卷中，查得文勤公之前任，乃翁同爵（翁文恭之兄），以升任陝西巡撫而卸職，調文勤公繼之。不久；翁調鄂，文勤公再繼之為陝撫云，足證所傳之荒唐，正如兄言「不攻自破」矣。何況繩之禮教及常識，假令前任被革被抄，後任者登得私娶其女耶？此更見臆造之無職矣。又《譚氏志》中記載羽先人遺事多有不符事實者，曾去函《譚氏志》編輯，請其於下冊，予以更正。《譚氏志》季甫有之，可索閱也……。（下略）弟譚伯羽再拜四十七年八月二日

伯羽先生前函長達數千言，於《譚氏志》誤傳其先人故事，曾予糾正數處，惟此節最屬妄誕，雖為有識者所嗤，而伯羽竟不惜遠徵志乘，以闢其誣，蓋庶乎仁人孝子之用心矣。余接前函後，曾覆一箋略言：「君家名德，照耀海內，先世行誼，人多耳熟能詳，此種讕言，不攻自破，亦不為累也。」昔歲於鄉邦故實，聞見頗多，縱使語出齊東，所傳非一，亦曾不聞有此，矧清季三司外吏，以貪墨致大辟者，極為稀見，豫陝之交，尤無此鉅案，皆可覆按。

漢文詔令，有出自「高皇側室」之言，綸綍煌煌，都無諱飾，清代尹文端繼善母為妾媵，文端已領疆寄，太夫人猶青衣侍側，事聞宮禁，至人主動色，親與別正名分，播為美談，芝草醴泉，根源何擇，畏公庶出，湘人尤艷稱之，既堪使庶孽軒眉，亦更足為賢母增重也。

文勤名鍾麟，字文卿又號雲覲，以翰林出為太守，仕路騰驤，官至兩廣總督，晚遘目疾告歸，旋卒，予謚文勤。少時，家綦貧，未第鄉居讀書，有盲者善推造，太夫人以制錢四文予之，令推文勤祿命，盲者布算畢，使人書諸紅箋，長十餘摺。其中詳言某歲捷鄉闈成進士入翰林，又某歲官京曹進秩，歷階擢侍郎室尚書，未言壽七十，以陰德延算一紀云云。其家藏之數十年，文勤官總督時猶在。按其所言登科及遷擢年月皆驗，惟內外官名不同，所謂卿寺侍郎尚書，則藩臬巡撫總督耳，然品秩固無一不符。又文勤壽算果至八十二歲乃終，亦可云奇驗矣。畏公曾題長跋於紅箋之末，紀述甚詳。

畏公幼慧，總角能文，翁松禪相國一見奇賞之。其才華艷發，視掇巍科，如拾地芥，少年時稱心科第，有足紀者。當畏公應鄉舉時，文勤已致仕還湘，居長沙荷花池，畏公試畢歸，是日候榜發，計入夜當有報至，文勤先閱闈藝，決其必售，嚮夕即肅衣冠焚香坐候，至夜深猶寂然，畏公徘徊恇怯，婉請休憩，不應。又久之，果得捷音，文勤笑曰：「吾知汝必中也。」畏公後居滬濱，為伯羽姊弟親述之，謂：「當年累老人候榜，夜深轉寂，已瀕絕望，愧懼交作，幾若無地自容。且同時赴考者，尚有從子三人，即令捷書果至，亦未能決其為己也，雖僥倖登第，獲慰親心，迄今思之，猶為汗下！」並言平生踧踖不安，殆無過此夕云。

湖外科名，於清代二百數十年間，雖較遜蘇皖名區，而歷次賓興，尚非落寞，惟殿前臚唱，自咸同前，尚未有以第二人及第者。第二人世稱榜眼，輕薄者至譏湘人為「湖瞎子」，其意蓋謂若人之無目也。稍後，湘潭龔承鈞湘浦始得之，湘人大歡，富商醵金至數十萬，陳妓樂數月不絕，然歷數科第，尚缺會元，會元；禮部試進士之首也。

畏公在京會試畢，文勤居湘，聞道路相傳已得會元，以未接確耗，不之信。時已有電訊，但尚為湘撫專用，乃命人至撫署，立電詢京師，得覆果不虛。王闓運壬秋《湘綺樓日記》，曾載此事云：「得報，文卿兒竟得會元，補湘人三百年科第之缺憾，龔榜眼之流亞也。」云云，當日最重科名，蕊榜殊榮，鄉邦歆動，不僅一姓之光已耳。

友人朱玖瑩兄事畏公最久，為言公在軍中，顛沛造次，安詳如昔。晚歲功名日盛，而德量亦益進，於人雍容和煦，其對客，雖少賤，終日無倦容，有請乞者，必量力相助，不使缺望而去。部屬中即有過誤，誨而宥之，俟遷善，待之如初，從不以聲色加人，人皆敬服無貳。

聞其在首都，一日，治具延客，馮玉詳亦在賓筵，肴既續陳，中有海鮮，甚豐潔，馮忽離座起立，慷慨言：「今國家兵事未終，將卒多飢疲，貧人至不能飽糠覈，何心領此盛饌，即食，亦不下咽。」語畢，揮涕絕裾去，座客皆駭愕失次，公容色不變，徐徐取酒勸客，從容終席盡歡。談者皆謂馮故為詭異，實背恆情。若公，固是盛德人也。

畏公瘁力於書，臨顏公麻姑壇帖至數百通，於爭坐位稿尤得神似，筆致遒美，望之自有一種雍穆氣象。其詩早歲取逕初唐，風華婉美，中晚一變體勢，清微妙逸，直摩半山之壘。義寧陳三立散原稱其「蘊義深微，抒情綿邈，有意無意間，雖若亂頭粗服，而老味隘出，風軌不墜。」湘潭袁思亮伯遠則言公詩「奄有眾長，不名一家，豪宕中時出名理，自成標格。」綜茲二家之言，自足以盡之。

今《譚祖安先生手寫詩冊》，已在臺灣印行，流布藝林，寶茲遺翰，即比，亦不朽矣。

談龍

前代人喜言龍，謂其飛騰變化，不可方物，意者其初不過為文人誇飾之辭，冥想中若天地間殆有此一物，時復困辱泥塗，及乎擊海水，乘雲霓，雷激電繞，飛空絕跡而行，以極於天漢無垠之域，莫能夭閼，是何其快意可喜若此也。於是握槧之士，轉相模寫，寄其軒騰汗漫之思，用以狀乎布衣賤士，屈志版築屠釣，或不免俛首出胯下，一旦乘時崛起，風雷旗鼓，俯仰若神，遂乃垂光虹霓，功烈昭於百世，其泥蟠天飛，屈伸蜿蜒之跡，宛然龍也。於是龍乃進乎人群，寖假「龍性」生焉，「龍德」育焉，而龍益貴，至與帝王相埒。

清代重河工，嘗竭天下之力營之，黃河之水，極汪洋浩淼之觀，而謬悠迂怪之說以興。其說之最奇，尤莫如龍。龍之中為人所尊視，屈伸蜿蜒者，襲王號無數，大抵龍愈貴其體愈微，何王何號，治河吏士，一瞥即能指目之，載之圖輕，著為龍譜，一一按之良是。語其狀，特盈指之小蛇耳。漸大其位漸卑，降號為將軍，又下此則一山黿鼉矣。

隄工將竣，必有龍見，委蛇現化，甚馴不驚，河臣脫頭上進賢冠迎之，即徐徐掉尾入，捧冠入廨，置大案，以香花禮之甚虔，蛇昂首傲然坐，受吏民北面拜。此時梨園已夙備，伶人以歌扇呈蛇前，鞠躬屏息伺之。歌扇上以楷字書戲名，朗如列眉，蛇目睒睒注視，至一處，微以頭觸扇，凡三四觸，伶人乃敬取扇下，宣示王命演何劇，須臾，管絃作矣。蛇之至，或三宿乃去，去則渺然，亦不知其何時行也。

栗毓美於清嘉慶時，官河道總督，治河有異績，相傳死後化為龍，稱「栗大王」，為一斑黃之小蛇，屢示靈應。栗生前眇一目，蛇亦眇一目，此其較然可識者也。某次，隄決將合，而「栗大王」見，眾歡呼肅迓如儀，蛇拒不赴，旋失所在。眾以「栗大王」體黃，今所見修短及眇目猶是，何乃全身忽易灰暗，方共疑訝，而清文宗升遐之詔至，始知栗大王已預知，為其君易喪服也。厥後再見，仍黃章如昔云。按毓美字友梅，山西渾源人，清嘉慶六年拔貢朝考以知縣用，屢擢至河東河道總督，積勞薨於位。其安瀾奏績，沒繫人思，靈之為龍，豈設辭以慰民望耶？

龍與今世，證其蔑有，而屈伸蜿蜒之跡，猶在文人意中筆下。余嘗登竹南獅頭山，坐古剎禪房，見窗下有潭，水瀏然而深，當暑有寒意。寺僧為言：「茲山有二龍，一在南山飛去，一蟄潭底，蓋百歲於此」，為凝睇悵望者久之。

龍與蛙

余居湘濱，目所接多篙師長年，兒童才總角，狎濤淵如戲，而平居相互語，諱言「沉」，即音近亦皆避之。尤諱言「龍」，以為尊神，示不敢觸忤也。凡遇言人姓氏，「陳」曰「浮」，「龍」曰「溜」，舟行益加謹，卑幼者誤言「龍」，長老必厲色叱之，或予杖。沿湘濱，龍王廟林立，歲時報賽，饗祀必豐。

龍之為狀，角而髯，首略似牛，軀幹則脩蛇也，然此僅見諸畫圖，真龍無目睹者。降及近世，窮理格物，洞察山海，而鱗介之長渺然，是知往昔載籍之所誇稱，以為飛騰變化者，特子虛烏有之言耳。

或言龍種久絕，或言其物應即為前古之「恐龍」，然恐龍蠢然，又狀貌不類，當非是。余嘗泛舟過洞庭，抵岸，坐湖邊野屋，睹天水相接，日暮，雲物變幻，千態萬狀，忽有殘雲驟至，為風捲之，如綸如檣，如匹練乍垂，俄焉成龍，首尾畢具，霞光映日，照射鱗甲，金色燦然，下飲湖綠，吸翕有聲。湖民譁為龍見，焚香匍伏，良久而滅。觀其屈伸夭矯之勢，逼近畫圖，信足以震懾心目，非口筆所能盡狀也。詢之湖民云，此一景象不常見，而經歲必一睹，或數數有之，意者前人耳目所及有限，談天雕龍之徒，寓於目而縈於胸者，初亦不過雲物變幻焉耳，立談交口而謗稱之，輾轉傳摹，窮極怪偉，謂為實有。則龍之為龍，其以此歟？其以此歟？

龍為水族之靈，水族之最下者莫如蛙，實介於鱗蟲之間，然亦靈物也。金華將軍者，相傳為南宋時巨蛙，穴於城根，屏息絕食，綿綿不輟，明代城壞，復見日月，屢示靈異，編氓敬憚，膺號為神，以有淫祀。而蛙時隱時視，莫可蹤跡，其出，民麕集敬迓諸廟，日三朝之。廟設龕為蛙座，座銀製，形如椅，鵰鏤甚精。蛙踞其上，腹彭亨目炯然四射，上食奏曲酬獻如河神。蛙色日數變，謂之換袍，視其色以卜災祥，袍紅白則人安歲豐，灰暗則否，黝黑則大兵至，殺戮眾矣。丁似庵將軍昔帥其地，甚得民心，一日喧呼蛙見，眾乞具鐃吹往迎，笑而從之，睹一銀色蛙，坐樹根，婦子羅拜於前者甚眾，稍近，蛙忽躍登似庵肩，送至廟，饗之如常儀，明失所在，是歲果大熟，此似庵親為余言。又聞後數年，蛙再出，通體如墨，未幾敵軍至，屠戮無算云。

張跋

梅始以詩獲交於漁叔先生，常就求其句法，為言詩之本源，及古今來名家詞調格律，提衡得失。惟恐不盡。篝燈瀹茗，每至街柝數傳，留連忘去。既過從數年，情好益密，乃知所蘊富，非獨詩之卓然已耳。

漁叔之文，大抵初自六朝駢儷入，弱冠染翰，高華清健，已逼近洪北江。稍後乃致力古文，規模范蔚宗，改轍昌黎，浸淫以及於方姚，而擺落其宗派拘謹之習。平生讀書，博通百家，兼採西方名理之學，頗思竭其智慮，於政術人心有所裨益，斯願不遂。近歲始稍稍著文，以述襟懷，然窺其志不盡在此，蓋不欲僅僅以文傳也。

《魚千里齋隨筆》之作，乃自昨歲始，排日書數百言，以付報端。脫稿後，即亦不甚顧省。梅讀而好之，因為輯存，並整齊次第以傳。漁叔之學，足以振其文，而宏識孤懷，時與議論相發，以自成一種格法，非近世雜史隨錄之書，所能並也。校錄既竟，輒誌數言。

戊戌十二月金門張作梅寫記

秀威經典 PC1070

李漁叔說掌故
——魚千里齋隨筆

作　　者 / 李漁叔
主　　編 / 蔡登山
責任編輯 / 周政緯
圖文排版 / 黃莉珊
封面設計 / 王嵩賀

出版策劃 / 秀威經典
發 行 人 / 宋政坤
法律顧問 / 毛國樑　律師
印製發行 / 秀威資訊科技股份有限公司
114台北市內湖區瑞光路76巷65號1樓
電話：+886-2-2796-3638　傳真：+886-2-2796-1377
http://www.showwe.com.tw
劃撥帳號 / 19563868　戶名：秀威資訊科技股份有限公司
讀者服務信箱：service@showwe.com.tw
展售門市 / 國家書店（松江門市）
104台北市中山區松江路209號1樓
電話：+886-2-2518-0207　傳真：+886-2-2518-0778
網路訂購 / 秀威網路書店：https://store.showwe.tw
國家網路書店：https://www.govbooks.com.tw

2022年12月　BOD一版
定價：480元

讀者回函卡

國家圖書館出版品預行編目

李漁叔說掌故 : 魚千里齋隨筆 / 李漁叔原著 ;
蔡登山主編. -- 一版. -- 臺北市 : 秀威經典,
2022.12
面； 公分
BOD版
ISBN 978-626-95350-9-5 (平裝)

856.9 111018302